旅人蕉文丛

秋红柿

Qiu hong shi

［马来西亚］朵拉 著

暨南大學出版社
JINAN UNIVERSITY PRESS

中国·广州

图书在版编目（CIP）数据

秋红柿/［马来西亚］朵拉著．—广州：暨南大学出版社，2016.1
（旅人蕉文丛）
ISBN 978－7－5668－1611－5

Ⅰ.①秋…　Ⅱ.①朵…　Ⅲ.①散文集—中国—当代　Ⅳ.①I267

中国版本图书馆CIP数据核字（2015）第212023号

秋红柿
著　　者　［马来西亚］朵　拉

出 版 人　徐义雄
策划编辑　潘江曼　杜小陆
责任编辑　周优绚　龚莉婷
责任校对　黄志波
责任印制　汤慧君　周一丹
出版发行　暨南大学出版社（广州暨南大学　邮编：510630）
网　　址　http：//www.jnupress.com　http：//press.jnu.edu.cn
电　　话　总编室（8620）85221601
　　　　　营销部（8620）85225284　85228291　85228292（邮购）
排　　版　广州联图广告有限公司
印　　刷　广东广州日报传媒股份有限公司印务分公司
开　　本　850mm×1168mm　1/32
印　　张　7.5
字　　数　187千
版　　次　2016年1月第1版
印　　次　2016年1月第1次
定　　价　25.00元

（暨大版图书如有印装质量问题，请与出版社总编室联系调换）

总　序

在酝酿组织出版这套丛书之时，我们取名为“旅人蕉文丛”，意在希望这套丛书像旅人蕉一样，为在求知跋涉中的读者，提供一片心灵遮风避雨的所在，奉献一掬清香的生命之泉，充分释放文学怡情悦性之效。于是，我邀集几位作家、老友，向他们索阅样稿，承蒙他们及时惠以支持，才得以完成这件有意思的事儿。

所谓丛书，应该是“文以类聚”，但千人一面，就失之平俗，所选的六本书，力求风格各有侧重，有说文谈史，有杂文随笔，有海外游踪，也有国内见闻，更有历史人物考证，长有韵味，短不谫陋，妙趣横生，“五味杂陈”，实如尝鼎一脔。

顾农说文谈史，言近旨远，所写之文多为“自己读书行路的收获和感慨”，他用闲谈式的随笔，将可谈与不可谈之物之事一一呈现，以飨读者。朱大路用“一寸见方”之文，说文表意，唱好了属于自己的“道场”，让遗落在“夹缝”里的题材，经过他的私人订制，成为富有个性色彩的符号。

三位女作家的散文，文笔清丽灵秀，情感细腻，别具一格。赵蘅用四弦之琴弹奏出人生岁月的丰富多彩，在记录书写生命故事之时，让我们感悟生命传承的意义，在追问“客从何处来”的过程中，翻看历史，体悟亲情。尤今用洞箫里流出的缤纷色彩将读者带进精神的伊甸园，将所见所闻所思形诸笔端，于轻松的述说中将生活给予我们的启示和教诲娓娓道来。朵拉笔调清新活泼，洒脱的行文中蕴藏着对人生、世态的情感和见解，其自出机杼，独树一帜，这大概就是“六经注我”的精神吧。

在初冬季节，读着出版社寄来的书样，感慨油然而生。读一本好书，犹如拜访一个高尚纯洁的灵魂，与之作心灵的对话，从作家的喜怒哀乐，以及他的取材、他的角度、他的发现，我看到他的快乐与痛苦，了解他的希望，我于是受到启迪，得到智慧，懂得感恩，变得聪明。

南方的冬季，不算太寒冷，找个僻静处，带上几本书，在暖暖的阳光下，静静地、寂寂地读起来，真有羲皇上人的感觉。借此机会，向丛书的作家、教授致以谢意，向出版社的编校人员致以敬意！

但愿这套丛书，受到读者的欢迎和喜爱，以它独到的语言、深刻的哲理、简朴的思想，哺育更多的心灵。

刘克定

2015 年 11 月 27 日

自序：有意思

很年轻就开始写作，一直没有中断，把一件事情坚持做很久很久，就像喝杯咖啡加三包糖的老朋友说的："可以喝得这么甜这么甜，也是很有意思的事。"

感觉有意思，因为很开心。

甜给人快乐，创作更加愉快。埋头写作的身影永远孤独，有时甚至连相伴的音乐声也得让其静下来，需要完全的寂静。作品发表的欢欣相对巨大，却也极少表露雀跃姿态，非故作高深莫测样，而是又忙于策划下一篇文章。

我的艺术创作，是一种笨的行为，既不出众，又缺乏才华，徒具热情，只有，也只好拼命努力。每天从早到晚，几乎都在写作和绘画，阅读和看画册就是我的娱乐。曾说过"我的电影院在飞机上"，听到这话的年轻小友说我小心被人骂。哪里是在炫耀呢？想博取同情才是。平日连电视也不开，在搭乘飞机的行程上，没法做其他事，才愿意把时间花在看电影上。

开始创作也许是因为寂寞和寻觅，很久以前，一个广州画家令我吃惊地说："人生实是大寂寞呀！"我不晓得年纪轻轻的他是清醒或绝望。踽踽独行的人带着郁郁寡欢不停寻觅，许多年过去，他在北京成为大画家，给我寄来他的画册，证实寂寞确是一份推动力。

可是，挖掘自己内心给别人看是愚蠢的行为，强迫读者来了解更是奢望。生活的体验，生命的历练，教创作者学会沉思冥想，明了唯有自己才能解决自身的痛苦，不再幻想自读者那儿获取同情。

这样的创作便和从前有所不同。自以为如此，至于怎么样不同，交给评论学者去看。

《秋红柿》是我喜欢的。喜欢一个人，在别人眼中不怎么样的人突然变得好看起来，谁都知道这叫"情人眼里出西施"。因此不要问为什么，理由不在心上，重要的是喜欢，喜欢一本书，这本书便有了不同的意义。最近出去演讲，有听众问：出版了四十多本书的你最喜欢自己的哪一本？

这就牵涉到新欢与旧爱。旧爱不会放弃，新欢继续寻觅，只有艺术创作者拥有这一份权利，爱情叫人苦恼，艺术之爱却永远欢愉。尽管我没法吃得很甜很甜，但我依然继续坚持写作和绘画。到目前为止，这两件事，还是挺有意思的。

朵　拉
2015 年 8 月

目　录

秋红柿

秋天在广州，黄昏经过超市，进去想买一个什么水果。

一个人的水果，不想浪费，打算找一个小小的，哪个为好呢？只能吃一个，因此我益发珍贵这唯一的选择。对着一盘柿子时欢呼起来，欢呼声是送给其中一枚软软的红柿。

各种各类的水果，选了柿子；那么多枚柿子，仅选摆在中间的那枚软红柿。

终于挑了那枚软柿子，付钱的时候，不知道为什么突然想到韩国，可能是刚赴韩国的文学约会回来，也许是每次在马来西亚买柿子，都会看到这水果标签上的韩国文字。这让柿子和韩国一直是挂着钩的，但手上这枚柿子没有韩国标签。

10 月的首尔已经开始进入金秋季节，红色枫叶，金色银杏，还有其他黄白绿褐甚至枯黑的叶子，颜色丰富，斑斓多姿得颤动人心。在首尔走来走去时，不见红柿，街道两边或公园里，留心之下，亦多有柿树，青绿色的叶子和青绿色的柿子混在一起，时常叫人忽略了柿子树上有果实。

秋红柿

首次与一枚绿柿子相遇，是在北京，那个时候走进现代文学馆，舒乙先生接待。他对一班海外作家讲述着文学馆的理念，大家一边听着，一边望向窗外。园里有一棵树吸引了我的视线，坚厚宽大的叶片，繁盛茂密，但我并不晓得现代文学馆的前面是谁的房子，种的是什么树，只因见到老舍先生的儿子舒乙，很自然地感觉到，园里那棵应该是柿子树吧。

老舍先生当年在北京的住所，有两棵柿子树，所以被命名为“丹柿小院”。老舍夫人胡絜青先生是画家，这小院名字是她取的，老舍先生的二十四部戏剧剧本和两部长篇小说都是在“丹柿小院”内完成的。胡絜青先生把自己的画室取名为“双柿斋”。

在室内观看作家手迹，一听说时间到了，我便第一个走出去，专程去树下看了一会儿，果然觅着一枚绿色的柿子。

一枚绿柿子亮了我的眼睛，第一次看见真正的柿子树，从未曾见过绿色的柿子，赶紧拉着枝干，要和柿子合影。这才发现，柿子不是孤零零地只有一枚，抬头仰望，一树满满是和叶子颜色相同的绿柿子。

也许是因为特别喜欢吃柿子，所以对此事的印象格外深刻。

一说老舍小时候家中院子种柿子树，1949 年 12 月应周恩来总理邀请从美国回来后，1950 年 4 月老舍先生买下北京的一座四合院，迁居进去不久，就托人从西山移植了两棵柿子树过来，这是老舍怀念故乡和童年的情怀吧。但也有另一说，老舍一生都有“柿柿如意”的情结。柿子意喻“事事如意”，这是学习水墨画以后才听水墨老师说的。老师毛笔蘸红黄两色，调匀，看似随意地一笔过来一笔过去，便圈出一枚红柿，几枚红红的柿子画好，再撇几片墨绿色叶子，有的柿子装在篮子里，有的挂在枝干上，完成以后，老师最爱题的字就是

“事事如意”。

事事如意并不容易，在柿子原产地韩国的那些天吃了紫色的葡萄、红色的苹果、金黄色的橙，就是没有红色的柿子。原本幻想到了韩国，可以饱餐一顿柿子，最终没有实现。

虽然没吃到柿子，在韩国还是一直想起很久以前听过的韩国童话，“留些柿子在树上”的故事。

韩国北部乡村公路两旁都是柿子园，秋收季节过后，路过的游客看见柿子园里还挂着一些红得发亮的柿子，诧异不解：为何不把这些熟透的漂亮柿子采收下来？导游解说这是为了保留给冬天的喜鹊作为食物的。原来每年喜鹊都在柿子园里筑巢过冬，之前有一年的冬天特别寒冷，偏偏这一年园里的农夫把柿子采摘得干干净净，一枚都没留下，大雪下了几天几夜以后，缺乏食物的喜鹊都被饿死、冻死了。隔一年秋季，柿子快成熟时，再没有喜鹊来捕捉害虫，造成柿子大量减产。从那时开始，柿园里的农夫，每一次采收，都不会忘记，特意在每棵树上留几枚果实，让喜鹊在冬天也有食物可吃。说故事的人提醒听众，这个故事告诉我们：人和自然是相依并存的。

柿子的故事有情有义，吃柿子时便舍不得狼吞虎咽。韩国柿子是在马来西亚吃到的。第一次见到红中带绿的柿子，买回家搁着，一直以为未熟，期待了好多天以后才知道韩国柿子是硬的，得用刀切，想当然认为硬的水果不甜，略有排斥，虽可容忍不甜的蔬菜，但不甜的水果没法给其打高分。切开后意外闻到清香味，咬一口竟是甜滋滋的，有人说像木瓜，先勿说清香味，单是它的脆度就不同于木瓜。

脆的柿子固然好吃，可是在我的柿子记忆里，最好吃的却是香软的柿子。

1993 年到厦门大学求学，惠安的远亲表舅听说了，在交通不便的时代，也不知道他是怎么又搭车又走路来的，彼此都没有手机，必须先借路边的小店打长途电话约好时间地点。表舅说话带有惠安口音，他要重复多遍南洋人才晓得说的是什么，想来他听南洋闽南话也一样辛苦。那日黄昏，表舅走到厦门大学，请我在厦大一条街的一家餐厅吃饭，递来一包用红色塑料袋装着的水果：“你拿去吃。”

我拎过来，摸一下，软绵绵的，打开一看，看不出来是什么水果，便问：“这是什么?”“柿子呀。”他说。

我抱着沉甸甸的柿子回到房间，向来以怕死出名而异常讲究卫生的我，将塑料袋打开，只看见一堆柿子果肉，连皮都破了，根本没法洗一洗，应该是丢到垃圾桶去为好，但我洗了一把小匙羹，就这样挖着吃。农药，应该有；灰尘，应该有；肮脏，更应该是；但软红柿里的亲情，就是那样又甜又香又软。

远方的表舅，只听说过，没见过，可是，他知道我在厦门，舟车劳顿过来看我，拿一包那么重的软红柿当手信，问我吃过柿子吗，你们那边有柿子吗。我用小调羹挖着看来看去都不像柿子的柿子，眼泪好像要掉下来了。

今年秋天在广州，买了一枚软绵绵的红柿子，回到酒店房间，洗干净后，剥皮就吸着吃。窗外有条河，远远的灯光，一闪一闪，河总是让风景更迷人，柿子的记忆让生活更加美好。这真是美味可口的软柿子。

旅游城市的日与夜

早晨的班机，四点起来，五点出门，六点到机场，八点起飞。有人听到我四点起床，流露出同情。旅人却清楚，这算是很贴心的时间。航班上午八点起飞，起码不是午夜飞行，别看这美丽得像一瓶香水的名字，听起来又极端悦耳，且迷人，实则却是为了赶路，可能深夜无寐或凌晨起床而疲惫不堪。过了中年，完全明白，没有什么比睡不好、睡不够更伤神的事。尤其是女人，一张脸马上毫不留情往下坠，任何名牌化妆美容保养护肤品、神奇水、神仙露，都失去神奇效果。

清早五点的天空黯然沉寂，空气中有湿润的水意，星星隐没不见，月亮亦不知躲哪儿休息去了。在草丛中凝聚的一颗颗露珠，被行李箱的轮子辗过的时候，是伤心是惊吓，沉默无语地碎了一地。假如将行李箱拉在路上，轮子走得比较顺畅，可是，不喜欢被轮子辗过的柏油路，总要声大声细地叫行李箱发出“咔嗒咔嗒”的声响，单调而喧嚣，划过幽静清晨的噪音，足以把睡得正舒服的人从睡梦中唤醒，如此残忍的事，倘若发生在自己身上，起来以后恐怕忍不住要骂人。

“己所不欲，勿施于人”，从前老师的教导深刻不忘，因此不敢放肆。

槟城自从申遗成功，旅游业蒸蒸日上，来自不同国家的游客每天成群结队像鲫鱼般涌进小岛。老城区更是名闻遐迩的热门景点，再加上来自立陶宛的画家恩纳斯，画了一幅“姐弟共骑单车”的壁画，莫名其妙倏地烧起一片红火，映照得老城区人潮汹涌，国内外游人摩肩接踵就是为了去姐弟共骑的单车上再挤一挤，合个三人影。起初只见排长队伍，守秩序地，一个接一个，摆各种姿势拍了不同造型的照片。两个月过后，周围一面面被岁月侵蚀的墙上出现大大小小、好好坏坏的图画，知名与不知名的画家竞相绘制，也不晓得有没有经过市政府的同意。三四个月后，小贩在附近开档口卖矿泉水、小食、糕点、纪念品等，再过不久，把原本是住宅的老屋，转租给有头脑的商家开店。于是，旅游纪念品店、手信铺、咖啡小馆、小食铺、手工艺品店等，都是和旅游有关的商铺。一间又一间，速度奇快，不约而同地以传统和文化来修饰打扮，游客经过，往往被装扮吸引。看文化不需要很长时间，但是，倘若想更深一层地感受文化，起码要小住半个到一个月吧？

老城区里的居民，在不知不觉间，生活起了天翻地覆的改变。本来每天闲适地坐在骑楼下喝茶聊天，或搁张躺椅，倚在廊下听福建歌仔戏或粤曲南音，手里的扇子有一下没一下地扇着，驱赶午后的炎热，脚下不是蜷着一只家猫在午睡，便是一条半瞌睡的狗，悄悄听人们闲聊，或把民族小调当催眠曲，一会儿懒洋洋地翻个身再继续午休，丝毫不理会不远处回教堂祈祷的诵经声、印度庙的呢喃念经声或观音庙里有人添油的“当当”钟响声，一派悠闲写意的氛围。偶尔有写生画家支起画架，当街就以水彩或油彩细细描绘，把这慢吞吞似乎跨不过去，继续逗留在二十年前一直不向前走的画面用彩色留在画布上。

突然从天上掉下无数商机，生意不做白不做，老城街道两边，手制盂加里面包、家制马来鸡蛋糕、传统切块雪糕、华人古早味豆沙饼、娘惹式的鲤鱼包、福建人的春卷……每天都有传统老式食物的新档口开张，大街小巷里充斥着愈来愈重的商业味道，赚钱变成生活的指标。从前问路，亲切得像老友，既说明又画图，过后，怕游客搞不清楚，亲自带着走很长一段路，还不放心地再三追问：你知道吗？你认得路吗？现在如果你不买点什么，贸然问路，很有可能“一问三不知”。

游客人数日增，其他州属的朋友都以羡慕的口吻说，申遗成功以后，处处商机，槟城人就好啰！

游客大幅度增加的新闻上了报纸，并有访问报道，这才知道老城区里的老居民，并非个个皆如想象中兴奋。备受骚扰的他们希望旅游人士保持应有的礼貌，不要随便闯入民居。当地人都是平常小市民，游人对待他们宛若观赏动物园里展示的动物，随意走进他们打开大门的房子，左瞧右望，犹如进入无人之境，隐私时不时被揭开的感觉并不好受。

数十年来，住在老城区的朴素居民，已经习惯不锁大门安心过日子，但这不代表陌生人在未被通知的情况下，可以随时随兴推门进去好奇地左观右望，甚至比手画脚地批评他们的房子这里那里不似世遗老屋等。

一个居民说，从前他们就在门口喝茶说话，有时候还搓搓不赌钱的小麻将，游客多起来，这份自由在无形中被约束，房子不锁大门，被毫不客气的旅人任意进出的次数数都数不清，迫不得已关门过日子。门虽然关了，下午想小小午休一下也没个清净，总是有人在门口窗外高声说话大声笑，行李箱拉过马路的声音，“咔嗒咔嗒”地把来拜访的睡神一次又一次赶走。居民讲到这里意犹未尽，语气益发无奈地投诉，有时候半夜也听到有人拖着行李箱在路上刮过的“咔嗒咔嗒”声，睡着的人被“咔嗒咔嗒”声吵醒了，躺在床上的人没有出门的计划，却得陪伴赶去搭飞机的人一起清醒地看着太阳升起来。

正是这时候，在网上新闻看到威尼斯政府发出禁令：禁止游客拉着行李箱在路上行走。

槟城的游客人数当然比不上威尼斯。据说威尼斯城区都让给了商业店铺，住满了游客，受不了喧嚣的当地居民纷纷自动迁移到城外隐居。

家里有一个走过全威尼斯的软布行李箱，当时里边除了行装，还装一大罐瓶装矿泉水，喝光了再换新的一瓶，水的重量让这行李箱在威尼斯的石子路上不停地颠簸摇晃，步伐跟着行李箱发出的“咔嗒咔嗒”声一路向前，终于完成用脚走过威尼斯的愿望，回来且沾沾自喜：威尼斯是一个适合走路的城市。

事实上，水乡威尼斯根本没有车子可坐，除了乘坐“贡多拉”，所有游人都得走路。可是，深更半夜尚拖着行李箱走在威尼斯的路上，不知道是否曾经被想睡一场好眠的威尼斯人埋怨过呢？

旅游的人没有日与夜，可是，难道住在旅游城市里的人，也要倒霉到跟着游客无日无夜地生活吗？

刚从韩国回来

“我刚从韩国回来。”现代人，尤其是现代女人，如果这样跟你说，你要是问：“去逛了哪个旅游景点?”算是够愚蠢的问题。倘若再继续卖弄：“南大门市场？东大门市场？呵呵，知道了，一定是仁寺洞、明洞？釜山海云台？雪岳山？五台山?”女朋友不停地摇头，自作聪明的人一而再再而三地追问：“对了！自然遗产之旅济州岛?”OK，至此你可以停止了。不要再问得仿佛要找一把柄来握住，你的问题很明显地表明，你没有追上时代潮流。

今天的韩国之旅，即美容之旅，你只要多看一眼两眼，就会发现你的女朋友起码年轻了五岁。

可能笨男人会说，多五岁少五岁有什么差别？是的，那是针对十八至三十四岁年龄层的女人。至于那些已过了三十五岁不在青年队伍里的女人，不要说多一年，多一个月都有极大的分别。你把三十五岁的女人，说成三十六岁，她可能没办法真的杀死你，但她在心里诅咒你是一定的。

其实女人真正重视和计较的并非年龄，而是面貌。年轻时不论面容是否姣好，那一看便分明的紧绷有弹性的皮肤，光滑细嫩的脸蛋，眉间无皱纹，两颊无黑斑，一副青春活力的模样，这就是让自己宽心、叫男人动心的原因。

年轻因此和貌美画上等号。

从小老师教导，外表不重要，内在最永恒。这些年来也不是没有不断拼命自我灌输这深具鼓励性的思想，这种行为确实多少有点是在进行自我麻醉。自认不是肤浅的人，花了很多功夫给自己培养优雅的气质，不过，如果有美貌，就可以享受在巴黎高级餐厅被安排坐在绝佳位置的特权，也没有什么不好。巴黎《鸭鸣报》周刊向记者爆料：位于庞比度中心的黄金地段和罗浮宫附近的某 Cafe，餐厅职员在受训时接受以下指示：“把长得不怎么样的顾客，打发到角落处用餐，貌美的顾客就带到显眼的位置。”难怪我们到巴黎，偶尔停歇疲累的双脚，坐下来喝杯咖啡，抬眼一看，怎么围在身边的全是俊男美女？这则新闻使我放下了心中良久的自卑感。

自卑感不是什么好现象，最近有个知名洗发精品牌，发起了一场“真正美丽的素描”运动。其请来具有专业背景的素描师，然后不让素描师看见他即将要素描的人，两人隔着一道帘子，画像的主角将自己的外貌仔细形容出来，素描师单凭描述来素描。画像完成后，再请另一个不认识主角的第三者来描述画像主角的长相，结果发现，两张画像，自述和他述，差别颇大。

自己形容自己的样貌，往往极端不满意“很深的黑眼圈，很大的眼肚，黑斑大而多，额头满是皱纹，嘴角细纹向下”，一些脸上的小小缺点全部被过分夸张了；但是，第三者的客观角度有很大的不同，瑕疵变少了，强调的缺点部分被稀释了。两张画像画的原本是同一人，结果看起来却像两个不同的人。

人对自己要求太高，也不是好的现象。现代人越来越容易失去自信，应该是被那些八卦周刊里的明星照片陷害的。在娱乐杂志里看起来“精美绝伦”的女明星图片，大多经过技术人员长时间悉心处理，获得艳光四射的效果才印刷亮相，缺乏头脑的读者才会相信图片中的样貌和身材是真材实料。更多的时候，那位你艳羡的美人本尊走到你面前来，你看半天可能也认不出来这肥胖健硕的女子是谁。

真相终于大白，水落下去石头终于露了出来。但是，女人对自己样貌的苛求从未减少，身材苗条的女性，日夜提醒自己要记得减肥。“单眼皮也是一种美”这样的话在单眼皮美女听来，她会认为你无非是童子军在日行一善，给她善意的安慰。老嫌自己不够高的女生，24小时感觉腿不够长，非要穿高跟鞋才肯外出。美女有个样本，浓黑的眉毛必须弯弯，眼睛要大而圆，鼻子非挺直不可，嘴唇厚薄须适中，嘴角要两边上扬，一张脸照顾完美了，还有头发、耳朵、颈项、肩背、胸部、腰身、臀部、大腿、小腿，再到手指脚趾加上指甲等，细节实在太多，如果女人为此一生忙碌不堪，还能够照顾其他的什么吗？

单靠想象，也晓得整容的痛楚。平常被刀割那么一条细缝，就以“痛不堪言”形容。为了美貌，要开刀切这边割那边，并非易事。可女人却深具百折不挠的精神、坚定不移的意志。最近看到有人呈献一份最新的研究报告说，新生婴儿的视力虽然还没发育好，只能看清楚大约30厘米远的物体，并且他们还是色盲，无法很好地分辨颜色，但是当美国埃克塞特大学的研究人员选择一系列女人头像的照片，分为两组，让刚出生一至七天的新生儿观赏，结果发现，所有新生儿都会花更多的时间去看美女的照片。希望这是一个误会，要不然对爱美的女人来说真是百上加斤。我有时候抱新生儿，他们都会大哭大闹，朋友很谅解地跟我解释，你长得太瘦了，骨头太多，婴儿被抱的时候不舒服，就会哭闹。我也很愿意接受这个理由，或者说是借口。看过这最新的报告以后，我再也不会随意去抱新生儿，因为他们居然分得清美女和丑女。

这个社会实在太不公平，生为丑女，已经很不幸，在努力地迈向内在美好的路上，遇到一桩又一桩的沮丧事件，叫人不患上抑郁症也很难。如今流行到韩国给自己的脸部做小修整，叫做微整形，据说价钱还可以，也不太痛，重点还在于修得很自然，回来后大多数亲戚朋友都看不出来。丑女正在懊恼气恨，且犹豫不决，又有一女友从韩国回来了。她送来一包人参茶，我很时髦地问她："修了哪里?"女友用诧异的眼光看我："济州岛知性之旅，或叫修心之旅。"我讪讪："以为你去微整形呢!"希望她看我坦白就会从宽，不笑我思想幼稚兼浅薄。

她想了一下，比我更坦白："这次其实有在想，只是不够勇敢，下回吧。"

她再想一下，佯装一副好像是顺便的样子，加了一句："你，要不要一块去?"

妈祖的故乡

再到莆田，再访湄洲。湄洲是妈祖的故乡，但我对莆田和湄洲的最早记忆是大街上两排挺直的玉兰花树。

1997 年获得莆田的一个文学奖。颁奖的清晨，一行人决定不吃单调的酒店早餐。那时酒店还叫宾馆，其中一个主人黄认为宾馆早餐乏善可陈，建议到外头找特色食品。初来乍到的人跟着大队走。秋日清晨六点多，天已大亮，晨风吹拂过来稍带凉意，扬散一股香气，一阵接一阵袭来。我抑制不住停下脚步问是什么味道这么香。几个人愣愣疑惑，有香味吗？黄深吸一口气，说是玉兰。于是我和他两个开始左顾右盼，没看到或米白或淡黄或紫红的玉兰花。早已成南洋移民的黄坚持一定有，在这附近。莆田乡下他家门口种龙眼、枇杷，还有玉兰花，这空气里的味道就跟他家玉兰开花的味道一样。一行人转个弯儿，两排整齐的玉兰花树迎面扑来，在空旷而凉意深重的街道上，沉静而纷扰的香味益发张狂地飘荡着。

黄为自己清晰的记忆兴奋不已，声音高半拍，看！是不是？他豪迈地伸手向前一指，这些，那些，都是，都是玉兰花。听见赞赏的玉兰花更努力地释放自己，益发彰显的香气一直萦绕在身边不舍散去。闻着花香味走路，这个清晨特别有味道，一趟专门为遇见玉兰花而出的门。一行人充满兴致地在宾馆附近兜兜转转，最后一起携着落空的期盼踅回宾馆。似乎无法置信，可是真的找不到什么吃的小店或档口。那时候莆田还不流行外卖吧？在宾馆餐厅喝稀饭，配盐炸花生、酥炸小鱼、菜脯煎蛋、豆腐乳、白煮蛋和馒头，这中式早餐还挺中国的，平时不敢吃而魅力永远不减的油条也在餐桌上，一年才吃这么四分之一根应该可以吧？找到借口让自己理直气壮地吃了两个四分之一。入住酒店，喜欢在附近绕走一圈，为熟悉环境。这一回有当地人带领，不需要自己花时费神寻路觅方向，却仍有机缘在附近走了一走，看来，真是为了和玉兰花的香味相遇。

邀请单位安排两人带我去湄洲岛。“到莆田如果没去湄洲岛，等于没来过。”年纪较大的校长夫人说。在薄薄的阳光里搭公交车去。二十多年前，各种条件都不如现在，包括交通工具。抵达文甲码头，许多妇女手捧着香烛冲上来努力推销，可是要拜的妈祖却是在对面的湄洲岛呀。摆着档口卖干料海产的也不少，摊贩都提高声调此起彼落地呐喊，极力推销，可惜莆田话实在是太难懂了。莆田和仙游是邻居，这里的语言就叫莆仙话，把莆田仙游喊得像一家人，仙游的旁边是惠安，可惠安女听莆田话，却像鸭子听雷。莆田话是最古老的汉语方言之一，保留着很多唐朝之前的中原古汉语发音。在海外自称汉人，听到莆田语却犹如听外国话。幸好一起去的年轻女作家当翻译，轮渡入口街道边摆着三轮车和脚车（即自行车，闽方言词），车上有一大盘白色的糕，卡片纸随便插在盘边，上面有三个手写字——“茯苓糕”。女作家特别介绍这莆田的当地小吃：“甜的，要不要来一片？”茯苓糕色泽洁白，但身为游客时的我只喜欢看。

轮渡人不多。“假日人潮如流水，倘若遇农历三月二十三妈祖诞辰日或九月初九妈祖升天日，那就是人挤人了。”校长夫人解释道，“今天这样比较好。”蓝天白云，风平浪静，船速不疾不徐，一如当地人的生活写照。岛上码头简陋，空气中弥漫着浓郁的咸鲜味。路这边摆着几档售卖晒干的海产的摊子，包装简单，乡土味重。贩者多为女性，整个岛看起来就是朴素无华的，人也是。女作家示意要叫车，待问清楚妈祖庙不远，便建议走路。散步为旅游观光最理想的方式。阳光有些晒，但有风，校长夫人和女作家同时打开阳伞来遮我，湄洲岛因此增添美丽情意。更美丽的是阳光照耀下路过的红衣蓝裤女性。“帆船头、海蓝裳，红黑裤子保平安。”眼睛里的诧异让女作家开始充当导游：“帆船头又称妈祖髻，先将长发梳得似帆船，左右各插上一支波浪形发夹，象征船桨；发髻里盘着红绳，象征船的缆绳；一根银色发钗横穿发髻，代表船锚。”梳着妈祖髻的湄洲女，穿蓝色搭红色的斜襟布衫上衣，搭配红黑或蓝黑两截拼成的长裤。“上衣颜色象征蔚蓝的大海，黑色裤子镶红边的是已婚妇，镶蓝边的则是未婚女。”习以为常的打扮，却叫少见多怪的游客惊艳，想要拍照，又不好侵犯别人的隐私权。女作家说她过去提要求，却失败沮丧回来。再走几步路，又有两个湄洲女结伴经过，校长夫人说轮到她探询去，结果仍不理想。“她们害羞。”纯朴蕴藏在她们的拒绝里，鲜艳绚丽的服饰、独特的妈祖髻都只好收在游客的记忆里。

上阶梯时仰头遥望，生出幻想，抵达妈祖庙，发现和想象中相差太远。生于宋朝的妈祖，出生至满月，不啼不哭，故名默娘。长大后扶危救困，是救苦救难的护海女神。28 岁在海上救灾遇难，仙逝后，渔民每逢海难屡有神迹，皆说是女神相助，宋徽宗听闻，御准在湄洲岛建设首座妈祖庙。至明朝郑和七下西洋，多次遇难，皆被妈祖搭救，回国禀报，皇帝册封妈祖为“天妃”。郑和每次从海外回国，必扩建或新修各处天妃宫。天妃娘娘成为明朝海军的守护神。不但如此，郑和船中供奉天妃，日夜香火不断，各船设司香一名，专门负责每日清晨带领船员向天妃娘娘顶礼。郑和的两万七千多名水手和海军，多从福建、广东、浙江沿海省份招募，之中有回乡或留居海外的，把供奉妈祖的信仰传播出去，至今全球共有 2 500 多座宫庙，信徒超过两亿人。据统计，自北宋宣和五年（1123 年）直至清代，14 位皇帝先后敕封妈祖 36 次。一个为救海难付出性命的小女子成了万众敬仰的“天上圣母”“海上女神”。校长夫人和女作家虔诚烧香，妈祖庙里三尊妈祖分别为金身妈祖、梳妆妈祖、黑脸妈祖。捧香时，校长夫人坚定不移地说：“妈祖很灵的，你有什么祈求，就跟妈祖说。”对于这样的说法，我不太相信，但心里还是许了个愿。女作家跟庙里的管理员说莆田话，过后拿了一块纸封小饼，说是妈祖糕，吃了保平安的。我咬一口妈祖糕，是甜的。插香后出来，校长夫人带我们到庙后边参观妈祖羽化升天的地方，岩石上镌刻着被香熏黑了的“升天古迹”。游人不多，一切都还保存着古旧的景观。妈祖庙之旅结束后，自莆田归来，带回玉兰花的香味，时隐时现，有时到南洋的某个妈祖庙或天后宫，玉兰花的味道自然浮现。曾经幻想在自家院子种一棵玉兰树，最后终究是无法实现的憧憬。但不知为何，一再重复受邀到莆田，到莆田一定访湄洲、拜妈祖。我讨厌迷信，然而，在那个搭乘飞机并不普遍的年代，首趟朝拜湄洲妈祖庙，我许下的愿望是：“倘若妈祖有灵，让我再到妈祖的故乡。”

厦门的风

鸟儿“叽叽喳喳”的声音在黄昏的风里似蒲公英般到处飘洒，密密麻麻的青翠叶子竟成为鸟儿唱歌的庄园，老榕树长长的胡子摇晃着光阴的风霜故事。环岛路上的风把叶子吹得飒飒有声，像是鸟儿鸣啭的伴奏。从第一天和厦门的风相遇开始，厦门的风总是有声音的，时大时小，时而尖细时而粗糙，从无心入耳，到有意倾听，一晃眼，二十多年居然就过去了。

前年来的时候，车子刚开上环岛路，多年没到厦门的我目瞪口呆，不相信这就是当年的环岛路。二十年前的厦门环岛路，好像不叫环岛路，学生都说是胡里山炮台路，或是曾厝垵路，或干脆就叫厦大白城区。我住在大学校园里的蔡清洁楼，通常走厦大南门，一出门口即南普陀寺，那可是格外热闹的厦大一条街，学生们吃饭、购物都喜欢去那一带。位于一条街的林家鸭庄和唯一的一家西餐厅，是短居厦大时吃过最多次的两家餐厅。林家鸭庄的白米饭是台湾蓬莱米，软黏可口，因为一餐吃不下两碗，只好分开时间去吃，午餐没去，晚餐一定到，几乎每天都去报到。西餐厅既有悠扬的西洋音乐，也有中国歌曲播放。套餐价格不可置信地便宜，除了餐前的红酒，正餐后还有甜品冰淇淋。一餐吃下来，既满意又很满足。人真奇怪，住在南洋，向往厦门的中国传统风情和地道的厦门风味菜，人在厦门，却回过头去怀念南洋西餐。

从南门出来是南普陀寺，可以爬山，看山的日子久了，偶尔也想念海，就特地绕个远道，蓄意从厦大白城门出去，看海的同时也看朴素的民居。走在热闹的菜市，也就是一条普通街道上，那里最著名的景点叫胡里山炮台，自然原始，周边皆是老旧破落的房子。游客不多，拍照的人也少，多为休闲的市民，不过悠悠然去散个步，观赏一下海景。最为壮观的美景，则是从这一条路看厦大的建南大礼堂了。1952 年，陈嘉庚先生亲自参与设计督建，1954 年竣工。面向大海的建南大礼堂，由气势磅礴的五幢建筑弧形排开，一排阶梯往下走，就是许多人在运动健身的宽阔壮观的上弦场，它早已成为厦门市的标志性建筑之一，至今我尚保留着一张当年一看到此景便赞叹不已的明信片。

明信片上的景致仍在，只不过，这一回环岛路中间的隔离带上，竟是让人大开眼界的音乐五线谱雕塑。长 247.59 米的五线谱是歌颂厦门著名无车岛的《鼓浪屿之波》乐谱，成为具有艺术特色和地域特征的主要景点，1998 年建成，2000 年被列为“吉尼斯”世界之最——最长的“五线谱音乐雕塑”。环岛路因此洋溢着优美的旋律。能够把一首歌曲演绎得如此大气的，也只有厦门了。

一路的雕塑不停地把风格迥异的艺术之美送到游客的眼睛里：“大海冥想曲”“大橹诉说”“选择”“生机”“海浪花”“妈妈带我去游泳”“马拉松雕塑”……有人把这儿称为厦门的黄金海岸，艺术就是含金量的最高标准。还来不及赞叹，以融合自然景观为设计方案的

“以天为纸，以海为墨”的书法广场就出现了。其占地三万平方米，以“书鹭岛胸怀，展大海豪情”为主题，真叫人抑制不住。探问车上的厦门人，知道要去的目的地曾厝垵就在附近，步行可抵，于是下车去，一看，沙滩上竟有个大“寿”字。中国书法家为皆大欢喜，老喜欢写“福禄寿喜”讨人欢心，但这“寿”字寓意巧妙，得再加大海的水为边，凑为“涛”字，“啪啪啪”的涛声这时成为观涛人心中的掌声。

继续前行，有一条近四百米长的笔架廊，是俄罗斯白松的材质，毛笔嵌成的梁架，欢迎游人进去纳凉，不同书体的书法家墨宝，增添了海滩的书卷气。走着走着，忘了疲倦，晚霞和落日就在木栈道那儿等待我们去相见，诱惑力十足的绚艳橙红的落霞是夕阳的杰作，倏地手机响起来，才猛然想起，我们本来是应厦门书法家朋友刘的邀约，到曾厝垵吃晚餐的。

细雨若有似无，秋天夜晚的曾厝垵少了白日里的人声喧嚣，多出一份幽静宁谧。无意中抬头，“圆大的月亮像黄金脸盆”，很久以前在一篇学生作文里读的句子，突然就涌上来，看着缺乏诗意，但很真实，只不过，今晚的黄金脸盆似乎装了水，竟有水意朦胧的意蕴。按理农历十五的晚上，月亮特别圆，但也有人说，十六晚上的月亮比十五还圆，到底是哪个晚上更圆些？也许看说话人的心态、环境和氛围，才出现十五、十六的争议。对有些人来说，只要是团圆的晚上，不管是十五，还是十六，甚至是初一，心里都有圆圆的满月。

刘跑到路上来迎接我们，热情的朋友叫人感动。到厦门没通知他，但他有办法联系上我们，欢喜地说带我们去吃农家菜。原始乡土味，我们一定喜欢。他原为文学评论家，工作之余爱上写字，无意中竟成了家，可见他的努力和热爱。抵达小小的餐厅，满桌陌生朋友，单看外形就知是艺术家。衣着简便、打扮独特、举止潇洒、言谈不拘，用餐时间变长了。

桌上几乎全是海鲜，白灼、白煮和清蒸。艺术家要求原汁原味，不只食物，还有作品，自己的味道，自己的创作，才是风格的标志。餐厅小，人多，略挤，但没人在意。主人叫喝酒，白酒、啤酒，远来的客人与酒无缘，选择喝水，可是大家都不劝喝。你喝你的，我饮我的，随意才是亲切和愉悦。

餐后一班朋友几个有事先走了，留下几个陪我们。他们非在曾厝垵漫个步不可，因为这是“中国最文艺的渔村”。于是闲闲地逛，走几步路，暂停一下，许多文艺小清新的店铺，有的一见难忘，有的一见钟情。比如“晴天见”，下雨天不开的冰淇淋店，兼营咖啡和酒；“轻尘别院披萨店”，一个台湾女人和英国丈夫开的披萨店，星期二打五折；“渡口书屋烧烤屋”，书店老板卖书兼做厨师，让游人的肚子和精神都不会饿着；“懒人业余餐厅”，不专业也标明，不怕顾客因此不来；“三年二班”，以为是上课的课室，原来是餐厅，有趣；“大鱼的酸奶酪”，老板名大鱼，卖的是酸奶酪，平平实实的店名，却也文艺味儿满满。还有各种独特的个性化客栈，“蓝色小屋”“梦旅人音乐客栈”“喜堂”“守望者”“彼岸”“四月小筑”，每家店铺、客栈的装修布置各有特色，恍如走进一个文创村落，眼睛和惊喜连连相撞，叫人流连忘返。

小雨时有时无，雨伞打开了又收起来，穿过巷弄走到大路，厦门的风还在呼呼地吹，拂乱了头发。转头一看，小资的情调在暗淡的街灯里浮游，飘扬起来的还有年轻情侣的清脆笑声，他们一边拍照片，一边拥抱和说笑，留下美好的青春身影；再多看一眼，年轻的我，已经不在了。

先贤文化入人深

车子前面的玻璃大镜上，雨刷似忙碌的双手，不停划扫，远山近树在水影朦胧间晃动。上午离开酒店，车子走进雨中，这雨早在两三天前就开始飘洒，那时在宁德开会，冒雨去了廉村、白云山、千年冰臼等景区，过后，接待我们的袁教授极力推荐应当去古田走一趟。

古田这名字很熟悉，为工作离乡背井，返回槟城老家之前，曾在福州人南来时聚居的小镇“实在远”旅居二十年。“实在远”人称小福州，是距离霹雳州首府怡保一个多小时车程的偏远小镇。附近有个更小的村，叫爱大华，村民以古田人为主。初抵“实在远”，听不惯当地人说话的浓郁鼻音。福州话是非常难学的方言，到巴刹买东西，不抬头，只听人说话，以为人在日本或韩国，那口音和闽南话差得太远。同住二十年，只学会一句“卡溜卡溜”，意思是去玩。

袁教授安排去玩的古田县杉洋镇，是一个对我来说完全陌生的地方。

汽车在微雨中驰骋，坐在车里的游人并不晓得，他们正走在“西起古田水口闽江畔，东至宁德海之滨的崇山峻岭间”一条蜿蜒的古驿道上。目的地是驿道中途，位于宁德古田的交界处，深藏于群山之中的杉洋镇。

这个小镇又名蓝田，打算到访的首个景点就叫“蓝田书院”。

车子停下，雨未歇，转成丝线般洒落，在苍茫微雨中步伐徐缓，打伞朝书院行去。周边村屋三两间，杳无人迹。铺石砖块的小径旁，一条清澈见底流水潺潺的小溪弹奏着琤琤的旋律，溪旁草坡像开发梯田般一层一层植着许多小树，以树干和木条支撑着，泥土看似刚翻新不久，却有不少姹紫嫣红的野花迫不及待地迸出来点缀黄土坡。

伫立在书院大门的平台，回头眺望青翠层叠的峰峦，呼吸着湿润的清新空气，为这清幽可人的环境赞叹不已。下车打伞时心中埋怨下雨的不方便，但因雨水的润泽，浓淡深浅的青葱绿色在水雾迷蒙间更具姿彩，眼前呈现一幅大自然挥洒出来的水墨佳作。

景致优美毋庸置疑，不过，在这前不着村后不着店的山野之地居然隐藏着一个书院！临时客串导游的文化馆馆长也许看出游客的诧异，特别说明：“别看八百年前的古田地方荒僻，小小村镇共拥有九大书院。”这下才明白好读书爱做学问的袁教授特别推荐的理由。九大书院以“蓝田书院”名声最盛，“不只是八闽最早的书院之一，在南宋时期，朱熹曾两度到此讲学”。平台东面一块巨石可为明证，描金字镌刻着宋朝朱熹于丁巳年春天三月写的《东斋记》，面对《东斋记》石刻的是一口干净崭新的水井，井边有石刻“洗墨池”三个红字。

早在五代后唐，就有余仁椿在杉洋镇始创“额以蓝田”的学馆，北宋开宝元年（968 年）建“蓝田书院”，后毁于兵火，亦曾迁址西山，至南宋乾道二年（1166 年），余仁椿后人余瑞卿再发起于旧址重建“蓝田书院”，南宋著名理学家、教育家朱熹应邀前来讲学，并题“蓝田书院”。字元晦、号晦翁的朱熹，亲笔书写的四个大字牌匾，此刻高悬书院大门，署名“晦翁”。

偏远的杉洋小镇，当年因为朱熹，学子云集，著名的“朱子十八门人”都是从这里走出去的。一直很客气的文化馆馆长，语带自豪：“我们这小山镇，自宋朝到清代，一共出了两位丞相、三位尚书、两位状元，还有一百多名进士，共两百多名朝廷命官。”

从书院大门进去，先见大厅，两旁是房间，中为天井，大花盆里一株艳红的茶花，不理雨还在下，火样地盛放。上一层摆一排花盆共九个，从叶子看，种的应是杜鹃花，高一点的一排搁六个花盆，看叶子形状，种的是蕙兰，皆未开花。再沿阶梯爬上第三进便到学堂，“万世师表”的红匾高悬，原在书院大门的对联“夏曰校，殷曰序，周曰庠，无以异也”“兴于诗，立于礼，成于乐，不在兹乎”这时挂在左右两根柱子上。中为授课老师桌椅，背后墙上是框进玻璃的孔子画像。两旁悬书法两幅，一是与门口石刻同样的《东斋记》，另一幅大字语出《大学》三纲：“明德，亲民，至善。”

坐在老师的位子望出去，雨水从屋檐滴下，落在花盆里，视线透过天井，高高的云天宽宽，目光穿过大门屋脊，远远的山峦相连，云雾缭绕，朱熹就是站在这里授课时，写下“春报南桥川叠翠，香飞翰苑野图新”的吧？

风光明媚之地何处没有呢？却非处处“崇儒之风斐然”，当年创办书院的杉洋人余仁椿，为了鼓励学子积极求知，把最好的水田设为“油灯田”，又叫“学田”。“学田”由家族诸人轮流耕种，不许变卖，不许减少，只可增加，所得的收入，全都用来资助读书的家族子弟，不论富贵贫贱，皆可享受同等待遇的赞助，一直到清末仍维持着这在别的地方没有听说的“助学金”风俗。

“先贤过化之乡”杉洋镇的蓝田书院，历经宋、元、明、清、民国多次修筑重建，到民国十四年（1925 年），占地 941 平方米，规模不小，根据记录，“红墙广厦、亭台楼阁、花坛池洞、碑刻楹联、包括朱熹塑像和墨迹等珍贵文物”在 1975 年 12 月时，不幸被一场大火烧光，只剩下一块朱熹亲手书写的《蓝田书院》石碑。

从课堂边门下楼，时大时小的雨似乎暂停，袅袅的书香和花香气味在空气中缥缈，舍不得离开，走到墨迹亭坐了一下，引月池边靠墙的石头上，嵌着的《蓝田书院》石碑即当年火中的遗迹吧。约好的午餐时间已到，步伐匆促，临走前回头一望，高悬当中的“雪堂”两字，叫人想起朱熹曾在此地写下的“雪堂养浩凝清气，月窟观空静我神”。这儿的确是“养清气，静我神”的好地方，如有机会来此写作绘画，很大可能会有好作品。

虽为蓝田旧址，书院建筑全新。陪伴同游的年轻小友凌宇说，其两个月前刚刚竣工。其中最大的功劳要归古田杉洋人余云辉博士。余博士居上海从商，回乡听人说起“蓝田书院”，二话不说，决定重建复办。

当年搬到“实在远”，第一个认识的朋友，乍听以为名宏健，或洪建，接过名片一看，大惊，是鸿渐。生命中首次认识名字充满古意的人，第一部介绍茶的专著《茶经》作者陆羽的字就是鸿渐。“实在远”的古田人鸿渐不卖茶，他卖手机。他听说我是作家，马上买下我的十本书。我建议：“要看买一本就好。”他答我：“读书好呀，我买来送给我的员工读。”

按照历史掌故，从福州南来“实在远”的中国人，大部分跟随教堂的牧师到这里来垦荒，多为教育水平不高的劳动者，但为子孙后辈取的，却是南洋少见，流溢着书卷气的名字：书清、志成、义飞、作汉、书梨、用朝、贤秀、清文……这叫爱阅读华文书籍的我听得目瞪口呆，惊诧赞叹。

离开蓝田书院，车子照样在雨中行进，午餐约会在镇长办公楼，经过的路上，苍茫山色依然雾气朦胧，在福州人聚居的地方住了二十年，二十多年后，来到古田杉洋镇，才解开了谜底，原来是“先贤文化入人深”。

情人节的花

“我收到一束风信子。”

情人节快到了，我们在谈花，玫瑰、蝴蝶兰、铃兰、火鹤花、波斯菊、百合花、海芋，正说得天花乱坠，年轻小友突然冒出一句，叫大家瞬息间全闭上嘴。

嘴巴重新张开时，问题掉出来：“风信子？是什么？”

大家听到彼此都松了一口气，原来不是自己一个人，而是大多数人都没听过。

“是花。”聊天群体中幸好有个开花店的老板娘，“什么颜色的？”

白色的风信子花代表不敢表露的爱。

老板娘这解释一出来，周遭即刻有“呜呜哇哇”声在嚣嚣攘攘。

“有人暗恋你！”“这时代竟还有无言的爱！”“唔系呱？仲有人爱在心里口难开！”

处于有人说话没人听的脸书时代，大家有事没事都在脸书上大书特书，造成只有作者缺乏读者的现象，因此时时听到讥嘲：居然来到一个嘴巴寻找耳朵的年代。现在突然出现一个没有说话，只静静地以白色的风信子花来示意的人，既不可置信，又因与众不同而变得稀罕珍贵、引人注目。

你想一想：有人偷偷在心中爱恋着你，然后不说出口，悄悄以花来表示。这样一份动人的浪漫，大家都想拥有，却没有人有。一时三刻，周边所有的人都以羡慕的眼光看着小友。

终于有人打破沉默："我们一直以为玫瑰才是爱情之花。"

从前认识一个不知玫瑰的朋友，这事情在言谈间无意中爆出来，他不知罪名何在的无辜神情和坚持不认错的言语"难道不可以不知道什么花是玫瑰花吗"不但没有被众人接受，还被喝着咖啡的全体朋友蔑视："你未免太无知了！"

朋友说他会积极悔改。隔年情人节，他送上白中带黄的菊花，听的人诧异，怎么送黄菊花？他理直气壮地说："二月十四日，花店里所有的玫瑰，早早就卖个清光，去的时候不过上午十一点，只剩下菊花，菊花也很漂亮呀！"

菊花漂亮毋庸置疑，令人吃惊的是，不知玫瑰的朋友竟然知道，黄色菊花的花语是相思呀！原来是花店的人走漏消息。（可惜在现场听他说话的人全部不知道。）送了代表相思的花，却让他的情人脸黑一片，关上门且不接电话。后来才晓得错误不在他，而是每年农历三月的清明节，他的情人通常带一束黄色菊花去拜山。

女人固然喜欢男人送花，可是，要送花的男人也得进修一下，给自己普及一些花的常识，情人的生活习惯亦需多加了解。

情人节马上就来临，要送什么花为好？这本来是有情人的人才需要动的脑筋，但喝咖啡的时间，正是无聊说闲话的最好时光，咖啡座上又有花店老板娘，这情人节的花便成为热门话题。

情人节送玫瑰是浅常识，谁都晓得玫瑰和爱情关系深厚。老板娘却提醒众人，送玫瑰也要分清楚，不同的颜色蕴含不一样的意思。红玫瑰代表热恋，粉玫瑰代表初恋，黄玫瑰代表道歉，白玫瑰代表尊敬等。老板娘讲到这里还没说完，她说，不同数量的玫瑰，也有不同的含义，一朵代表你是我的唯一，两朵代表世上只有我和你，三朵代表我爱你，四朵代表承诺，五朵代表无悔……

目瞪口呆地听着，有人“大开眼界”，有人“长知识了”，有人继续追问：“还有吗？”丰富多彩的现代社会，再不似从前那么单调，仅一种玫瑰便足以应付了事。老板娘索性把她原来在店里给雇员上的课在这儿重复转述：“桔梗花的花语是真诚不变的爱；红蔷薇的花语是热恋；栀子花的花语是永恒的爱与一生守候的爱；昙花的花语是刹那的美丽、一瞬间的永恒；紫郁金香代表永不磨灭的爱情……”

花言花语真是门学问，虽不能说高深，但我们都没有花费心思埋头去做研究。可能来到这年龄，大家与爱情稍稍脱了节。可是这回有关花和爱情的聊天，令我想起去年九月在北京的时候，在报纸上看到一则趣闻：

相亲节目里有一句话：“我负责挣钱养家，你负责貌美如花。”这当然是男人说的，乍听之下，马上打动了所有女人的心。可是，有人提出一个非常实际的问题：“如果往后我不再貌美如花，那么你未来是否还挣钱养家？”记者清晰的分析，叫我重新忆起从前有个台湾作家告诉我：“美丽的誓言是用来听着开心的。”听的当时，开心就好，过后不必再追究。明白这一点，心平气就和。

从前的人把婚姻看成一生一世，纵然今天大家都好像不再相信，提到一生一世，都一致不屑地扯下嘴角说话：“这个时代，哪还有一生一世？”

话虽如此，当日期来到“1－3－14”（指2014年1月3日）时，大家还是疯狂地用手机或电脑到处传送："今天是一生一世呀。""在这一天，记得告诉女友我爱你。""一生一世是结婚的好日子。"无形中透露，人人私心底下，对一生一世仍然充满无限的憧憬。

无论是小说还是电影，爱情是永远不过时的主题，只因人们对真正的爱情仍有所期待，有所盼望。

情人节因此变成全民在过的节日。

那一则北京的报纸新闻标题是"赤裸爱情"，图文并茂。原来西安一家鲜花店，有人用50张百元大钞制作了一束"情人节鲜花"，记者为文直截了当地写着"霸气外露"。

若隐若现，若有似无，隐约闪现，雾般朦胧的爱情，都是过气的小说情节，谁还有那个时间和心思去猜疑揣测？如今的爱情，一清二楚，明白了当。

当我提起这新闻，有人耸耸肩，然后很坦诚地吐露心声：情人节礼物也希望收到钞票鲜花，至于要批评是"赤裸爱情"或"霸气外露"，都没关系。

如此现实主义的想法，是否可能引发一场论争？

爱情是应该留在幻想中继续浪漫，收一束风信子花；或者走进赤裸的现实生活，来一束钞票鲜花？

天公生日大过年

平时没有夜生活的人，正月初八夜间十一点半，呼朋唤友，快点快点，时间过了就没好看的了！一到凌晨十二点，响彻连天的鞭炮，还有灿烂多彩的烟花，马上就燃放起来了！

从槟城搭乘渡轮过北海，人在船上朝右边眺望，著名的水上人家吸引着游客的目光。房子就建在水上？是的，去过的人便晓得，站在房子的客厅里，水波穿过木板地上的条缝在晃荡，带着咸味的海风凉飒飒地从板缝中掠上来，不曾留宿，但是，想象睡觉时应该无须开冷气。那个地方叫姓氏桥。每一座桥上住着不同姓氏的人家，其中以姓周桥最为人所知。自从槟城和马六甲以双古城申遗成功后，今天的姓氏桥已成为槟城著名的旅游景点之一。

当年中国人南来，抵达的口岸正是这儿，不知道是谁先把房子搭建起来，一间连接一间，就连木桥也建起来。桥的两旁是木结构的简陋房子，有个遮风避雨的场地，南来移民开始为生活打拼，这里居住的大多是出卖体力的劳工阶级。

当时的槟城父母频频交代孩子，没事尽可能不要到那地方去，仿佛姓氏桥是什么避之则吉的荒野之地，叫人害怕畏惧。那一带就几座桥，两边的房子也不多，共几户人家，哪一家是什么人，彼此都很熟悉。外来者一亮相，当地人互相通风报信，马上知晓。木桥居民对陌生的外人格外警惕，因为常有一些犯案者过来这里的朋友家小住。这儿具有“门一打开，便可以下海”的地点优势，对那些想离开小岛一段短暂时间，让流逝的岁月销毁记录或记忆，以后再回来的人很是方便。

之前父母限制，感觉老人家很怕事兼专制，我便对这地方益发好奇，后来认识一个在姓氏桥长大的朋友，听他说了很多精彩得可以拍成电影的故事，才恍然大悟。

海边来的陌生人，大部分是靠岸歇息或转站添油的大船上的船员和水手，以来自中国台湾、日本、韩国的人为多，不少黑市交易就在桥上进行，有什么不对的时候，要逃离也就一时三刻，一晃眼人就消失无踪，因此追捕行动往往以失败告终。

住在水边的人，大多为职业渔夫。靠海吃饭看的是天公的脸色，晴朗好天，便是赚钱的工作日，哪一天老天心情不好，把云给翻了又下起雨来，渔民只好坐在桥头看天、聊天。天色不在自己手上，无从控制，唯一的方法，是向老天祈求，希望日日风调雨顺。

福建和台湾讲闽南话的朋友，来到槟城倍觉亲切。有时在路上，听到马来人或印度人以闽南话与当地华人对话，亦无须惊异，槟城人早就习以为常。这里的华人以福建人居多，只要懂闽南话，街头巷尾乡音处处，行走全岛毫无隔阂。

福建人到了海外，对春节异常重视，比春节更受到重视的，就是天公诞了，因此有“天公生日大过年”的说法。天公诞有很多禁忌：不可扫地，不可洗衣，不可说不好听的话，女性的内衣裤尤其不可以晾晒在外，衣着从里到外必须是全新没有下过水的，女性处于经期时，不可以举香拜天公，这些非遵守不可的传统禁忌比大年初一的还要多。孩子们从小就知道，至高无上的天公不可亵渎。

天公诞落在正月初九，由于满心崇敬，自大年初八午夜十二点就开始庆祝。先在家门口或院子中央摆上供桌，供桌分前后或上下两张，前面的上桌以板凳垫高，又称顶桌，系上绣有吉祥图案的红色桌围，两旁系上的甘蔗必须见到根茎且带有绿色的叶子，中间摆上香炉和烛台。供奉天公的顶桌，供品以斋料为主，献给天公部属的供品放在下桌，一般是荤食。供品很有讲究：顶桌的五果六斋十二菜碗（或二十四碗、三十六碗），即五种水果、六种斋料、十二种盛在碗里的菜；下桌的五牲为鸡鸭鱼虾猪，谁家赚了大钱或是走了好运，往往以烧猪答谢天公的保佑。非有不可的供品还包括糖塔、红龟粿、面线（即米线）、甜糯米等。人们为了表示对天公的尊敬，所有的供品，都必须贴上红纸或精致的红纸剪花。特别要注意的一点是，这些准备工作，处于经期的女性绝对不可动手。

天公诞拜天公是福建人对天公的报恩行动。传闻古代黄巢军南侵，到了福建，因福建语言难懂，把“人”称为“狼”（闽南话“人”的发音是“狼”），引起黄巢军的误会，杀“狼”杀到大年初九才搞清楚，当时躲在甘蔗园的生还者，每人取走一对甘蔗来拜天公，答谢天公的保佑。闽南话“甘蔗”的发音正是“感谢”。

又有一则传说是，古代有个姓孟的将军，孟将军有个本领，一到陌生地，只要喝了当地的水，马上便通晓当地的语言。当他到闽南时，手下拿外省的水给他喝，结果他无法与闽南人沟通，误以为闽南人非汉人，下令手下大开杀戒，枉死了无数的闽南人后，大年初九那天，外省运来的水喝光了，孟将军喝下闽南水，讲起闽南话，才知道错杀汉人。由于那天正好是大年初九，闽南人将逃过大劫归功于天公的保佑，就在初九凌晨拜天公谢恩。

槟城人耳熟能详的传闻则是，明朝某年春节，倭寇侵犯福建，乡民连夜逃命，黑暗中慌乱间逃到偏僻的郊野，眼看倭寇就追上来，突然眼前出现一片甘蔗林，乡民赶紧逃入林里躲避。出来以后，正是大年初九，从鬼门关走一趟回来的乡民，认为是天公显灵救命，在拜天公时，不忘甘蔗的救命之恩。

甘蔗因而成为天公诞不可或缺之物，后来商人趁机涨价，但感恩的闽南人照样非拜不可。槟城的姓氏桥民，多为闽南人，供桌本来摆在自家门口，后来环境越来越好，供奉的祭品越来越多，经过洽商后，桥民把供桌摆到桥外的大街上，所有的住户都来参与，拜天公的仪式更加热闹隆重，除了祭拜，还有舞狮表演，并燃放鞭炮和烟花，形成盛大的节日庆典，吸引了全世界各地的游客旅人特地前来观赏。

今天的姓氏桥，和当年已经不一样。年青一代皆受过良好的教育，经济能力提升后，购买陆地的房子而迁离水上，平常只有恋旧的老人家居住，却在天公诞这一天，成为桥民住户的团圆日。各国艺术家亦多次到此写生绘画，主办艺术创作营，居民对艺术有了一定的认识，审美水平和卫生观念亦逐步提高，出现许多民宿旅馆。近年旅游团成群结队而来，尤其是初八的午夜，天公诞庆典已演变成槟城的旅游资源。

闽南人的“天公生日大过年”，所以在天公诞庆典拜天公就成了一年唯一一次的夜生活。拜天公果然让姓氏桥居民的生活一年更比一年好，今年的鞭炮声绝对要比去年响，璀璨的烟花燃放开来，也肯定比去年的更为绚丽斑斓。

走一趟绍兴

微雨，拎伞，伫立在周家新台门门口，攀爬在墙上密密麻麻的垂藤植物，以层次丰富的青绿叶子遮去一小部分的“全国重点文物保护单位·绍兴鲁迅故居·中华人民共和国国务院·一九八八年一月十三日公布·浙江省人民政府立”的石刻牌子，打量着粘贴在墙上的藤本植物，不知道为什么，竟叫我想起了朱安。其实何止朱安，旧时代的女性，除了特殊的少数几位，比如说同时代的秋瑾之外，哪一个不是藤本植物？

朱安是谁？

鲁迅的好朋友许寿裳在《亡友鲁迅印象记》里提起：“鲁迅说：‘这是母亲给我的一件礼物，我只能好好地供养它，爱情是我所不知道的。’”

“礼物”，自然只是鲁迅先生的一个比喻，但是，当一个“人”成为“物”的时候，这个人已经失去了人的意义，也失去人生的意义，这份被鲁迅先生从“人”转为“物”的“礼物”，其名字就叫朱安。

在海外的人，就算是鲁迅的粉丝，对朱安也很陌生。她是鲁迅身边多出来的人。研究鲁迅的文章数不胜数，却极少提到朱安，正因为大家都把她看成一个微不足道的女人，2011 年在澳门大学主办的“鲁迅与汉语新文学国际学术研讨会”上，我的论文稿是《遗物的声音》，特别为朱安发言。

在为论文找资料时，我注意到文章里写到的中国当时那个对女性不公平的环境，要求女人必须态度端庄，衣着俭朴，不打扮，不苟言笑。就算笑，也不许露出牙齿。本分的女人是静守家中，孝顺公婆，相夫教子。在受封建思想控制的旧社会里，女人大门不出，二门不迈，在家学规矩守礼节，出去就叫抛头露面，是不体面的事。现代女性捧书细读，感觉不可思议，世上竟有如此听话顺从的女性么？

来到绍兴，未到鲁迅故居周家新台门，先去了安昌古镇。走在依河而建的石板路老街上，在遮风挡雨蔽日的顶棚下，各种外头已不多见的传统手工，如箍桶、竹编、扯白糖、纳鞋、灌腊肠、渍干菜等店铺作坊，一间连接一间，空气中弥漫着黄酒的醇香，浓郁的菜干咸味，几家老餐馆，摆设着浸染岁月颜色和样貌的桌椅板凳，就连坐在里头吃饭喝酒的老人家，衣着也和建筑一样古朴典雅，竟是一袭蓝色有领长袖的长袍，仿佛此时正在拍摄电影，人和建筑，皆为拍戏特别化妆及兴建出来。

然而，如此古典、悠闲、淡然的画面，却是今天安昌古镇的真实画面，既非戏中演员在排练，也不是影片里的演艺镜头。

越过牵藤绿叶攀贴的石桥，这一边的河畔街巷路面也以石板铺设，是一条纯粹只有民居的长街，相比对岸的热闹人气，这儿杳无人声，只有粼粼水光，把水里静悄悄的倒影晃得人眼都花了。

岁月在始建于北宋的千年古镇身上似乎静止不动，时光是否停留在1878年，朱安出生的那一年？或是朱安和鲁迅定亲的1899年？或者更迟一点的1906年，那年朱安已经是28岁的老姑娘了，外头又有谣言说鲁迅在日本已娶妻生子，结果鲁迅在日本接到家里的电报，说是母亲病危，要他赶紧回绍兴家乡，孝顺的鲁迅回来了，一切结婚的布置都已安排妥当，等着他来当新郎。不知道朱安是否晓得，鲁迅回来完婚，是受到母亲的欺骗？接受命运的安排，好像不是鲁迅的形象，但在清末的中国，包办婚姻是天经地义，悔婚是非常严重的事。母亲无奈，孝顺的儿子也只好无奈地牺牲个人的意志。

婚姻，原是私事，因鲁迅的名气，结婚以后的故事，变成公开的秘密。受英文教育的南洋游客，听到朱安的牺牲，觉得鲁迅不可原谅，可是，走在安昌古镇的水边，终于明白，鲁迅那个时候倘若坚持退婚，或者离婚，当时或居于此，或从北京回到这古老、美丽的江南水乡的话，朱安唯一的出路，也许是投河自杀。

1936年10月鲁迅在上海逝世，58岁的朱安死了56岁的丈夫，为了照顾年高体弱的婆婆，朱安不可能去上海，只能在北平西三条家里设立灵堂。1937年“七七事变”，日本占领北平，两个没有收入的老人——朱安与婆婆相依为命，幸好有古道热肠的鲁迅朋友们帮忙解决生活费问题。1943年婆婆鲁瑞也逝世了，孤单的朱安不仅失去了心理上的依归，毫无谋生能力的她，现实生活中的困难即时浮现。周作人此时建议出售鲁迅的藏书。

上海文化界人士听说此事，大家都甚焦急，纷纷去信劝阻，并派人去找朱安，请她保存鲁迅的遗物。之前少有自己的意见的朱安，这回激动地回答：“你们总说鲁迅遗物，要保存，要保存，我也是鲁迅遗物，你们也得保存保存我呀！”一个被生活逼迫到无路可走的女人，朱安，这可能是她一生中，说过的唯一一句重话了。

这句重话，让作为一个女作家的我，在出席鲁迅研讨会时，决定把发言稿的标题定为“遗物的声音”。如果女作家也不为朱安发声，难道期待男作家吗？

1929 年以后，鲁迅从上海寄照片来，并告知朱安他和许广平同居的消息，朱安说：“过去大先生和我不好，我想好好地服侍他，一切顺着他，将来总会好的。”这话说明她对鲁迅仍然充满憧憬，可是，接到照片和消息后，她幻想中的美好期待落空了：“我好比是一只蜗牛，从墙底一点一点往上爬，爬得虽慢，但是总有一天会爬到寺庙顶的，可是，现在我没有办法了，我没有力气爬了。”

2013 年 4 月的绍兴，周家新台门，鲁迅故居门口，攀藤的绿叶丛中，是否仍有一只小小的蜗牛，还在努力地往上爬？

绍兴之行，在柯桥、柯岩、鲁镇、咸亨酒店，喝黄酒，吃茴香豆、菜干猪肉，处处，时时，都有一个暗影跟着我们行走。这个在鲁迅一生中投下的“浓重阴影”，经过这么多年以后，终于转为大家看得见的一个真实的人。我们不得不承认，鲁迅作为文学家和思想家的地位是不可取代的，但他的原配朱安夫人并没有因为他的知名而获得什么样的好处和名声。

朱安是鲁迅的遗物，遗物不能发声，同情她的人，也只能代替她说几句话，然后叹息。因为，今天我们已经无法改变历史，也不能改变整个事实。

走一趟绍兴，为的就是看鲁迅故居，也看看朱安故居，虽然她只是一个重要人物身边不重要的女人。

维港之忆

春天3月的维多利亚港湾，璀璨闪烁的霓虹灯斑斓迷离，光影声色交融之后掉落在被喧哗不堪的游客吵闹得浪涛也起伏不已的海水里，灿烂的光影益发活色生香，载浮载沉的倒影和岸边的光影在游人脸上潋滟，没人有空抬头去注意的月亮只好躲进云层。

目中无人的情人，兴奋不已的旅人，熙熙攘攘的人群，不约而同地在嘴里嚷嚷："帮我拍照，帮我拍照，一定要把对面高楼大厦的瑰丽灯光拍下来！"他们作为游客时，的确有特权不理他人感受，自我主义特强地高声喊叫。反正大家都是擦身而过的陌生人，通常也就这么一会儿，连样貌身材都记不得，遑论男女老少，带着这一面以后，从此再也不会相遇的心理，反而自在轻松。

"请问，可以帮我们拍一张照片吗？"其口气轻快，说的是有礼貌却粤语口音很重的华语，是广州来客，或是香港本地人呢？旅游时光的偶遇，不过一刹那，不必多加追究。

手机相册里的年轻情侣，亮丽的笑容自然真切，似乎快乐和幸福长期在一路相随。拿着手机拍照的人自认技术不好，为了保险起见，自动现身："多拍几张吧。"他们感动得连声谢谢。

"谢谢。"他们欢喜地把手机拿回去，低头亲昵地研究照片的效果，扬起的笑声里充满欢愉满意。从文化中心朝星光大道的方向走去的双人背影没有听到我说的"谢谢"。谢谢他们的善良清纯让我回忆起自己年轻时天真无邪的好日子。那时候，以为一生一世都是如此单纯无知；最终岁月让我清楚，岁月没有放过任何人。

从半岛酒店走过来，远眺天星小轮码头，心里一动，绚烂多彩的灯光，铺天盖地的繁华胜景，比起当年更加辉煌耀眼，但矗立在那儿的古朴素雅的大钟楼，我仍认得，这个地方我肯定曾经来过。

三十多年前第一次到香港，香港还处于英殖民地时代。旅人的心里不只充满好奇，还有很深的恐惧，把从电视剧里认识的香港，装在心里一起带过来：对随时随地可能发生的枪杀案、街头流血事件习以为常，有凶神恶煞的越南难民、大陆游水过来的不要命的同胞。初来乍到，不敢私下单独出游，跟着旅行团住在尖沙咀，导游带着去被英国人的食物影响的茶餐厅就餐，咖啡奶茶、烤面包涂牛油、煎蛋，味道和槟城的茶室极其相似，隔一天又去感受香港人的饮茶文化，虾饺、烧卖、叉烧包、肠粉、凤爪（鸡脚），这些又和槟城的广式点心餐厅一样，亲切感油然而生，戒心渐失。完全不会讲中文的导游说香港粤语，安排我们去逛街购物。自酒店出来，说要去女人街，走了一段路，不知目的地远近，有人问女人街在哪里，导游回答："上边。"结果团友纷纷抬头看，并提问："难道香港有一条街是在高楼大厦里面的吗？"懂粤语的团友哄然大笑。广东话"上边"的意思是"前面"。导游说香港没有男人街，但有庙街，同样在黄昏时分从酒店走过去。逛庙街，不为看庙。一条摆满衣服、雨伞、毛巾、围巾、丝袜及其他小样日用货物摊档的购物街，灯光不亮，比女人街暗淡得多。

有人在灯光“暗淡”的街头唱粤剧，有人表演杂技和武术，这两样新鲜事在南洋来客眼里比较稀奇，不过，观众似乎都是观赏免费表演，有人叫好，没什么人给钱，最后好像也没买东西，纯粹观光，同团旅人倒有拎着大包小包的，但并非相识的朋友，也不好意思探询。到玉石街，觉得奇怪，香港怎么到处都是暗暗的呢？这玉石街名为街，却不在街上，是个市场。下午三点多抵达，里头亮着灯，客人就行走在明亮和不明亮之间，选择喜欢的饰物，那些玉器在灯泡底下闪闪发出绿色、黄色、白色的光彩，更显神秘莫测。导游说这些摊子都在政府注册过，但他不保证质量，纯粹靠各人自己的眼光鉴别。里头售卖的不只饰物，除了女人喜欢的坠子、镯子、戒指等，各种不同类型的雕刻品和摆设也很多，至于价格，参差不齐。年轻的时候，把玉器看成是老人的饰品，黄金、钻石、珍珠、翡翠，感觉上都是冷冰冰的东西。走了一圈，为的是满足好奇心，空手而归。总觉得有些神话及传说在玉器里酝酿和深藏，难以亲近。更加神秘的地方，导游说叫黄大仙。原名啬色园的庙宇主要供奉东晋时期中国道教著名神祇黄初平，故称黄大仙祠，亦有供奉儒、释两教的孔子、观音等，三教融合为一大特色，是香港九龙最著名的庙宇和名胜。每逢大年初一，市民竞相烧头炷香。香火鼎盛的原因是“有求必应”。我平时也到华人庙宇烧香，遇到初一和十五，香客比肩接踵、足迹相叠。当人站在黄大仙祠时，才明白挨肩擦背不足以形容，最佳成语为“水泄不通”。除了香客最多，尚有三多，一是卖香烛的铺头，二是相命摊，三是解签档，数目之多，前所未见。团友竞相拜神求签，在有限的时间内，赶紧找解签人帮忙解读。看来大家求得的多为上上签，都笑眯眯地跟导游探询：“是不是真的很灵？”导游的回答比签诗更玄妙：“心诚则灵。”最后一天从太平山下来后，在团友的购物冲刺时间，我们跑去艺术馆看夏卡尔画展。之前仅在画册相遇，有生以来首次见精品原作，《飞在空中的恋人》令人感动、震撼、战栗，眼泪仿佛要掉下来。接着出来到导游交代的大钟楼底下等待。回来以后，徘徊不去的香港的记忆，就是文化中心和海边的大钟楼。

炫目的夜色，越来越多的游人，让人相信夜尚年轻，五颜六色的海水开始不停漾动，我伸出手掌心，是细细碎碎的雨丝。

“从前我们和朋友约会，都选择在大钟楼底下见。”原属九广铁路车站的大钟楼是20世纪六七十年代九龙最著名的地标。

沁凉而温柔的霏霏春雨为绮丽璀璨的维港夜色增添了朦胧之美，叫人踟蹰，久久不舍离开。经过大钟楼时停驻下来，请路人帮忙拍了一张照片。原来那年我们都曾经在大钟楼底下等待，这样一想，有大钟楼的维港变得亲切了。

和咖啡的恋爱

小时候对咖啡没有特别的感觉，槟城人习惯泡一壶咖啡，从早喝到晚，见妈妈一天喝数杯黑咖啡，觉得不可思议。这黑色饮料究竟具有何等不为人知的魅力呢？为何大人们在三餐与点心时间皆喝咖啡，却又不鼓励小孩仿效？明知好奇心会杀死那只猫，却生出偷偷去尝试的欲望。咦！味道并非想象中甜美可口，因是偷喝，大口吞咽，嘴巴里的具体感觉只有苦涩。

“这叫好喝？”我心里涌现疑惑。不经世事沧桑，故而不明白中年人的饮食口味。

长期眷恋一种饮料，叫白开水。事实上，至今它仍然在所有饮料当中占上风，在钟情排行榜上名列榜首，始终不曾坠跌。

盈满璀璨阳光的青春岁月，有个如今落户东马沙巴的作家在给我的蓝色信笺上书写着这样一个句子：“人生就像嚼口香糖，淡也有淡的滋味。”

讨厌嚼口香糖的人，嘴巴不停地动，没一刻静止，咀嚼的人津津有味，旁观者却看出一种轻浮的姿态，宛如一坐下便忙碌地在抖腿的人，那不停摇晃的姿势落入旁人眼里，留下性格不稳重的印象。但是，对下一句“淡也有淡的滋味”颇有好感，觉得很有意思，尝试自白开水中寻找清淡滋味。

回述起来有点像编造出来的故事，竟是在怀孕的时候，悄悄恋上咖啡。

至今仍然记得一份报告：1980 年的某个医学研究结果显示，一群被喂以大量咖啡的怀孕老鼠，生下缺了脚趾的小老鼠，过后一些研究也发现，爱喝咖啡的孕妇可能早产或生下体重不足的婴儿。

矛盾的是，平日对咖啡不屑一顾的我，居然在怀了孩子后，强烈地迷恋咖啡。爱情是一种沉溺于意乱情迷的近似疯狂的感觉，不懂节制地一天一杯尚嫌不足。为满足自己贪婪的口欲，有空就四处搜罗各种适当和不适当的，甚至粗糙拙劣的借口：肚子饿、口渴、疲累、爱睡等，这些让人一听便知是遮掩不住的谎言。那个年代没电脑，更没脸书，住的地方是小镇，不太清楚有没有孕妇的不良反应是呕足十个月，从开始怀胎到孩子出世为止。因无法喝下除了咖啡之外，包括原本心头最爱的白开水及其他不论优良或不良的饮料，获得的结果是，一般孕妇在大着肚子时体重增加，而恋上咖啡的孕妇每次见妇科医生就被叮嘱“你太瘦了，吃多一点”。

身边的女性朋友都很羡慕，日日为瘦身减肥烦恼的她们，从此陪我天天喝咖啡。奇特之处是对孕妇效果显著的咖啡瘦身法，在她们身上，看不见奇迹出现。

喝了 280 天的咖啡后，女儿出世，已经患上“咖啡瘾”的妈妈并没有即刻和咖啡分手，只不过不再像怀孕的时候，像想念情人般热切地渴望喝咖啡，只是偶尔也还冲杯香气腾腾的热咖啡来调剂生活中的“平淡滋味”。

因此就以为嗜喝咖啡的其实是婴儿，不是孕妇。

然而，两个女儿从小到大，对咖啡嗤之以鼻，纵然有越来越多的饮料可供选择，但弱水三千，她们只取白开水。反而是年龄最大的妈妈缺乏自制能力，居然目眩神迷，被品味格调一流的咖啡电视广告诱惑了去。那么漂亮的画面，那么动听的音乐，那么美丽的明星，那么悦耳的广告词。于是情不自禁在空暇的时候、看书的时候、思考的时候，甚至在一个人安安静静什么都不想做的时候，便自发去冲泡一杯咖啡。

袅袅的咖啡香气，在忧伤仓皇或失望沮丧的时刻，具有抚慰作用，并可暂时驱走寂寞和孤独，有助冲淡黯淡困顿的心绪。咖啡的香味浮游在空气中，往往充满岁月静好的从容自在。

与朋友约会时，嘴里不由自主吐露心里的选择："一起去喝杯咖啡吧。"于是，在热气腾腾的咖啡里加糖添奶，用精致的小咖啡匙搅拌几下，嗅着它与众不同的馥郁香气，在外头气候异常火热而室内有冷气吹拂的下午，在优美音乐旋律的陪伴下，喝进一些生活的情趣。

遇上也爱咖啡的同伴，引为知己。呼朋唤友到处去品尝各种各类的咖啡。爱尔兰咖啡、卡布其诺咖啡、蒸馏咖啡、摩卡咖啡、拿铁咖啡甚至咖啡酒，或者什么也不加的纯黑咖啡……一家一家，一间一间，被蛊惑得痴狂沉迷的咖啡爱好者，快活地陶醉于其中的无穷乐趣，怡然自得地对前来试图灌输"咖啡的坏处"、不停地游说希望我们从中逃脱的朋友回答："你们不会理解的啦！"

说的自然是品咖啡的乐趣。但这话全然无意义，是没有解释的解释。

惹人厌恶的黑色一点都不能讨人欢心，黑色的咖啡让人纵情沉溺，含着慵懒适意的情愫，根本不想脱身而出，自认理智非常高的人也无法逃离，委实是没有道理的，或许只能说情绪其实就是非理性的。

每天无咖啡不欢的好友美玲说要戒咖啡不难，因为她“起码已戒过十多次了”。当然都是失败的记录。她对黑咖啡简直是死心塌地、情有独钟，她自嘲没法手起刀落果断式地马上和它绝交。“萎靡不振的午后，来一杯提神的咖啡，眼睛即时明亮发光，神采立刻飞扬跋扈。”这是她不愿意拒绝咖啡的陪伴的理由。

这样说来，当笼罩在失落、失意、失败、失恋的沉沉阴霾中时，神奇的黑色咖啡可以扮演温暖绚亮的太阳的角色呢！

从咖啡缺席到咖啡入侵我的生活令我爱不释手时，我已经走到需要细心为身体调配适当的食物的中年。在潮流的驱逐下，咖啡早就被人排除在健康食品之外。结果我和咖啡的恋爱，像是不被社会群众接受的婚外情，在亲友间引起颇大的回响。

知我深爱咖啡的朋友关心地劝告：“咖啡对身体没有好处，戒了吧。”甚至到美玲家时，她冲一壶咖啡给自己品尝回味，却不嫌麻烦地给我泡别的“有营养”的饮料，“不要让你家人批评你交到坏朋友”。

家里每一个人不约而同地对喝咖啡投以反对票。中年女性容易患上骨质疏松症，据说咖啡可能是其中一个导致骨质流失的主要原因。反对最强烈的人这样明是劝说，实则在提醒，以我的年龄已经失去当咖啡族的资格。

冷静客观的女儿在餐桌上义正词严地对我说：“当人人都说你做错了，只有你一个人认为是对的时候，那么就是你本身出了问题，需要自我检讨的人是你。”她摆出一副“你这个妈妈怎么如此无知那么不听话真是让人担心”的脸把话继续接下去：“快快觉悟啦你！”

每天黄昏在家里吃茶点时，我往往感觉自己“独立于苍茫的旷野里”。家人用一种阻止的眼神把视线的焦点一致放在我放在嘴边还没将咖啡啜进口里的咖啡杯上。

戒掉一种瘾并不容易，像爱上一个人，已达到刻骨铭心的程度，以为是天荒地老的浪漫，突然要你狠下心肠放弃他，这中间需要持续奋斗和不断挣扎。

一直到有一天在电视广告里看到“为你心爱的人着想，请小心驾驶”。向来意志薄弱的我因而下定决心向牵扯纠缠我数十年不放的咖啡告别。

生活中缺少咖啡，开始时有点难过，仿佛失去了闲情逸致。那点痛楚虽不至于心碎，却时时浮着一股隐约的难舍，几经思考、斟酌、估量，终于，我愿意“为了心爱我和我心爱的人着想，小心饮食”。意思是，咖啡，往后一天只喝一杯。

麦子的位置

站在巴黎奥塞美术馆看凡·高的《在阿尔的卧室》。画面上深浅不一的蓝色是墙和门，浓淡黄褐色的床、桌椅和地板，墙上悬挂着图画、衣服和毛巾。构图单纯和谐，色调幽静宁谧，看见一个热爱生活的人居住的温馨而美好的房间。

阿尔是法国南部普罗旺斯的一个小城，温暖的阳光和美丽的风光，吸引了仓皇中找不到自己的画家凡·高，1888 年 2 月他到这儿租下房子，绘画灵感和题材源源不绝。《麦田里的丝柏树》《在圣马迪拉莫海边的渔船》《夜间咖啡馆》和许多幅不同构图不同数目的《向日葵》都是这个时候的作品。

就是在这个有两张椅子和两个枕头的卧室，高更来了，凡·高大为惊喜，可惜高更只住了两个月，又走了，后来，就有了凡·高割耳朵的故事。画家凡·高来到阿尔，被他视为“应该”了解他的高更也来了，于是他以为已经找到生命中想要居住的地方和想要在一起的朋友，可是后来发现，他的心灵故乡并不在这儿，他心里的朋友也并非心灵的朋友。

假如风景画中的景物是画家的心灵故乡，那凡·高画过很多风景，在阿尔就画了《夜间的露天咖啡座》《罗纳河上的星夜》《朗格卢瓦吊桥》《阿尔附近的吊桥》《花开满原野》《麦田》《盛开的桃花》《夕阳下的播种者》等。

忘记是谁说过“凡·高的风景画不仅是风景，而且是大地”。人们从他绘画的用笔、炫目的色彩和强烈的韵律中带来的感染力，感受到画面上所有的有生命和没有生命的东西都在燃烧。颜色浓郁，线条短促，旋涡状的卷曲笔触深具极其独特的个人风格。画家骚动不安的灵魂正在被压迫和喷射，内心的焦虑和自信、不羁和恐惧、桎梏和解脱，无法掩饰。无论多少矛盾的冲突都在他的画中相互交缠纠结，在他胸中的天和地，却是鲜活、热烈而狂野的。

静静地站在他的原作《罗纳河上的星夜》前，天上的星光和河岸边的灯光，还有水里的星光和灯光的倒影，那浓淡深浅的金黄色，在夜里照样灼人，在水里仍旧明灿得刺眼，画家按捺不住的冲动和狂热，洋溢在光线狂放地飞扬的画作上。艺术馆里人不多，甚至没有走动的声音，却仿佛听到空中的星光、水里的灯光、地上的光影，在深蓝、黯蓝的底色里喋喋不休，不知是在交谈或是在呼唤，发出来的是满墙的喧嚣。那走在边上的两个人，像两个影子，虽然有点黯然的样子，但至少有人相伴，不是孤独的。

馆里还有《加歇医生的肖像》《奥维的教堂》，落在画布上的每一笔都是陡然有力的疾旋，着上去的每一色都是炽烈燃烧的光，一幅幅热烈鲜浓、大胆瑰丽、扣人心弦的作品，让人无法相信，这些全都是画家在长时期饿肚子的情况下创作的。“……但是我继续不断地在饿肚子与少画画之间进行选择。我曾经尽可能地选择前者，而不愿少画一些画。”对绘画疯狂痴迷的凡·高因为过于穷困，连颜料也买不起，只好到颜料商丹基那儿去以作品来交换颜料，不然就要求丹基让他欠账。

“颜料的账单是一块挂在脖子上的大石头，可是我必须继续负债!”这已不单是灌注所有的热情的沉迷，绘画简直成了画家的呼吸。没有呼吸，生命便停止。绘画是凡·高的生命。

画家生命中最重要的人物是他的兄弟提奥。提奥每个月负担他的生活费用，无条件支持这个艺术才华横溢而作品却无人问津的兄弟。凡·高唯一一幅在他临终前售出的画作，也是提奥悄悄出钱，用别人的名义购买的。尽管更大的可能是提奥对兄弟的亲情令他心生偏爱，但不可讳言提奥的眼光是超前的。今天你去阿姆斯特丹，会发现荷兰人文森特·威廉·凡·高是全国人民的骄傲。游客大多为他而来，当地的人都在享受生前籍籍无名，死后全球闻名、去世已经超过一百年的画家带来的福祉。

提奥曾经对兄弟说：“……有在城市中生长的草木，但你是麦子，你的位置是在麦田里……”因此，凡·高离开繁华的巴黎到法国的南部小镇阿尔去画画。不停地搬迁和流浪，其中一个原因是要寻找生活费用更便宜的小村子。“我最想要的是，减轻你的负担。”他给提奥的信，写出他为兄弟着想的体贴心声。一个把绘画当成生命的画家，所有无名村子，都能够给予他新的启示和灵感。而那些原本籍籍无名的小村庄，却因为画家曾经来过，住过，画过，而名留千古。

麦子的位置是在麦田里。凡·高画了好多幅《麦田》，其中最为著名的就是那幅被视为最后的作品——动人心魄的《麦田上的乌鸦》。黑云密布的黯淡天空，沉重地压着金黄色的麦田，空气中充满不安和阴郁，一群乱舞的黑色乌鸦，再加上画家狂野跳跃的扭曲笔触，画面一片波动起伏，绿色的草地不但没有给人安定和方向感，还叫人产生一种无所适从的慌乱感。

凡·高可能不晓得自己的生命是那样短暂。他一生在贫穷困苦中漂泊，在坎坷的生活中拼命地画画。在给提奥的信中他说：“即使我不成功，我仍要继续我所从事的工作，好作品不一定一下子就被人承认。然而这对我个人有什么关系呢？我多么强烈地感觉到，人的情况和五谷的情况那样相似，如果不把你种在地里发芽……”潇洒的他不在乎地说道：“有什么关系呢？你可以变成夹在磨石中间磨成食品的原料！”燃烧不息的激情让他像春天发芽的野草一样疯狂地创作，其他的一切，对他来说，通通，一概，都是：“有什么关系呢？”麦子究竟是发芽生长或者被磨得碎碎的成为食品原料，完全没有被他放在心上。

放在他心上的是绘画。当年无人赏识他的艺术创作，一直到他37岁死去以后的第97年，他的一幅《鸢尾花》以5 300多万美元开创世界最高的拍卖纪录，另外一幅破了他的拍卖纪录的画，在他死后的第99年终于在拍卖场上出现，也同样是他的作品《加歇医生的肖像》，成交的价格是8 200多万美元。百年后，画家出名了，可是，这与画家有何关系呢？他从来没有享受过他理应获得的待遇。

有人可怜凡·高，因为和毕加索比较，他是那样不幸。毕加索是世界上少数幸运的画家之一，20多岁的年轻时代，已经锋芒毕露，受到画商的青睐，一生中的画作，几乎被人抢购一空。到91岁的晚年，作品还来不及摆上市场，就已被收藏家预订。绘画给毕加索带来响亮的名气和不可计数的财富，生前死后，享尽富贵荣华和崇高荣誉。相比之下，凡·高落魄无依，艰苦的一辈子里只有贫穷和孤独陪伴着他。他在世时，除了邮差路林、医生加歇之外，无人赞美他的作品。更悲伤的是，他一生缺乏爱情，他爱的表姐表明不愿嫁给他时，他将自己的手指放在蜡烛的火焰中焚烧："我要她看到，我的手在火焰中能够保持多久就等待多久。"等待的爱情，终告无望，蜡烛烧成泪，没有给他带来美丽的结果。

不妥协的凡·高仍然继续寻觅爱情。提奥有一回收到他的来信："今年冬天，我碰到一个怀孕的女人。她被男人抛弃了。怀孕的女人在冬天的街上来来去去地讨饭，你明白是什么样的滋味。我雇了这女人做模特，整个冬天都画她。我不能够付给她做模特的全部足够的工资，但还是替她付了房租，并且，谢天谢地，我能够一直到现在为止，保护她与她的孩子，使她们不挨冻，不挨饿……"凡·高最本真的善良纯洁的感情已经扩大为对社会的人文关怀："……我把自己的饭分给她们吃。"数十年来凡·高的倾诉对象只有弟弟提奥："一个艺术家不需要是一个牧师或是一个教堂的守门人，但他一定要有一颗温暖的心，把一种理想放进自己的作品中，我认为这是一个画家的责任，我以为这是很高贵的。"除了弟弟，根本没有任何一个人懂得他的心。不会中文的凡·高，也许没听过"知己难寻"，但他非常清楚人生是多么孤独寂寞。关于他自己的一切、他在绘画中要表达的心声，全都"只有我和我的心知道"。在他那个时代的人们无法了解他，没人同情他，对他的残酷和冷峻，他毫无怨言，默默地收了下来。莫非，正是这份孤单和绝望成就了他的作品和名声？

在经常挨饿的情况下，他如此绝望又倾注希望，不停地把绚烂夺目的颜色用回旋的曲线奔放地涂抹在画布上："如果我能够真正使自己全身心地从事画画的话，画画也许就是最好的药。"他企图以艺术创作治疗内心的焦虑、惆怅和哀伤。

1890 年 7 月 27 日，星期天，艺术创作再也无法产生治疗作用，凡·高到他写生的麦田朝自己的心脏开了一枪，但并未打中要害，回到家里的画家拒绝治疗。29 日黎明，星星的光芒消失了，乌鸦还在麦田里胡乱飞翔、胡乱咆哮。画家走到生命的尽头的时候，人们发现他从尽头走回来，走向全世界。

他亲手拿着手枪，朝自己的胸膛扣下扳机后，并未即刻身亡，受伤在家躺了两天后才离开了这个几乎没人了解他的世界。看到他的绘画作品，我就想象他受枪伤的痛楚，替他觉得痛。可是，再深思一层，画家平时的痛苦和煎熬，并不小于这两天枪弹射伤的痛！

绘画是凡·高的位置，他一辈子浸渍在贫困苦难之中潦倒不堪，后期又频频遭受病魔的折磨，听凡·高的悲惨故事，许多人觉得他很可怜。其实，更可怜的是，用一生的时光来寻寻觅觅，却始终找不到自己的位置的，我们。

清明花

春节过后，窗外的树，花叶都掉得差不多了，看着就快光秃秃的了，但那照样极力往四面八方伸展的枝干上，却开始萌出新芽，不过三五天时间，在你的脑海里还没掏到“就要掉光叶子的树会开花”的回忆时，红色的合欢花已经像毛毛球一样，颗颗粒粒在枝头纷纷扬扬地绽放。排排相对生的小绿叶片也以你没法想象的快捷速度，从嫩叶一下子过到深青色，一树又红又绿起来了！

春天的气息，明晰地在树上浮动游移，流连不去。

干燥的气候令人烦躁，却对花的生长和绽开仿佛毫无影响。当饱满的灼灼红花还没来得及盛开一树时，旁边另外两棵金黄色的铜荚树已奋起直追。起初未曾注意铜荚花在树上开始启颜。晨运时经过树下，铺满一地绚艳华丽的黄色落花地毯叫我抬头，这才看见那些窜着往上长的串花，不像榴莲要待成熟后才坠落，它们在微凉的晨风中，一边不停绽放，一边不断随风飘落。

春天的花陪我漫步，多么华丽的晨行时光，感觉到自己的幸福。可惜它落得太快，落花不似落叶，叶子掉在地上，叹息隐蔽其中，行人踩上去，脚步无声，却有叶子在底下嗟叹它的命运之短促。花落一地，柔软无力，不留情的晨运者把它踩得扁扁的，认命的它们只能沉默地接受上天的安排。

“黄花季节正是清明时”，很久以前有人这样提醒，“所以又唤它‘清明花’”。从此便牢牢记住，这倒是有点奇怪，年轻时什么也不在意，生命中更多更重要的回忆都被遗忘，不是蓄意，只是不经意。热带国家四季尤其不分明，气候变化过于微小，便不往心上搁，事实是幼稚无知，身边的大小事多被忽略，等到学会“万物静观皆自得”，才发现，原来，花，有时开，有时落。

清明节到了！只因金黄色的铜荚花又漫天飞舞，四处飘扬，这橙黄色的花才刚刚绽开呀！虽说无声无息，颜色却明亮昂扬，具有欢欣鼓舞的气息，只不过，没人有空去瞄它一眼，它就悄无声息，落落寡合地掉下来了。许多事情皆如此刻不容缓，就像鲁迅说过“有些事要快点做”，再不动手，时间列车毫不留情，瞬息间开过去，任你跑得再快也来不及赶上。那些从前的梦想，一直就只是想着，不知不觉间，竟被时光逐渐给淘汰了。

树上、空中、地上的黄花，宣告清明节即将来临的信息。《岁时百问》中说：“万物生长此时，皆清洁而明净，故谓之清明。”据说清明节扫墓的习俗始于古代帝王将相的“墓祭”之礼，后来民间仿效，也在这一天祭祖扫墓，久而久之，便形成一个固定的风俗。继承儒家思想的海外华人，异常重视这慎终追远、饮水思源的节日。通常在阳历四月五日前后，这十几天内，堵车情况比平常严重，几乎所有在外工作的游子，皆纷纷赶路回乡扫墓。

这一个祭祀祖先的传统节日，另有一传说是由寒食节演变而来。历史记载，两千多年以前，春秋时代，晋国公子重耳逃亡在外，有一餐没一餐的时候，他的随臣介子推，竟然割下自己腿上的一块肉，煮给公子吃。后来，重耳回国做了国君，为了回报知音，大肆封赏所有当时随他流亡在外的随从，在这欢乐的时候，只有介子推一人，拒绝受赏，且还带着母亲隐居绵山，不肯出来当官。这时已经成为晋文公的重耳，为了强迫介子推出山，下令放火。晋文公以自己的心去推想：向来孝顺母亲的介子推，为了不让母亲烧死，一定会带着母亲走出来。没有想到，有所坚持的介子推，遵守个人的原则，和母亲一起在山里被烧死了。把好事变坏事的晋文公，为了纪念介子推，下令每一年的这一天，不准生火煮食，人人只好吃生冷的食物，后称寒食节。

今时再无寒食节，到墓园祭祖扫墓，大都预先在家煮好食物及准备其他祭品，包括鸡鸭猪鱼、鲜花、斋菜、水果、饭和面、糕点、茶酒等，还有香烛、纸钱以及各类纸衣、纸鞋、纸汽车、纸珠宝、纸手袋，甚至纸电脑、纸手机，外人看着，可能觉得很可笑，但子孙为了尽孝，把自己在现实中享用的所有物品，都一并烧给祖先，希望他们在另一空间也获得同样的享受，这份孝心却也可喜可嘉。

人们从前还相信火烧旺地。抵达墓地，子孙除草后，把野草和香烛纸钱及其他打算给祖先享用的纸扎祭品，一起点火焚烧，结果有时发生火烧山事件。近几年来因为环保，且担心烧山事件重现，墓园管理处贴纸说明勿在墓园里焚烧，如有需要，请把纸钱和纸扎祭品一起拎到焚烧炉统一燃烧。

清明节扫墓本来心情黯淡忧伤，含着生别死离的悲恻，却也在这个时候，那些远在外地的亲戚朋友都回来相聚叙旧，于是又有重逢相见的欢欣喜悦，真像那正在开花时便一并在落花的铜荚花，荒谬却真实，只好说这真是一个富有特色的节日。

晨运回来，将金黄色花毯的照片通过手机转给朋友看：“你说的‘清明花’又开了，唐朝杜牧写‘清明时节雨纷纷，路上行人欲断魂’，可是，今年快清明了竟还没下雨。”

朋友也通过手机回信：“这花，并不是‘清明花’。”他也给我发来一张照片，画面上的金黄花，一样是串联生长，只不过，我给他发的铜荚花，是往上长的，他发来给我看的串黄花，却是往下生的。一大串比铜荚花要更鲜艳夺目，那花瓣仿佛更长也更薄一些。他在照片后边这样说：“这在清明开花并掉落一地的‘清明花’，叫做‘金浴雨’。”

有时候还是要赞赏电子科技的便捷和及时，原来这么多年来，我都在误会，颜色一样的黄花，在同一个季节盛开凋落，我多年来叫它“清明花”的花，并不是朋友告诉我的“清明花”。

“‘金浴雨’这花真好看，名字也真好听。”我给朋友回信。

他在第一时间回信：“清明时节往往遇雨，这花是金色的，时常就浴在雨中，故称‘金浴雨’。雨一来，浴在雨里的花，便开始飘零。”

听到窗外有声音，推窗往外眺望，铜荚花还在开，还在落，花开花落没有声音，声音是雨打在花树上发出来的，红色的合欢花早已掉光，只余青翠的叶子长满一树。在它旁边那两棵铜荚树上的铜荚花，还在努力开，还在努力落，明天早晨的金黄落花，照样铺满一地，纵然已经知道它并非“清明花”，可是，我想，它照样会叫我想起清明节。

美浓情浓

一路上，叶子像青翠色大梳子的椰树和绚艳鲜红色的木棉花排成两行，以春天的姿态来迎接世界华文作家交流会的采风团，坐在旅游巴士里，我们一边听导游介绍美浓的客家人和客家菜，一边看着路边的树慢慢转成槟榔和香蕉，还有木瓜。“这些都是美浓的特产”，掩映在果树后面的是一片碧绿的稻田，“美浓也种稻米”，自台北一路陪同我们到南部来的导游黄先生这样说。平日教导外语并通法语，从年轻时就外出念书游学，瑞士、法国、日本、英国、美国，跑了很多国家，见过很多世面的黄先生，偶尔客串当导游。他知识面广，好阅读，而且一点也不吝啬，时时给我们提供各种丰富的知识，包括保健和环保，再加上他对台湾的历史掌故、政治时事皆了如指掌，除此之外我们还获得福利，他很乐意将他听来的、看来的，那些流传日久、似真似假的名人故事，与我们分享，沿途精彩动人的演说，和窗外朴素明媚的风景一样，赢得全团人赞赏的掌声。

“在高雄县的美浓镇，基本上是个客家庄。晴耕雨读是客家人的生活习惯，这儿保留最完整的客家人习俗。客家话是唐朝官话，不信你试试用客家话来念唐诗，音韵贴切，因为唐朝的时候，很多客家人在朝廷当官……”话犹未完，车子突然停下，路边立的红白相间的大牌子写着“台湾基督长老教会美浓教会”，下面是一个电话号码。黄先生宣布，我们等待美浓的原乡人黄森兰老师。原来他特别安排一个美浓人来为我们讲解带路。

从台北特别搭乘高铁到左营，一下高铁，车站大大的广告牌子上写着“高雄春天艺术节”，看着就让人欢喜。有个男生拉着旅行箱，在观看排列在牌子旁边的艺术节广告宣传单时，忍不住拍下照片作为纪念。我们这趟却非为高雄的春天艺术节而来，而是到美浓的一个重要景点——钟理和文学纪念馆。

“原乡人的血，必须流返原乡，才会停止沸腾。”2004 年 3 月，正好是 11 年前，温家宝总理在北京人民大会堂举行的新闻发布会上，朗诵过《原乡人》中的这个句子，大家即时对《原乡人》的作者钟理和另眼相看。

早在 20 世纪 80 年代，短篇小说《原乡人》由导演李行拍成电影，男女主角是红极一时的秦汉和林凤娇。由翁清溪作曲、邓丽君演唱的歌曲获得第 18 届金马奖最佳原创电影歌曲奖。改编的电影故事包括作者钟理和本人的经历。

生于台湾屏东县的钟理和，祖先从广东梅县迁到台湾，钟理和的父亲长袖善舞，生意做得很成功，是当地名人，为大户人家。但钟理和因过度沉溺于读小说，结果考不上中学。18 岁随父移居美浓，19 岁爱上与他同姓的女子钟台妹（又名钟平妹），在仍然迷信“同姓不许通婚”的年代，他们的爱情没有获得祝福。不被谅解的钟理和带着他心爱的台妹远走中国东北。1940 年他在沈阳结婚，1945 年在北京出版首本小说《夹竹桃》，1946 年回到台湾，开始创作长篇小说

《笠山农场》，中篇小说《雨》，短篇小说《原乡人》《贫贱夫妻》等。

因为电影《原乡人》，原书作者钟理和突然大红大紫，可是，这已经是作者身故二十年以后的事了。1960 年，才 45 岁正值壮年的钟理和，生活艰苦，贫病交加，最终敌不过病魔，离开了人间，生前只出版过一本小说集。

他在临死前，给儿子的遗言是："吾死后，务将所有遗稿付之一炬，吾家后人，不得再有从事文学者。"但今天他的儿子钟铁民，也是一位作家。

蜿蜒盘旋的路是文学的路，也是到钟理和文学纪念馆的路，车子停在朝元禅寺门口，下车后继续向上走一小段山坡道，在还没有穿过石桥之前，绿树林立的桥边有块由高雄县县长立的大石，镌刻着"钟理和纪念公园暨台湾文学步道园区"的红字。

1979 年，6 个台湾文学家：林海音、钟肇政、郑清文、李乔、叶石涛和张良泽，联名发起筹建钟理和纪念馆，费时 4 年建成。这在当年是难得一见的唯一一个平民纪念馆。

纠缠满地的橙黄色马樱丹，朵朵金黄花昂扬挺立，却没遮住桥头刻的"平妹桥"桥名。桥两边矗立的牌子，镌有作家手掌印和笔迹：2010－3－4·文学是人类灵魂的故乡·钟肇政；2010－3－4·文学是文化的花朵·李乔；2011－10－11·有文学的所在，就有树林，有树林的所在，就有文学·陈坤仑……这些都是挺有意思的文学佳句。一边走一边读，底下还有钟理和几本小说的封面图，设计风格和此地一样朴素简约。

穿过石桥，沿着山路，山路两边青翠的树林间，摆设着不同造型的石刻，这条文学步道，共有 35 位台湾文学家的生平简介和名句精华，其中一个石刻是“王昶雄·阮若是打开心内的门窗·阮若打开心内的门，就会看见五彩的春光，阮若打开心内的窗，就会看见心爱彼的人”。认识华文的我，字字会读，但看了不明白。后来问了曾经在台湾念大学的妹妹，她解释，这是闽南话，而这首诗已经谱成曲，是闽南歌，已故帽子歌后凤飞飞和后来的闽南歌后江蕙都唱过。“阮”是我的意思，心爱“彼”的人，意思是“我心爱的那个人”。原来王是闽南语作家，这才恍然大悟。钟理和和钟台妹的故事，听着浪漫，在现实生活中，固然美丽甜蜜，同时也充满辛酸的泪水。然而，只要看见心爱的那个人，所有的痛楚，一切的辛苦，都是值得的。

两层楼的洋房，一进去就见戴帽子、穿大衣、戴眼镜的钟理和看着你，半身雕像底下是用铜版镌刻的钟理和生平事迹。右边有个“原乡人”角落。墙上是一幅美浓平原大画，钟理和的半身雕像摆在书桌边，另一面墙上挂着钟理和夫妇抱着儿子的油画，靠墙处有作家创作用的书桌、椅子，旁边是个四层小书架，书桌上搁着稿纸和笔。对面整面墙上是作家年轻的英俊样貌，旁边书着“信念”两个大字，下边有钟台妹的秀气小照。再过去的两面墙，则书写着“为了爱”和“为了文学——终至咯血而死”，这儿有理小平头，看着瘦弱的作家的大头照，嵌在美浓矮矮的山的照片里。

楼下是钟理和个人纪念馆，楼上展出台湾其他作家的手稿和著作。再上去还有半楼，楼梯上挂着长条幅：“人和土地的书写——钟理和的文学世界。”

步行回到平妹桥，临走时抬头一望，红橙色的非洲郁金香在树上像火焰样绽放。花开得熙攘热闹，但整个下午就只有我们一团人在参观，这里是比较少人来的景点吧？文学事业寂寞，文学星空寥落，但文学人仍期待花儿盛开，期盼星光灿烂。一个在台湾现代文学史上具有重要地位的人，也是台湾乡土文学杰出的奠基人之一，却是“倒在血泊里的笔耕者”，叫人痛心惋惜。生前没有人给他一个地位，他照样坚持，默默创作，去世后有一颗小行星被命名为“钟理和”。

上车以后，一路上照样是高高的槟榔树、木瓜树、香蕉树、茉莉花，在稻田中央飞翔的白鹭，火红的夕阳，车子走在钟理和的小说场景里。导游透露，《原乡人》当年在台湾被退稿，却在香港获奖。这话多少安慰了作家团的作家们。写作者都有失意的时候。幸好，好的作品存在着永恒性，当下不一定被欣赏，但经过许多年仍在流传，这让人看见文字的本领之高强，具有穿透时空的力量。

悠闲棉兰

崎岖狭窄的山路和几年前来的时候一样，路边的青翠碧绿依然如故，就像老朋友的热情没有丝毫改变。“多了一个景点。”陪同一块来的棉兰朋友苏一边说，一边指着前面黄金色的寺庙。在阳光耀眼的下午闪着灿烂的光芒，让人分不清到底闪烁的金黄色是寺庙还是阳光。“这叫大金寺。”坐在司机旁边的吴说：“这是印尼一个华人企业家花了不少钱修的黄金寺庙。开幕当时，请来世界各地共一千个和尚诵经。”一千个和尚一起诵经，当时肯定异常庄严，我却没有见证的机会。然而，世上有三个被称为东方艺术瑰宝的佛塔，无意中竟去过两个——印尼日惹的婆罗浮屠和柬埔寨的吴哥窟，只有缅甸仰光的大金寺，金碧辉煌的夺目光彩一直留在图片中。

佛教有缘分说，因此不强求，等待机缘俱足吧。人和人，人和物，人和景，都一样，一旦时间到了，缘分足了，就有机会相见。

群岛国家印尼，由 13 000 个岛屿组成，其中三个最大的岛屿是婆罗洲的加里曼丹、爪哇和苏门答腊。世界第五大岛苏门答腊因为太大了，共有三个首府：南部的巨港、中部的巴东、北部的棉兰。仅次于雅加达和泗水的印尼第三大城市棉兰，也是印尼境内民族最多元的地区。除华人、印度人、欧洲人之外，还有原始马来族、马达族、亚齐族等数十个民族。马达族集中居于印尼文称为 Berastagi 的小山镇，华人便叫此地为马达山。海拔 1 400 米，气候凉爽，风景宜人，是棉兰人的度假和避暑胜地。

棉兰大金寺位于马达山，距离棉兰不算远，大约 68 千米，我们却花了将近四个小时才抵达。姓孙的司机半路停下来让我们吃巴东菜。巴东菜是印尼特有的菜式，其中一道最著名的是炸鸡，先把鸡肉捶扁，再油炸，吃起来很有咬劲，就像我们叫的“甘榜鸡”，即中国人所谓的“走地鸡”。其他有干咖喱牛肉、辣椒番茄煮鱼肉，最叫我惊叹的是充满野地风味的蔬菜，除了空心菜，其他两种很陌生，探询一下，原来是木薯叶和木瓜叶，煮法很简单，先把叶子细细切丝，煮的时候加入椰浆和辣椒，入口既香又辣，很是开胃。苏说这些菜肴是这里的土族每天或者说每餐都在吃的，家常普通，但当今城市人很羡慕，觉得巴东人很幸福，餐餐吃着无添加任何化学肥料、在外边最流行、价格昂贵的健康有机野菜。印尼餐厅都摆长桌，不像华人喜以圆桌用餐，结果我们一边吃一边把自己面前的菜肴传来传去，毫无虚伪的客气，要不然有些特色菜回去后就没机会品尝。几年前到佛教圣地婆罗浮屠观光，行游日惹，某日吃到那几天吃下来最中意最合口味的菜，餐馆就叫棉兰餐厅，探询，果真是棉兰人开的。按理巴东菜应该在原乡最地道，可是，当棉兰人坚持说在棉兰的巴东菜才最美味可口时，我也跟着他们点头，并无反对的意思。

午餐后继续沿着荷兰统治时期开辟的山路蜿蜒而上，荷兰殖民者当年为到山区度假开了这路，曲折且缺乏维修的道路颠簸得司机不得不放缓速度，两旁青翠苍绿的原始森林始终不离不弃，视野里的浓郁绿意仿佛永远不会消散，姹紫嫣红的野花到处缤纷绽放，田地里纵横交错的阡陌像山腰间的海浪起落有致。还未开口赞赏，苏便自动告诉我："棉兰人喜欢到这里来享受秀丽旖旎的大自然风光。"从大金寺出来，车子继续往山上开去，花树、果园和菜圃的景致很像马来西亚的金马仑高原，就连寒冷的空气，身穿寒衣或外套、抱紧胸口、步伐慢悠悠似乎无所事事闲闲走过的游客和居民，打扮和神情都极相似。

时间在小山镇仿佛慢了下来，比起棉兰何止慢半拍？首次到棉兰小住，感受到时间的拍子在这里变得徐缓。几个朋友和我们约好见面，本地人等时间到才开始上楼准备换衣打扮，抵达约会地点自然已迟，约好的人只有一个已到，其他仍未抵达，外来者不停地看手表，本地人安慰："没关系，我们先喝茶聊天，他们可能塞车，可能司机晚到，可能有什么事吧……"彼此体贴地为彼此着想，没有人在意迟到这回事。来到棉兰竟找到早已远去的悠缓步履。习惯被时间管制的外来者，还像平日般处于紧张状态，棉兰朋友却从容不迫、轻松愉快："不急不急，来得及的。"看似慢条斯理，一切计划最后却都按照安排进行，任务照样完成，没有什么被耽搁下来。

时间在棉兰可以如此被挥霍，叫人羡慕得很。现代人追求的生活不就是如此这般"慢些，慢些，再慢些"吗？没想到更徐更缓的步伐是在马达山，当"哒哒哒"的马蹄声节奏响在耳边时，竟让人心情舒畅、精神放松。马车是为游客而设，小孩特别兴奋，在马车上欢愉地尖叫。上下马车的站点，是一栋被废弃的老旧建筑物，草不只在地上生长，有的还在屋顶上枯竭，绿和褐两色一起在空中纠缠交结，左右两边的屋檐皆尖尖地向晴蓝的天空划去，抬头看见有喜鹊飞过。房子不见富丽堂皇，保存也不见完整，却是风格特异。这独特的造型和马来西亚森美兰州的米南加保族人的房子相似，吴说马达族就是米南加保族。这叫我羞愧，马来西亚和印尼如此相近，我竟如此无知。

果菜市场内外排着密密麻麻、琳琅满目的水果蔬菜，菠萝蜜、芒果、榴莲、山竹和红毛丹都是马来西亚常见的季节性水果。有些水果我从未见过，苏一边指着一边说出名称的蛇皮果、牛油果、百香果等都很新奇。孙说这一带属火山土质，有肥沃的土壤，故水果蔬菜特别多，味道格外香甜。为了不辜负和不知名水果的相遇，当天晚上把各种奇异的水果当晚餐。

隔天用过早餐后下山，崎岖狭窄的山路和昨天来的时候一样，路边的青翠碧绿依然如故，就像老朋友的热情没有丝毫改变。回程速度似乎加快，两个多小时便抵达棉兰市区著名的地标水塔，下车时孙告诉我，明天他将再上马达山，另有朋友从外地来。

一个地方让人眷恋不舍的，不是风景，而是友情，棉兰朋友的深情厚谊是我一再探访的原因。孙说话的语气轻描淡写，但我想，悠闲的棉兰，也许仅是游人的感觉。

老年有梦

一个少年趴在石台上吹肥皂泡泡，他左手旁有个小孩，露出半张脸，眼睛的焦点对着吹得很大且透明发亮的肥皂泡泡。构图非常简单，逼真得像一张照片。洛可可风格的法国画家夏尔丹的《吹肥皂泡泡的少年》让我们想起了自己的童年，也是从这幅画中知道，原来 18 世纪的欧洲就有吹肥皂泡泡这玩意儿。

有人嘲笑那些有梦想的人，是在吹肥皂泡泡。轻盈飘逸的泡泡在身边飘荡，看起来很漂亮，但很快就消失不见。梦想无法永恒吗？或是说，梦想难以实现？

1699 年 11 月 2 日，夏尔丹出生于巴黎。父亲是做台球桌的工匠，手艺好到连法国国王也是他的顾客。当时人们把肖像画和历史画当成高级画种，夏尔丹却选择了在学院体系中被认为较低级的静物画和风俗画。画风平实的他试图通过静物画来反映一般人民的日常生活趣味，也以风俗画反映普通人民和善、勤劳和俭朴的美好品德。他的风俗画受到小荷兰画派的影响，画的虽然都是一些常见的平凡物品，但能赋予静物以生命，善于把人物形象和生活环境联系起来，使得思想内容更深刻，质朴而写实的画法获得热爱生活的人在思想情感上的共鸣。其代表作有《洗衣妇》《厨娘》《小孩和陀螺》《午餐前的祈祷》《吹肥皂泡泡的少年》等。

1728 年，静物画《鳐鱼》展出，夏尔丹一举成名，并以“拥有描绘动物和果实才能的画家”的推荐理由当选为皇家艺术学院院士。他是洛可可风格的代表性画家之一，也是备受艺术评论家狄德罗称赞的画家，1779 年 12 月 6 日于巴黎逝世。

崇尚朴素的夏尔丹，其作品表现出来的美自然而亲切，独具艺术魅力。他用色素雅协调，画面恬淡柔和，就像这一幅《吹肥皂泡泡的少年》，看着似乎是以画来记录一个生活片断，然而，画家要告诉我们的究竟是什么呢？

肥皂泡泡吹得多么大，多么美，最后的结局终归是破碎。破碎以后的美丽，还是一样的美丽吗？也许夏尔丹要告诉我们，梦想不要只是站在旁边看，而要设法去实现，那么，就不会沦为虚幻的肥皂泡泡。

每日黎明习惯晨运，受邀演讲的主办单位特别挑选到天然环保农场留宿的清早也不例外，刚打开别墅大门，小孩的欢乐笑声扬起来，为美好的清晨加分。草地上露水未干，孩子们喜悦地追逐着身边轻灵飘舞的肥皂泡泡，有些泡泡大得像个单车轮子，因为有人用一个大铁圈子，在空中划出大肥皂泡泡，有的小孩用吹管拼命在吹，细致的泡泡像日日春的花一样，不停绽开，大小肥皂泡泡这时快乐地四散纷飞，悠悠扬扬地在空气中飘浮。温柔的太阳光下，晶莹剔透的肥皂泡泡在旋转流动，像无数缤纷飞翔的灿丽圆朵小花，叫孩子们心花怒放。

“爱做梦的孩子都喜欢肥皂泡泡。”一起慢跑的同去友人感慨。

这些小孩就像我小时候一样。可是，他们不晓得，肥皂泡泡最后都会飞走，然后破掉。

天然环保农场周围是树林、果园、花圃、菜园，夜里散步，轻柔的风吹过，看着辽阔的夜空数点星星，感觉到夜凉似水的寒意。有个夜晚曾和朋友打伞散步看星星，当晚飘洒着细得似雾的雨丝，星星却一颗也不见，但没有今夜那么寒冷，令世间温暖的总是友情的关怀。朋友家有个随意搁着几盆花的露台，没有漂亮的装潢，却是我借宿在那儿最常流连的地方，一个适合看太阳和星星升起的场地。

隐隐地觉得有点惋惜，像他生活那么忙碌的人，不可能在平常的时候浪费宝贵的时间，可惜了那么好风景的露台。虽是谈得来的朋友，却各人有各自的追寻和选择，要求和向往的都不一样。

听过一个久不执笔几乎已经脱队的作家说："对日子依然有梦的人才会对着天上的星星发呆。"

能够对着星星发呆，也是一件很好的事情。至少得把心空出一点点位置，找出一些些闲情，很多朋友都已经不做这种傻事了。

问过五十几岁的 P："人老了，还会有梦吗？"喜欢和 P 聊天，是由于他对我的容忍和诚恳。一个从不讥笑我思想简单和愚昧无知的朋友，在他面前，我可以自然真实，不必虚伪矫饰，不懂装懂。

所有的故事在开始的时候，都让人充满憧憬。正像年轻单纯的岁月里，对未来的路充满无数热情丰沛的绮丽幻想。当日子迂回流过，曲折粗糙的生活将会令铮然盛放的一簇簇梦想的花逐渐凋零枯萎或离散飘落。

意外地看到 P 的微笑："不要以为老年人没有梦。"

年轻时候的激情热烈狂乱，追梦的姿态是不顾一切的急灼躁炽。悲欢岁月浇下的风霜冷水，使人在经历年少沸腾的燃烧火焰后，让妥协和舍弃把狂热的梦变成收藏太久的橘子，日渐萎缩干瘪。

怅然的心忧伤起来充满迷惘，是不是有些梦和理想，是一个无论怎么长途跋涉也永远无法抵达的目的地呢?

然而，强硬的P凛然地说：“不管几岁，人还是要有梦，一步一步去完成，从而带来成就感和快乐，这样的日子才有意义。”

P的积极是由于他曾经有过追梦不成的悔憾，或者是沧桑岁月并没有扭曲他的执着信念呢?

我没有追问。

当我在追梦的途中遇上阻碍、挫折和失败的路障或栅栏，支撑不住，跨越不过去，感觉沮丧泄气、苦于挣扎的时候，我赶快反复温习P的坚毅，然后不再推诿和埋怨，打起精神继续奋斗。

夜晚的农场天空，星星比别的地方要明亮，就像早上圆满自由纯净美丽的肥皂泡泡，仿佛在提供一个信息：一个人就算到了老年，也还要有梦，并且还要坚持——设法实现渴望的梦。因为人生不要有悔，也不愿有憾。

误会杜鹃花

刚踏进台北 101 高楼，突然接到年轻律师的信息，她这时候人在日本旅游。“你看看。”她先打字过来，随之而来的是花和树的照片。那棵挂着片片暗紫红色似花像叶的树，旁边有块木板注明花树的名字，一看，太吃惊了，张口结舌说不出话来：“日阴踯躅。”“这名字叫人生出惆怅。”她说。另一张是“钟馗杨栌木”，虽说是春天，此时却只有无花无叶的枝干，画起来很漂亮，看着却有点伤感。还有一张画的是叶子掉得一干二净的树，枝丫上开着绚丽明媚的黄色“山茱萸花”。“日本的花名，美得真叫人不知如何是好呀。”年轻律师的形容词看起来夸张，但可能真的就是她的感觉。

爱花树的她，有时候为了一棵开花的树，下班后特地开车到植物园去跑步。这一回为樱花飞到日本。“人飞到了，樱花尚未全开。”听到她在手机文字背后的叹息，“可是，春天的日本，还是有很多其他的花。”发的照片有她的笑脸，在一番庆幸有所补偿的感慨后，她稍带缺憾地继续说：“唉，你会发现，汉文化竟完整地保存在这里。”

为花癫狂非坏事。我手机里也有昨日下午到阳明山拍的樱花和杜鹃花照片。但对手机的用法，成天处于“还在摸索中”，无法即时发给她炫耀一番。突然看见101的宣传大电视就在商场自动扶梯旁边，这时正好出现101高楼显现文字“台北101更希望与台湾人民的心紧密结合”，赶紧用手机拍下来，直接传过去。年轻人用手机的本领高强，立马便收到她的回信：“我在京都看花树，你在台北看高楼。哈哈，你真没水平。”

昨天的我比较高水平，在台湾的花树日赏花。从早到晚，除三餐时间外，都在不同的公园里逛花丛。台湾不愧是花树宝岛，处处花树挺立，尤其恰逢春季，随便经过什么地方，街边路旁，抬眼处皆是美。抵达士林官邸，昂直修长的棕榈树大方地站两排，春风轻轻梳过棕榈叶，叶子显出欢迎的优美姿势和游人打招呼。朝凯歌堂和新兰亭的方向走去，来自中国的曹指着矮矮的黄虾花旁边，开着紫红色花的灌木丛问：“这是什么花？”

“杜鹃花！”我脱口而出，不是争先回答，只因从前把九重葛误称杜鹃，唤了足足三十年。一直到有一回到南京开会，应邀趄到杭州与画院画家交流，船游西湖到三潭印月小岛，边走边聊，不识杜鹃的人，遇到好多杜鹃花，粉红、洋红、桃红，热烈地在冷风中极力撑起它们的绚艳明媚，一边颤抖，一边怒放，无比喧闹，却没有声音。我忍不住了：“这是？”杭州的画家随便望一眼，马上回答：“这叫映山红，又叫杜鹃花。”

“杜鹃花？”冲口而出，声音有点高，杭州画家转头来看我。

我重复：“这是杜鹃花吗？”

印象中的杜鹃花，有红黄紫白数色，还有一朵花两种颜色的。花瓣薄如纸，团团簇簇生，三片花瓣中间有三条花蕊，粉白黄色的花蕊也开花，盛放时变成花中花，而且是一条一条地开，当三条花蕊的花全开时，看着就是点点粉白艳黄在阳光下招呼过路的人快来观赏，耀眼夺目比三片花瓣还抢眼，盛开的纸一般的花瓣反而成为配角。

但杭州画家却把眼前这张开的五瓣桃红，一瓣沾满更深红的喷点，中心有无数小花蕊，虽然花瓣也如纸般薄，但阔而大些的花，说是杜鹃花。

回来以后慢慢搜索，那个时代没有电脑，唯有翻书，看画册，找花卉字典，方知误会太深。一次借机问马来朋友，答案为马来文叫 bunga kertas。bunga 是花，kertas 是纸。翻找良久，方知这纸花华文名字非杜鹃，真正名为九重葛，也称宝巾花。在阳光雨水丰沛的热带地区容易生长，容易开花，长年累月，花开累累，从不凋谢。后来到厦门，在厦门教我水墨画的白磊老师说，这花又叫三角梅，是厦门市花。

在心中爱了三十多年的杜鹃花，每天看见它，尤其一种叫新加坡红的紫红色最动人，看到了就要靠近一点，看个仔细，闻闻它的清香，但它原来不叫杜鹃花。过了很多很多年，才渐渐把杜鹃花改称九重葛。

士林官邸有玫瑰园，有兰花展，有香草园，还有各种美不胜收的，有些叫不出名字的花花草草，杜鹃花却无时无刻不出现，行过这里有一片，经过那里有一丛，淡紫、深红、浅黄、粉白、浓橙，还有双色的，带点带斑带条混杂色的，千姿百态，叫人怜爱，难怪古诗说“人间美西施，花中唯杜鹃”。

从士林再到阳明山，燃亮了游人的眼和心的，是满山粉白艳红的樱花，还有姹紫嫣红的杜鹃花。这时才听说，杜鹃还有别名叫山踯躅和红踯躅，竟不让日本花名专美。人在杜鹃花丛中踯躅，顾媚唱的《杜鹃花》在耳畔回响：淡淡的三月天，杜鹃花开在山坡上，杜鹃花开在小溪畔，多美丽哟……

多美丽的杜鹃花不在101高楼，人到101，才知道2004年12月31日台北101以509.2米的高度，取代马来西亚吉隆坡的双峰塔成为世界最高摩天大楼，维持5年又4天后，527米的阿联酋迪拜的哈里发塔在2010年1月4日超越了台北101。最高的数据不断被刷新，要飙到什么样的高度，才是永恒的最高？纵然不再是世界第一，但101已经成为台北著名的地标，凡到台湾观光的游客，必来一游。

我们来到的时间有点迟，一路五光十色的霓虹灯绚丽耀眼地流窜，使得人心焦灼晃荡，从未来过的同团作家稍稍紧张着急。这里有全世界最受欢迎的流行品牌，有时尚知名的服饰、化妆保养品以及品位一流的精品店等，打的口号是："一次就能满足时髦的你的消费欲望，与全世界同步的流行趋势，让你打造完美的自己。"

缺乏消费欲望的人来过两次，两次都在里边闲逛不到半小时，什么也没买就跑到高楼外，伫立在美国波普艺术家罗伯特·印第安纳设计的鲜红的"Love"字前拍照。罗伯特擅长以简单的短字或数字加粗，传达富有震撼力的信息，成为图像式的艺术作品。早在1964年，"Love"已经出现在纽约现代美术馆的圣诞卡片上，1973年1月27日，美国签下《巴黎和平协定》，结束在越南的军事存在。同一天，美国邮政局以罗伯特的"Love"制成邮票，商人看好战后人们渴望爱与被爱的心理，大量贩卖印有"Love"的海报、明信片和T恤。

约好的时间未到，我走出101高楼，站在外头等巴士，天暗得很快，但是101高楼外边的"Love"字，还有许多人争着拍照。无论在什么地方，不管在什么年代，"爱"，不约而同，是所有人的永恒追求。

导游找到"春夏时尚漫游"牌子下的我们，继续等待同团作家，有人登上 89 楼观景台喝咖啡，有人尚未完成购物任务，有人闲逛迷了眼舍不得出来，五彩缤纷的霓虹灯，影影绰绰让人眼花缭乱，天空一轮圆月亮晃晃，农历二月十六的月亮是今年最圆最明亮的，不知道有多少人一起看见。

杨梅红艳

到厦门的时候是五月下旬，立夏过了，夏至未到，想象这季节气候变化应该不大。心存前一年被班机延误至半夜抵达的余惊，这回预订清早首班机，深夜三点起床赶去机场，半路接到航空公司发短信通知迟飞，以为最可靠的准点航班送来措手不及的失望。待抵高崎机场，有人飞快地提着行李奔跑，仿佛一切就要来不及了。延误钟点之长实在太荒谬，已经到无法接受解释的地步。之前承诺出席的晚宴泡汤了。望见热闹的停机坪上，纷扰的雨在夜里淅淅沥沥。

邀请我去演讲的厦门大学郑老师电邮告知，夏天多雷雨，近来大雨小雨连绵不断，鹭岛不见蔚蓝晴空，要记得带伞。我看着大面玻璃外头滴滴答答的雨丝懊恼莫及。

接机的人都流露心焦如焚的目光，一副忧心忡忡的脸孔，也许他们和我登机前的想法一样，脑海不断回溯 3 月 8 日失联至今毫无消息的 MH370 班机。在焦急的心和忧虑的脸之间，一位戴眼镜的英俊高大的儒雅小生前来唤我，我惊喜交集，却叫不出他的名字。“我是阿明呀。”“我忘记带伞。”一年不见，见面第一句话让我懊恼和后悔。

阿明安慰："不急不急，我把车开过来，不需要伞。"

高崎机场门口聚集着旅客和归人，周围亲切的闽南口音和阿明的出现慰藉了我迟到后的张皇不安。一两年至少来一两次，厦门变化不算不大，但闽南语仍是当地最广泛的用语。上车后阿明说："姐姐在茶坊等我们，她一定要先请你们用过晚餐，再送往酒店。"

车子的雨刷左右扫开，打伞行路的人不多，湿淋淋、水汪汪的街道模糊不清，本来不够璀璨、不算灿烂的灯光更加恍恍惚惚，滂沱的雨给厦门的夜添增迷离，高楼大厦被"啪嗒啪嗒"的雨淋得失去压迫的感觉。

"期待了一年呀!"迢迢的并非距离，而是时间。姐姐感叹后决定就近在隔壁餐厅吃晚饭。一坐下来，主人点菜的气派叫客人拼命地说："不要不要，够了够了!"主人说："不行不行，再多一道，一道就好。"客人说："太晚了不可多吃。"主人说："不吃饱不让回酒店。"一个城市的人文价值蕴藏在地主待客的真诚里，以好客著名的闽南人的热情尤其体现在请客时刻，满满一桌菜，客人举箸，说一个菜好吃，主人即豪迈招手叫侍者："这再来一盘，那多叫一碟。"最终不得不投降："再这样我就没有一样是好吃的了。"这句话真正对不起厦门的当地特色菜了。

饭后回茶坊喝茶消滞，桌上有一篮色泽红得发紫的水果，外形像荔枝，却没有外皮。姐姐盛意拳拳，这个好吃。灯光下的水果发出诱惑的光芒。"我们那边没有这水果。"客人不知如何下手。男主人豪爽地拿起来示范，整颗入口，一边强调"很香很甜很好吃"，一边吐出核再吃一个作为明证。旅游时格外好奇，仍坚持"好奇心会杀死那只猫"，克制向来是强项，本领之高自己也佩服自己。纵然可能从此永远不会再有相遇的机会，却可以微笑拒绝。弱点是重感情，之前在微信里说一声即将到厦门，姐姐立马回信息问清班机日期和时间，果断传来一句“我安排车子去接”。这份重情叫人如何推却？尽管心里战兢忐忑，仍伸手拿了一颗放进嘴里。

外形奇特，似乎由无数个小小的莓子积累为一颗果实的杨梅，一入口即钟情。扎实饱满，汁多肉甜，且有香味，忘记开始的小心翼翼，接连吃了三个，突然清醒，吃多没事吧？

还不久前几个中国学者到槟城，享用过量榴莲，隔天都失声了。大马果王向来为热带人士所爱，其痴狂程度，外人无法想象。马来谚语“榴莲出，沙龙脱”意为榴莲季节时，马来人穿的沙龙得暂时送到当铺，换钱买榴莲。满身长刺外形夺目的热带果王，诱惑力的强烈似当地天气的炽热。世上再没比榴莲更两极化的水果，爱的人，忠心耿耿，季节一到非天天吃不可；恨的人，永生永世地厌恶远离，永远不回心转意。领着中国学者路过盛产榴莲的山区，倏地与榴莲在街边相遇，出现的景观：几个打领带穿长袖衣的学者，丝毫不理仪态，一边当街吃起榴莲，一边夸奖美味可口。另几个站得远远的，捏着鼻子说好臭难闻受不了。猛吃的学者，第二天结伴发不出声音。榴莲属热气水果，吃过需大量喝水消暑；或伴以山竹齐吃，山竹性凉，可解热气，因而有“果后”之名。那天的不幸是，该榴莲档没山竹，季节已过，遍寻不着。

杨梅无顾忌。男主人鼓励再吃。闽南人待客的热诚毋庸置疑，临走前，姐姐嘱人装满整整一篮，要我们带回酒店。

厦门、漳州、莆田三地演讲过后重回厦门，雨仍时断时续，时疏时密，安排到漳州浮宫摘杨梅那日，阳光笑眯眯地出来相伴。姐姐亲自开车，一路不雨不阴不热，是夏天少有的好天气。

穿过厦漳跨海大桥，离开厦门岛，朝向龙海市，新开发的地区尚见大片郁郁葱葱的树林，因盛产水果、水产、水稻而被誉为“三水之乡”

的浮宫更是绿意盎然、乡土气息浓厚的农业小镇，车子停在“福建杨梅第一镇”的美海杨梅工厂，空气中浮游着甜蜜的水果香味。为保护水果和保证品质，包装工人在冷气间精挑细选，装箱入篮待售。朴实的小老板小郑拿两篮过来，每一颗都色泽美艳，味道甘甜。细咀慢嚼经过民众和专家评定的省级名牌农产品，才知宋代诗人平可正诗说“五月杨梅已满林，初疑一颗值千金。味方河朔葡萄重，色比泸南荔枝深”没有丝毫夸张。苏东坡赞颂荔枝“日啖荔枝三百颗，不辞长作岭南人”，最后评定“闽广荔枝，西凉葡萄，未若吴越杨梅”。杨梅才是冠军水果。小郑拿来几个空篮子，说：“趁此体验一下农家生活。树上的杨梅特别鲜甜，你们随便摘来吃。”洋溢的热情甜蜜像红艳绚烂的杨梅。

近山远岭一片青翠碧绿，树不高，叶子圆长，叶勒明显，鲜红果实累累结满树，起初顾着抬头看水果，可山路崎岖不平，爬坡时低头，一地枯黄的叶，掺杂着许多被雨打下来的杨梅，一开始好心疼，继续往上爬，满地皆是。摘采时心大篮小，最终知道红到发紫尚嫌不够，紫到发黑才最香甜多汁，那时篮子已满溢出来了！

那一夜不好意思把杨梅带走，这一日人立马到了杨梅的家乡，离开浮宫时满车杨梅陪伴着返回厦门。当晚厦门大学的洪老师请吃饭，带着杨梅赴约，饭桌上几位老师异口同声：“是浮宫的杨梅吧？”除了客人，众人皆知外号“水果玛瑙”的果中新贵，是漳州土特产，亦是城市名片，价格比荔枝还昂贵。有福气的我接下来天天都是杨梅天，放纵极致地吃。如果说一个人吃多少什么东西是有一定的分量的，那么这一季的奢华，就已把从前没吃过杨梅的量都补回来了。

离开厦门时，夏天还没过去，带不走的杨梅也留在鹭岛。“明年杨梅季节你们一定要再来。”美海杨梅工厂的小郑一边挥手，一边殷殷嘱咐，闽南人的乡亲口音是无比热诚亲切的呀。

林语堂的故乡

昨晚没有安排叫早的电话，是淅淅沥沥的雨声在窗外呼唤我醒来，张开眼睛的刹那，看见有一隙光，从临睡前没拉拢的窗帘穿进来，正是那一线光，叫我起来听雨落的声音。索性起床拉开窗帘，虽然下着细雨，天却是明亮的。

校园里绿树成荫，石头成群，植满大树的大学校园看得多，遍摆石头的校园倒比较稀罕。邀请我们来演讲的黄院长特别介绍，这些石头来自九龙江、华安、漳平等地，称华安玉石，属八闽玉石之一，是漳州市石。早在唐宋年间，华安玉就是进贡朝廷的珍宝，至今北京故宫博物院仍有珍藏。2000 年更被中国宝玉石协会等共同研究定名为“华安玉”，与岫玉、和田玉、独山玉一起被称为中国四大名玉。

闽南师范大学的江边、树下、花旁、草地，处处皆是，仿佛原来生长在那儿，而非从外头搬迁过来，可能时间长了，玉石早就和校园融为一体。这样的气派不叫堂皇，亦非暴发户式突然有钱起来，反倒有一种富裕了很久、习惯成自然的从容，以及不知炫耀的低调姿态。这让玉石和校园都生出相衬的优雅气质。

住宿的逸夫楼门口也有几根石柱，半月形的水池这会儿没有喷水，充满岁月风霜的15根长短不一的石头柱子，其中有3根立于水中央，周边竟有雕龙攀附着，据说这里当年原为文庙旧址，现在仅剩几根石柱作为纪念，水池前边一排黄色小花，在若有似无的小雨中绽放得灿烂亮丽。

下楼来到酒店大厅，雨尚未停，等待车子的时候，听到柜台的一男一女在说话。不懂闽南语的朋友开玩笑说，他们在说“鸟语”。其实，又称“河洛话”或“台语”的闽南方言保留古汉语较多，学者甚至将其视为“语言的活化石”。这回到漳州，安排行程的向老师和文学院黄院长正好都不是漳州人，也不会说闽南话，我们也就没机会听“鸟语”了。昨晚漳州作家青禾老师前来，他的口音和我南来的祖父极为相似，听着感觉亲切。“呵呵！你是惠安人呀！惠安话和漳州话，差不多。”他说。

今早目的地是漳州芗城区天宝镇五里沙村，上车时太阳终于露出笑脸，车行不过十几分钟，便踅进一条小路，尚未修好的路面稍嫌不平，车子颠簸向前，两旁是一片绿油油的蕉林。

这里就是天宝，以香蕉出名。带路的朋友说我们到了。

难道是漳州天宝香蕉的故乡？二十年前我在厦门首次吃到美味的香蕉，没有人告诉我漳州天宝是林语堂的故乡。后来我在文章里读到：“二十年前，连林语堂的老家也没几个人知道他这个文化大师。但现在他是漳州的城市名片。”

陪同的漳州大学生解释，这里亦非林语堂诞生的地方，只能说是原籍地或祖居地。但这里是林语堂父母的永居地，他们就葬在纪念馆后边的香蕉林中。

林语堂诞生在基督教牧师家庭，林牧师和牧师太太一定没有想到，兄弟六人中排第五的儿子林语堂的未来是作家、学者、翻译家、语言学家，曾留学美国哈佛大学获文学硕士学位，留学德国莱比锡大学获语言学博士学位，后任教于清华大学、北京大学、厦门大学，亦曾任联合国教科文组织美术与文学组主任、国际笔会副会长等职位，1940 年和 1950 年先后两度获得诺贝尔文学奖提名。1976 年林语堂在香港逝世。

眼前的 81 级花岗岩台阶，暗喻林语堂 81 年光辉的生命。我们登上去，站在平台上，大片墙面是中国书法家协会沈鹏主席题写的“林语堂纪念馆”。由雕塑家李维祀教授设计制作的林语堂先生塑像就坐落在馆前，让前来参观的仰慕者可以和他一起合影。依山而建的二层环形建筑，门口的对联是“两脚踏东西文化，一心评宇宙文章”。走进馆内，幸好有“昨晚特别临时再抱佛脚，重新阅读林语堂”的大学生来当摄影师和导览员。林语堂的一生浓缩在这个于 2001 年 10 月 8 日他 105 岁诞辰纪念日开幕的纪念馆内。纪念馆布局简洁，展示各种版本的两百多部林语堂著作，包括简体和繁体，还有其他语言翻译本；不同时期的林语堂照片一百多幅，林语堂使用过的实物等等。看着林语堂从儿童到老年的纪录，墙上悬挂着林语堂的手迹和照片，原来他会写书法，会画水墨画，会弹钢琴，还发明中文打字机。记得有一回读到林太乙问父亲：“人生如此短暂，活在这世上有什么意思?”林语堂回答：“我向来认为生命的目的是要真正享受人生。我们知道终必一死，终于会像烛光一样熄灭是非常好的事。这使我们冷静，而又有点忧郁，不少人并因之使生命富于诗意。但最重要的是，我们虽然知道生命有限，仍能决心明知地诚实地生活。”他说了，他做到了，认真去享受每一天。生命有限，时间绝对不白费，生命也就不白过。喜爱艺术的他，把艺术看成是“一种讽刺文学，对我们麻木了的情感、死气沉沉的思想，和不自然的生活下的一种警告。它教我们在矫饰的世界里保持着朴实真挚”。一个真实的人，过着真实的人生，朴实真挚的他什么都会，是个通才，虽然有一些嗜好，但他并不算精专，主要是充满乐趣地享受着享受的乐趣。

在《说乡情》一文里，林语堂说起自己最大的享受是：“我来台湾……听到乡音，自是快活。”他在电影院，在路上，都听到闽南话，“这又是何世修来的福分”。到小饭店吃猪脚，老板用闽南话跟他对话，让他合不拢嘴。一回在香港，上街回来买了一大堆用不着的铁线、铁钉，只因为那老板讲闽南话，他担心和老板说话，影响他做生意，只好隔一会儿就用闽南话买一点东西，结果家里添了一堆用不上的铁线和铁钉。

一边观看展品，一边听导游说林语堂的故事，脚步突然停下，墙上的五言诗每个字好像都懂，乍一看却根本不知诗中所言为何。

乡情宰样好，让我说给你。民风还淳厚，原来是按尼。汉唐语如此，有的尚迷离。莫问东西晋，桃源人不知。父老皆伯叔，村妪尽姑姨。地上香瓜熟，枝上红荔枝。新笋园中剥，早起食谙糜。胪脍莼羹好，呒值水鸡低。查母真正水，郎郎都秀媚。今天戴草笠，明日装入时。脱去白花袍，后天又把锄。黄昏倒的困，击壤可吟诗。

这首回忆家乡民情风俗的五言诗，是他在晚年以闽南语写成的。

几个人对着闽南诗揣测，这个字说的是什么，那个句子说的是什么，都不敢确定，只能猜想，但觉得有趣。心里赞叹的是林语堂曾经留学美国、德国，会翻译他国文字，也曾在联合国任职，足迹遍布世界各地，但在他心里，只有漳州才是故乡，只有闽南话，才是他永恒的语言。

人手一杯咖啡

这个城市被咖啡攻陷了。走到哪儿，都闻到咖啡的香味。路上只见人手一杯咖啡捧着走。似乎不喝也可以，闻味便可解馋。

对于榴莲，喜恶异常强烈，没有中间的模糊界线。爱的人，特爱，恶的人，连味道也不想闻着。可是，咖啡的香味非常奇特，喜欢和不喜欢的，都不得不承认那香气的味儿是诱人的，挡得住挡不住，又是另外一回事。

戒咖啡已经很长一段时间了。许多朋友一听都陪我点头。他们的经验和我一样，大概喝咖啡也有几十年了吧？那时候说戒，如果去磨根铁杵，也已经变成一根绣花针了吧？

咖啡到底为何如此迷人？一个作家说，忙碌的日子，除了要有斗志和毅力去摆平困难之外，最重要的，还得有咖啡。

听着像神话，其实是真话。早上一杯热腾腾、香喷喷的咖啡，拉开了清晨的序幕，像黎明的鸡啼，让人清醒。开始工作以后，数个小时下来，如果没有再来一杯提神的咖啡，如何继续思考？效率和咖啡有很大的关系，你可以不承认，但我不能。

最近读书，发现巴哈在20世纪30年代写过一本《咖啡清唱剧》，说的是戏里的女主角爱喝咖啡，父亲因此忧虑，因为那个年代，咖啡是不良饮料，好女人绝对不喝。

照歌剧说，喝咖啡的女人恐怕会嫁不出去，但是剧中女主角照样为咖啡痴迷，她的歌是这样唱的："咖啡无比甘香，迷人过万千热吻，比麝香葡萄更醇美！咖啡咖啡我爱你。若有人要约会我，就给我一杯咖啡！"

一日不可无此君的大女儿说："哈哈哈，我就是她。"除了白开水外，不喝其他饮料的老二说："你们两个咖啡鬼，恰巧住在一块，看来很难成功戒瘾。"这话准确无比，清晨大女儿见我对着咖啡在闻香，禁不住也泡一杯，母女两个互相纵容，谁也不骂谁，一人一杯，你啜一口你的，我喝一口我的，配着报纸上的新闻一起享受美好的早晨。

为什么要戒？现代人的快乐那么少，如果一杯咖啡可以增加快乐的感觉，那就算了吧。

刺桐城访开元寺

“开元寺到了。”车上有人说。

1993年，中国刚开放不久，我到厦门大学进修，课程结束后，为了寻根，一家人在没有高速公路的情况下，辗转乘车摇晃到惠安。平日在槟城，各自开车上班、办事，从来不曾搭过公车的我们，感觉新鲜好玩，到了惠安住下，隔日又继续搭公车去泉州开元寺。上车时只见人头涌动，你推我挤，平时自认高大粗壮的人，在那个时候突然感觉自己变得矮小瘦弱，踮高脚跟伸长脖子穿不过人头也看不见窗口，只好无所适从茫茫然高声问：“开元寺到了没有?”心里以为不会有人回答，只希望司机听到，停下来让我们下车就好。

意外地，全车的乘客不约而同地高声大喊：“开元寺到了!”

公车同时停下，我们穿过人群，为自己不知从哪儿来的勇气，一脸腼腆赶紧下车。一下来，迎接陌生旅客的是路两旁恣肆绚烂的刺桐花树，色泽饱满的灼灼红花呀，映得天空也跟着炽热地燃烧起来。

全车人竞相通告的亲切，火红鲜花扑面映照的热情，那温暖的感觉至今犹在。

这一回，当大家纷纷下车的时候，雨也跟着洒下来。

很多人没有带伞，尤其是来自东南亚国家的海外作家，对时有时无的热带阵雨早就习以为常，出门往往不带伞。有人就停在寺庙门口买伞，更多的人步伐急促，要到庙里躲雨，场面有点混乱。倏地一个年轻学者打着雨伞过来为我遮雨，告诉我，会议时她探听到我外出演讲，她发表的论文是和我的作品有关的，这给我一次带来两个惊喜。

今年立夏是5月5日，据说夏季就在立夏过后开始，气温显著升高，炎暑将临时，雷雨特别多。对气候毫不敏感的人，得为轻忽付出代价，也就是失去自由，脚步跟着拎伞人走。

进去才发现下车的地方是侧门。那一回与家人搭乘公共汽车来，是从大门走进寺庙的山门“天王殿”，可尚未见“大雄宝殿”，先见照墙上题“紫云屏”三个大字，据说建殿初时有紫云盖地，故称“紫云大殿”。这回抬头，眼前却是名称为“仁寿塔”的西塔。

泉州开元寺东西双塔雄美的形象，在中国是无与伦比的，其分别建于唐末和五代，初建为木塔，过后先后改建为砖塔，相距200米巍然相对，坐落在开元寺的草坪上，是历史文化名城泉州的独特标志。

宋元年间，泉州为东方第一大港口。人人都说“地下看西安，地上看泉州”，来到泉州，如果“不到开元寺，枉费泉州行”。人们到开元寺，为的就是看一看典型宋代风格的双塔。东西塔结构和建筑极其相似，平面八角，五层五檐，门龛两旁有80尊神态各异的武士、罗汉、金刚等雕像。塔身建筑精美细致，设计时兼顾科学原理布局，极其稳固，数百年来历经无数次风灾和地震仍屹立未损，被称为石构建筑的瑰宝。

雨中的西塔清寂寥落，迫不及待地要过去多看一眼，急步前进时，忽然觉得后面似乎寂然无声，转头一看，众作家正集中在进门处听导游讲解，赶紧又回到队伍中。

雨突然大点大点落下，伞下的人急急惶惶，导游的解说也变简洁了，一行人还得顾及脚下的水洼地，大风却在这时吹起来，雨丝又把裤脚打湿，真是有些狼狈了。低头疾步前行，抬头看到导游带我们行去的方向并非西塔，待停在寺庙前，方知到了大雄宝殿。这是当年曾经来过的“拜庭”，庭间几棵浓荫蔽日的老榕树仍在，旧友重逢一样高兴。榕树斑驳的树干仿佛不见更苍老之态，就不晓得胡子有没有增多？榕树下照样搁着形式各异的石经幢、小石塔、焚金银纸的炉，还有南宋绍兴年间建的，那两座婆罗门教式的方形石塔。

泉州开元寺以宽怀大度著名，拜庭摆有婆罗门教的石塔，大殿内的斗拱既雕刻佛教“妙音鸟”，还有基督教的“天使”和中国的“飞天”。大雄宝殿前檐重檐下有一书写“桑莲法界”的横匾，想问导游，导游却不知去向，穿过大殿往后走，在甘露戒坛西侧看见围墙里边的千年古桑树，外墙题“桑莲”。泉州学者正在那儿同几位海外作家说历史：黄姓一世祖第152世孙黄守恭，是泉州最早的桑蚕业开拓者，在泉州有地360庄。唐武则天垂拱二年（686年），这一片地属于当地大财主黄守恭。一回有个叫匡护禅师的僧人，向黄守恭求地建寺。黄不允。匡护禅师便时常来访，时间一长，黄守恭就说：“你要土地建寺，等我后园的桑树开出莲花，我就把地给你。”匡护禅师欢喜而去。第二天，他对黄守恭说：“桑树已开出莲花，请你去欣赏。”想要违背诺言的黄守恭看到桑树上的莲花即觉得不安。没想到匡护禅师却不再来了。黄守恭从这日起开始生病，病了三年尚未痊愈，这三年来桑树却一直盛开着莲花。黄守恭知匡护禅师不是平常人，于是找他回来，答应建寺。因此开元寺初名“莲花寺”，雅称“桑莲法界”。后来易名“兴教寺”“龙兴寺”，到唐开元年间，唐玄宗下令天下诸州县各建一寺以纪胜，才改“开元寺”。在这棵唐代就被植下的世界最古老的栽培桑树之下，我们仔细倾听开元寺掌故。

在一旁寂寞地看着跟不上团队的我们的是一棵菩提树，细细的雨越来越粗线条，终于竟像有人大盆大盆倒下来似的，我们边行边躲雨，边遥看藏经阁。回忆 2011 年在上海龙华寺藏经阁，一和尚带我们进去，打开不轻易打开的佛教经典，阳光如细丝般照射在各种版本的珍贵《大藏经》和历代珍藏的佛教文物上，大开眼界的作家们都在赞叹之际，同去的女作家却为她心中最为珍贵的男人流着情变的泪。每个人生命中的最可贵之物，收藏在自己心里，唯有自己知道。

踅来转去，我们又站在外头，善变的雨收势了，不打伞的人胡乱游走，见石亭子内有一石碑，署名郭沫若，正是那首著名的《咏泉州》：“刺桐花谢刺桐城，法界桑莲接大瀛。石塔双擎天浩浩，香炉独剩铁铮铮。亚非自古多兄弟，唐宋以来有会盟。收复台澎今又届，乘风破浪待群英。”1993 年来的时候，听泉州人特别强调“刺桐映双塔”的佳话。刺桐花为泉州市花，因此泉州又名刺桐城，花开的时候，一城红艳艳，璀璨的不只是城市，不只是开元寺，还有花树旁边的双塔。这份耀眼夺目的盛景却在岁月的流转间化为历史。

导游大声呼唤：“都到东塔来拍照!”东塔又名镇国塔，在这儿拍照回去后，人人名利可双收。一时间手机、相机都在“噼里啪啦”。

我看到小径边有块刻着“刺桐”的石碑。听说这儿原有一棵泉州最古老、树干最粗的刺桐树，后来因为生虫，被连根挖掉，包括附近一大片长虫的刺桐树林。今日“刺桐”石碑犹在，只是花树改种桂花。

搭上旅游巴士，开元寺渐渐远了。车窗外，一路都不见旖旎瑰丽的灿灿刺桐花，也许是下雨不开花？如果刺桐城往后不再有赤红灼灼的刺桐花，那真叫人惆怅呀！

让梦想回来的颜色

旅游巴士停下，望向窗口，是交通灯转红，再看路牌，是世纪大道，青葱绿树伫立两旁，矮矮的铁栅栏悬着一排布条——“文明晋江”“地球只有一个”“文明交通，安全出行”。这些布条在风中以飘舞的欢愉姿态迎接东南亚华文作家。

犹豫，迟疑，终于提问：难道这就到晋江了吗？

半小时前我们还在泉州师范学院中国社会科学文化研究中心的闽南文化研究基地参观。六年前受邀到泉州师范学院演讲的记忆犹新，果然遇到老朋友，探听一下：晋江很远吗？他说很近。我没有不相信他，可是，这个答案在很久以前我便领教过。历史悠久的中国地大物博，中国人多数很大气，二十四小时之内的距离，他们全都叫很近。我曾经被“前面就到了”牵引着，结果“前面”了四个小时后，才真正抵达目的地。

很近的晋江，大概要三个小时吧。上车和同座作家聊一会儿，喝点水，正想闭目休息，巴士却在转绿灯后踅个弯，一只石马孤独地立在红砖墙旁，陪伴它的是两个长形石臼，红墙上刻着景点名——

“五店市”。高处洋灰围栏，红灯笼并着“五店市欢迎你”的旗帜悬挂在一起，“啪嗒啪嗒”地发出声音。风比雨大，下车的作家大多嫌麻烦不打伞，只顾争取时间和“五店市”及石马合影留念。

殷红的砖墙植满爬山虎，看似胡攀乱延，实则经过精心修剪和照顾，绿色的爬墙叶子，听话而规矩地不往“五店市”这三个字上胡乱攀。就像我们要进去观光的“五店市”景点是人工打造的，花费心思，刻意经营得不露痕迹，就是要游人感觉古城的古色古香。

据说唐开元年间，只有五间小餐饮店的五店市，是晋江城区的发源地。其毗邻塘岸街，后边是青梅山，新建的著名建筑万达广场连接在旁，敏月公园也在附近。由于历史悠久，晋江政府决定把市内所有古宅老店，都搬到这里集中对外。喜欢古城老屋的游客不必浪费时间东奔西跑，到了晋江，只要到五店市走一趟，历史岁月建筑的老宅院就在这里展现当年古典优雅的英姿美色。

从五店市石马小广场，仰头登阶梯，一座古老的新城嫣然升起。独具闽南特色的“皇宫起”红砖建筑，明清、民国甚至现代的特色建筑，包括中西合璧的洋楼等新修的老宅古屋，在等待游客的来临。对比周围比比皆是的新式高楼，老街上的古屋宅落算是低矮的，讲究修旧如旧，故不显突兀。

我们随着导游的步伐游走在岁月的红砖与青阳小巷的石板路上。菲律宾华侨庄铭岸在 1935 年建筑的“柳青新宅”是民国时期典型的闽南红砖大厝。同一年，也是菲律宾华侨的庄朝北的“朝北大厝”，为五开间二进硬山顶砖木石建筑，工程开始后两年，恰逢“七七事变”，抗日战争爆发，屋主庄朝北将油漆、前埕铺砌等工程停下，节省下来的几万两白银捐献给政府抗日，被视为五店市里的“断臂维纳斯”。始建于明嘉靖九年（1530 年）的庄氏家庙，经过历代重修，雕彩并施，富丽堂皇，庄氏人才荟萃，家庙内外因此悬挂数十方“状元”和“进士”匾额。门口对联为“温陵山水万重尽收入吾家眼界，青阳烟火千户独占此高峰顶头”的蔡氏家庙，是在宋熙宁年间始建，历朝历代亦经无数大小劫难，不断修建整葺，旧有风貌得以保留。蔡氏家庙被称为“民间艺术的殿堂”，里外皆雕梁画栋，金碧辉煌，斑斓华丽，极尽装饰之能事，因而又被称为“描绘青阳人文历史的线装书”，主要原因还在唐代于此开设五间餐饮店的，正是蔡氏七世孙中的五人，当时称“青阳蔡，五店市”。蔡氏家庙正是典型的注重装饰的晋江古厝，以丰富多彩的石雕、砖雕、木雕、泥塑、彩陶、彩绘和剪瓷雕等为表现手法，装饰部位遍及整栋建筑，包括门廊、厅堂、墙体、窗棂、屋脊等，内容多样，题材广泛，以传统喜庆吉祥文字和图样为主，还有民间喜闻乐见的神话传说，反映厝主追求幸福安康的愿望。在晋江，住宅装饰即为厝主身份地位的象征。古厝建筑群中因此设立“晋江古厝建筑构件展”，一进门，即闻作家“啧啧”的赞叹之声，只见繁复花样的大小构件，做工精雕细刻，巧塑妙造，“鬼斧神工”尽在眼前，不只是平时挂在口中的一句成语。

在时光中差点湮灭的五店市，又在时光中如凤凰般浴火重生。

幽幽南音缭绕在“晋江非物质文化遗产展示馆”古厝间，五个衣着优雅的国乐师以不同的国乐器，牵动我回忆起祖父生前的一个下午。夕阳西下的红霞中，祖父手上卷着用宣纸印刷的小字演义书，一边阅读，一边听唱片。小时候不懂，那“咿咿呜呜”的乐音，牵扯得人的心似乎有所依归，又仿佛浮尘一样不知应该落在哪儿好。有时候祖父会掩上书，跟着音乐哼唱，字眼和平时说话虽有相像之处，但就是听不出来歌者究竟在唱些什么。祖父不嫌腻烦，一再重复听相同的一张唱片，一直就只有他一个人在听的一张唱片。

童年的我仰头看夕阳下的人影在暮色中逐渐远去，1993 年到厦门大学进修，走到泉州听见南音，祖父的身影再度浮现。离乡背井到了南洋日日思乡的人，只能在下午时分，以南方的家乡音乐来安慰乡思。出于种种缘由，祖父从此再也没有机会返回故乡。系在他心灵深处的南音，至今我仍听不懂，但我终于明白了祖父天天听歌的原因。

我也明白为什么晋江要在繁华市廛，将热闹城区的商业聚集地，变身为文化艺术创意的聚集地。晋江是在酝酿一个幽谧宁静的所在，企图让喧嚣夸张、人心浮躁的现代社会里，有一处温润心灵的故乡。

这不是件容易的事，但只要努力和坚持，世界上没有不可能。五店市那间全黑色泽的“乌大门”的故事便是最好的例子。

黑大门的老屋在明代成化年间建成时，大门非黑色，因为当年一般普通老百姓家不许漆黑门，六品以上的官员才具资格。“乌大门”的主人姓庄，其中一个女儿回娘家时生下儿子李贯，长大后考中进士，入翰林院，后被派为特使往越南册封占城王，途经福建，特地到家中拜祖庙。母亲希望儿子也往他的出生地，即青阳外祖家拜祖，李贯因公事在身，行色匆匆地走了。没想到出差后回到京城，接获母亲去世的消息。他向皇帝告假回家守制。皇帝念他为国奔波，连母亲亡故也没能见最后一面，便问他有什么要求，他把自己出生在外祖家，外祖家对他长期的照应和栽培，禀告皇帝。皇帝下令让他将外祖的屋宅视同自己的屋宅，给予油漆黑大门的资格。今日“乌大门”在闽南厢房里摆设着风格独特的闽南眠床①，以特色民宿的面目展现闽南的深远文化。

---

① 眠床，闽方言词。闽南个别地区沿袭旧时的习惯，称饭桌为“床”，加个“眠”字以区别饭桌和睡床。

恋恋不舍地穿梭往返在三街四巷的五店市，处处都有黄色小蝴蝶在花叶丛中飞舞，途中经过以德化白瓷为主的“苏献忠艺术馆”，悬在玻璃后的一张白纸，反映出对面闽南特色古建筑的翘角飞檐、叠斗连拱，正好作为艺术家苏献忠“独白”诗的朦胧背景。

每个人都在看着／但不是每个人都看见／每个人都在听说／却不是每个人都知道／这是在说感知／有太多的生动被麻木替代／幸而，我还可以感动／被我自己感动／你会看到／那可以说是证据／是原因，抑或是答案／都在那里了／明明白白／是我唯一的颜色。

在五店市，我看到了让梦想回来的颜色。

三城记

一、北城亚罗士打

公路两旁葱葱郁郁的橡胶树和棕榈树里，隐约可见有绳索绑在枝干和枝干之间，还有拉开来的蔚蓝色帆布以遮风雨蔽阳光，浓青浅绿就如一般的热带园林，倘若不是前来带路的当地青年团领导说明“我国考古人员就在这里头挖掘考古”，路过的旅客并不晓得吉打州双溪大年（Sungai Petani）郊外布秧谷（Lembah Bujang）黄土地底下埋藏着马来西亚的辉煌过去。

1936 年，英国考古学家柯立芝·威尔斯（Quarith Wales）夫妇发掘出一片废墟，经过研究后，证实为庙宇群。后来再经考察，竟是深具考古价值的兴都教及被称为禅地（Candi）的佛教寺庙，其中以超过千年历史的武吉峇都巴辖（Bukit Batu Pahat）庙最为著名。这批 5 世纪的兴都教和佛教文明遗址，从吉打北部日莱峰（Gunung Jerai）一直延伸到南部的瓜拉姆达（Kuala Muda），共计 50 多处。传说在 3—4 世纪间，世界航海路线，以海拔 1 380 米的日莱峰为指路灯塔，布秧谷正好在马来半岛的三条主要商道河流——姆达河（Sungai Muda)、马莫河（Sungai Merbuk）及布秧河（Sungai Bujang）的交接地，是往返古印度及中国贸易航海路上一个非常重要的驿站，也是古代亚洲最繁忙的贸易港口，许多知名的航海家、各国海上使者及商业船只，都曾在这儿停留。

我们一群人，包括来自中国内地及香港的4位学者，刚刚从吉打中部布秧谷考古博物馆出来。槟城和马六甲皆称古城，并以双古城在2008年成功申请进入世遗，没有想到吉打比这两个名闻遐迩的古城更为古老久远。考古博物馆门口的石碑刻着巴拉瓦文（Pallava)，大家都看不懂，竞相拍照，袁教授慎重地说待回国定找学者探听一下是什么意思，他的认真即时获得众人赐予“史料专家”的称誉。推门进去，馆内存放着直溯1 500年前的历史文物，陶器、瓷器、黏土、玻璃饰品碎片、珠子以及和柬埔寨吴哥窑极为相似的石雕等，说明伊斯兰教尚未传入马来半岛之前，印度教及佛教文明早在此地发扬。当时的王朝和印度、柬埔寨及苏门答腊室利佛逝帝国（Sri-vijaya Empire）都有商业往来。唐朝和宋朝的陶瓷碎片、波斯陶艺品等展览品亦证明这里过去曾是国际贸易货物集散中心。馆内珍贵的文物没有高高在上的姿态，摆设得非常亲民，令方教授不无“难道不会有人偷走吗”的担心，然而，单是这一点便叫人看见当地民风的纯朴。

初次见面的吉打华堂青年团主席黄立仁热情洋溢、盛意拳拳，一再邀请我们去吃海鲜午餐，却因时间紧迫，不得不辞谢后继续北上。车子穿过公路，上了南北高速大道朝向马来半岛北方的吉打州首府亚罗士打驶去。

盛产稻米的吉打，被称为马来西亚的米仓，大道两边青翠的稻田在清澈的碧空下闪烁着盎然的绿意，“无垠的宽阔”不知能不能用来形容天空或田地。景色就像本土画家笔下时常描绘的田野风光：零零落落小屋数间，错落有致椰树几棵，田中时见小河穿流，阳光下有头牛在田里吃草，忙碌的尾巴不断挥舞，停在牛背上的小鸟毫不在意，似乎已和水牛说好，这个闲逸的午后打算伫立在它背上唱歌看风景。

车子转入市区，先到吉打华堂吃午餐并和当地作家交流，果王榴莲给初尝味道的学者不知带来惊喜或惊吓，他们更吃惊的是乡土味浓郁的吉打州，竟出了两届首相，第一任首相也是大马国父东姑阿都拉曼与在位最长的第四任首相马哈迪医生。为我们安排吉打游的华堂青年组主席马宝庆在车上一边介绍，一边送我们去马哈迪医生的出生地及其童年时居住的高脚屋。参观马哈迪纪念馆后，看着近在咫尺的旧式高脚屋，正要行去，雨突然大滴大滴地落下。没带雨伞，外国朋友懊恼。吉打的朋友一副闲闲样，不必担心，雨一会儿就过去。风狂吹，雨丝往屋檐下门外的亭子间喷洒，我们又躲到纪念馆里继续观赏。展览板上图文并茂，马哈迪医生最爱吃的糕点是炸米粉甜饼，童年时期曾在一个叫“伯甘拉布市集”（Pekan Rabu）的地方卖炸香蕉。

按照马来文的意思，Pekan Rabu 即“星期三市集”，游客对市集好奇，临时导游马宝庆看一下手机说：“时间有限，回头再去。”一行人分乘四部车子开往距离市区八千米外的象屿山，山下闻名遐迩的稻米博物馆正是目的地。匆匆下车，却见大门深锁，带路的人问了回来说：“明日开斋节，管理员见没人来，提早关门准备过年。”不按常理出牌，但可以谅解，除夕的晚上，心急着回家过年，哪个民族皆如此。

市区之外的郊野风光益发旖旎，明净无云的湛蓝天空清新澄澈，疏疏落落的房子在葱翠田地间散发着和谐温暖。提早关馆的失落被远处峰峦起伏、近处深碧浅绿的赏心悦目慰藉得舒坦自在。曹教授和陶总编辑特地停在路边，近距离拍摄一望无际的绿油油的稻田。距离添加的美感，在我们伫立于米都地标、全球排名第 19 的 165.5 米高的亚罗士打塔时更为显著。未到黄昏，茫茫薄雾已将山峰轻轻缭绕，山下的公路往北直上，可达泰国南部，在那儿跨一步便是越了国界。早年曾被泰国统治的吉打，生活和饮食不免受到强烈影响，逛荡星期三市集时，当地人指出很多物品皆从泰国进口。原想在市集尝试马来人食物，却因开斋时间未到，不允许坐下吃喝，为尊重友族，一人握一瓶饮料在手上继续前行。

星期三市集人潮汹涌，走得太累的我们自动撤退，走回泊车之地——城市广场，路过殖民地时代留下的建筑物——州艺术馆，因时间限制，无法参观馆内的手工艺品、古董、图画及历史古物，失去一个了解和认识吉打文化遗产的机会。车子停在皇室大厅堂前面，这是吉打州第 19 任苏丹莫哈末志华亚迪灵慕亚詹萨（Muhammad Jiwa Adilin Muazzam Shah）于 1735 年初建的，前后受到武吉斯（印尼）和暹罗（泰国）的攻击而惨遭破坏，1896 年重修，是座充满泰国式风格的建筑物，皇室庆典和大型的官方活动至今仍在这儿举行。重门深锁的还有一座专门收藏皇家乐队演奏的乐器的皇家音乐馆。马路对面也是亚罗士打的重要地标——建于 1912 年的查希回教堂（Masjid Zahir），是座摩尔式建筑，为大马最古老的回教堂之一，皇室成员在重要日子都到这里祈祷。夕阳在乌黑色的穹隆顶上画了一圈金色，增添了神圣庄严、肃穆辉煌的光彩。

友情的温暖于晚餐时间再次展现，原订的泰国餐厅满座，改以当地特色的粿条汤和瓦煲鸡饭招待，不曾一次吃十二粒鱼丸，从这份新鲜体验，感受到主人的殷勤和热情。挥别北城，驱车返回高速大道，路边田野偶尔有几盏灯，在漆黑的夜里更添温馨和明亮。不足两个小时，槟城大桥在望。

今晚留宿槟岛夜里可听海浪拍岸入梦、隔日可在沙滩上吃早餐的海边酒店。

二、雨城太平

小雨在车子刚开上槟城大桥时便时断时续洒落下来，牵引一车的人对雨城太平的向往。很久以前到太平，黄昏时分见咖啡店门口有人坐着，有人站着，比手画脚，议论纷纷，视线一致遥望太平山，游客不知发生什么大事，当地朋友淡然一笑说："他们在打赌，今日黄昏几点下雨。"

赌雨是太平独有的特色玩意儿。举头眺望，太平山顶云雾缭绕，当时 6 岁的菲尔问道："那里是不是神仙居住的地方？"袅袅云烟迷迷茫茫，朦朦胧胧的清丽秀美叫小女孩憧憬山那边的明媚风光，至今无缘攀上太平山。文学刊物《蕉风》1959 年第 78 期发表了谢冰莹的《太平山游记》，她形容依照地势而建的上山马路，弯曲倾斜，路面极窄，只容一辆车子行驶，据说今日亦无大改变，必须预定上山的吉普车，并非随心所欲说要上山，就可到达山之巅峰。雨量冠全马的太平，今天几点要下雨呢？付了高速大道的过路费，小雨却收起来了，离收费站不远处，停车在路边并迎接我们的是太平华人文化协会马燕图会长和晴朗的好天气。

雨城华联国中董事局与校长等人已在学校会议室等候良久，董事长林荣华和副董事长黄昌良一派宽宏大量，对访问者因路上塞车而迟到之事毫不见怪，四位中国学者深为感动，袁教授翔实记录交流会上的对谈，对于中国作家谢冰莹曾到此地教学格外感兴趣，可惜无法寻着更多史料，但这不一定是遗憾，期待下一个机缘的出现。

以华文命名的太平，原是全马最不太平的地方。百年前华人帮派为了抢夺锡矿的拥有权而纷争厮杀，最后由英殖民领导出面平息，取名太平。这个城市的古老程度，听见太平拥有全马40项“第一”便分明而清楚。马来土邦（The Malay Native States）首建的监狱、市政厅、法庭、天主教堂、电报局、钟楼、博物馆、铁路、邮局、小型飞机场、动物园、渣打银行、俱乐部、游泳池等，建筑设计多元丰富，有西洋式、马来式、欧洲式、印度式、中西混合式等。太平市区不大，途经之处，随手一指，任何一栋老店古屋都可能是马来土邦的第一。著名景点皆环绕位于市中心的太平湖，因此来来去去不停地经过太平湖花园。出生在南京，曾在华联中学执教的“快乐诗人”许建吾按照自己的家乡，拟出八大美景，名为“皇岗听猿”“曲桥待月”“碧水红莲”“春岛幽情”“翠碧擒波”“竹韵琴音”“铁骑寻芳”和“平塘独钓”。曾在香港与韦瀚章、徐讦、黄友棣、林声翕诸教授组织“中国歌词学者协会”，后来移居台湾的许建吾，写过很多优美典雅、意义隽永的歌词如《黑雾》《问莺燕》《追寻》等。车子多次穿过最令游人赞叹的“翠碧擒波”，长在马路对面的古老雨树，枝干为湖水的清澈之美而倾倒，弯弯曲曲一致朝向湖边伸去，时有时无的小雨，在游湖的时候，为近景的湖水和远山的峰峦增添丝丝朦胧，犹如水墨画中的景致，仿佛要让远来的客人更加深刻地记得太平是雨城。

太平湖畔有座山，太平山又名咖啡山，咖啡山不产咖啡，但全马最老的咖啡厂坐落太平，不过安东咖啡的出名不只是因为“老”。屋名“长春圃”的典型马来高脚屋，前边凉亭大门中间为楼梯，楼梯上大门关闭。这栋老建筑原是汪精卫夫人陈璧君的父亲的产业，当时孙中山和他的革命伴侣陈粹芬曾在此借住。辛亥革命成功，中华民国成立以后，对辛亥革命贡献良多的陈粹芬功成身退，坚持和孙中山分手，并于1914年独自回到充满回忆的“长春圃”，直到1931年才带着她领养的女儿苏仲英返回中国香港和大陆等地定居。

原为厨房的后院已被改装为售卖咖啡的店面，从后门上楼，在店主带领下走向大厅，厅堂两侧贴满有关辛亥革命的史迹，还有孙中山及陈粹芬的剪报、复制的孙中山手迹等。前厅一座精雕细琢的四片木制屏风，其中两幅为母狮戏子图，两幅是母鹿哺子图，周边刻有不同的水果和蝙蝠造型。传言台湾曾有人过来高价收购，屋主将其视为珍藏坚决不肯出售，和屏风一起的尚有一张超过百年，据说是孙中山当年看书写信用的老桌子。百年光阴已然流逝，孙中山和陈粹芬的故事还在这里流传，这是太平仅存的辛亥革命史迹。不知道在别的地方，用什么来配咖啡？走进“长春圃”，有人来喝老咖啡，有人来听老故事。

缺乏夜生活的人，来到咖啡山下的夜晚有了好去处。夜游动物园是当晚的精彩节目。坐在动物园的观光车上，看完丰盛节目的疲累立马被特别安排的印裔司机的幽默滑稽语言消除。太平动物园中有超过180种1 300只动物，许多平日仅在荧幕或图片上出现的老虎、长颈鹿、河马、红鹤、蓝牛羚、袋鼠、犀牛、斑马、夜鹭等罕见的动物，今夜都在太平相遇，除了狮子，等待好一阵子，它就是不愿意露面，唯有抱着缘吝一面的遗憾和动物园挥手说再见。

夜风吹拂，小雨不断，气候格外凉快，观光车上的笑声为太平之夜画上美丽的句点。

今晚留宿太平湖畔，在蒙蒙细雨中入眠。

三、老城槟榔屿

中国作家凌叔华自从在她父亲的老朋友辜鸿铭那儿听到“槟城”这名字以后，一听人提起槟城，就想起那个20世纪初期的奇才兼学者。掌握世界上六七国语言和文字，说和写一样流利的，只有辜鸿铭，对于东西方文学、哲学、政治的研究之渊博透彻，也是前无古人。凌在她的文章《记我所知道的槟城》中有这样几句：“难怪那时北京有人说：‘庚子赔款以后，若没有一个辜鸿铭支撑国家门面，西方人会把中国人看成连鼻子都不会有的！’”

享有世界声誉的中国学者，能够把上千行弥尔顿的《失乐园》一字不漏背出来的人，辜鸿铭是那少有的一个。当年西方更有“到中国可以不看紫禁城，不可不看辜鸿铭”的说法。可惜，当凌叔华因为辜鸿铭说过“我出生在南洋的槟榔屿，那是出产槟榔的小岛，可是有高山，有大海，风景好得很呢”而特地到槟城来，并为槟榔屿之美惊艳时，令她深为慨叹的是，被中国人高度重视和赞赏的“这个怪人，谁能跟他比呢？他没出娘胎，就读了书的，开口老庄孔孟，闭口歌德、福尔泰、阿诺德、罗斯金，没有一件事，他不能引上他们一打的句子来驳你，别瞧那小脑袋，装的书比大英博物馆的图书馆还多几册吧”在槟城却被人轻易忽略去。

几乎没有多少人认识凌叔华口中的辜伯，但是来自中国的四位学者都知道这里是辜鸿铭的出生地，同时也为美丽的槟城出了一位支持文学的拿督林庆金局绅而惊讶。“没有读过书，不认识字。”现年93岁的拿督林，18岁从中国南来，“身上没有一分钱”。白手成富豪以后，照样不奢不侈，“从前穷到没东西吃，现在有吃便是好”，不挑食不求山珍海味，生活简单，衣着朴素，但是“为了华人文化，华文文学，我要尽一份力”。这就是拿督林庆金 JP 出版奖的缘起。拿督林的一颗心分成两半：“我爱家乡，那是我出生的地方”，他坚持非得邀请国内的学者当评审不可；“我爱槟城，这里是个好地方”，他为大马作家成立出版奖，并趁着庆祝寿辰宣布得奖名单，四位学者因此有了槟城之行、北马之旅。

当年因岛上植满槟榔树，所以槟城旧名槟榔屿，为英国殖民政府在 1786 年最早开发的远东商业中心，素有“东方之珠”的美誉，今天更被游客称赞为东方最具诗情画意的浪漫城市之一。欢迎晚宴在海边六星级酒店的餐厅举行，天色在等待时渐渐黯淡，曹和方教授匆匆赶来，一脸喜悦地向我们报告：“亲眼看着夕阳落到海里去！太浪漫了！”他打开刚刚拍摄的绝美景致与没来得及赶到沙滩看夕阳的我们分享，也叫我们心生懊恼。转念一想，缘分就是这么一回事吧。美丽动人的事物，瞬间即逝，各人有各自的福气。

原本执政槟城的州政府多年缺少作为，首府乔治市越来越老化落伍，市民沮丧恼怒，2008 年 3 月槟城人民选择更换新政府，7 月传来申遗成功的消息。槟城化身世界遗产城市，再加上槟城人对艺术的狂热喜爱，这华丽的转身让槟城跃升为艺术之城。来自立陶宛的年轻画家恩尼斯在 Lebuh Amenian 转角老屋壁上画了一幅“姐弟共骑单车”图，另一幅“爬墙小孩”绘在 Lebuh Cannon 不远处的老店后墙，还有“功夫女孩”“追风男孩”等，刮起一阵游客搜索壁画狂风，给当地居民带来商机，既把文化做成生意，也把生意做成文化。各世遗城市皆需矗立说明牌子，槟城人用另一种艺术方式呈现——以铁线制作每条街道或地区的风俗民情，引导旅人联想或追溯当年的生活景观，获得群众的热烈反响，随时随地可见旅客游人在街头巷尾拍照留念。

今年这趟古迹区游踪的主题是“寻猫记”。年轻画家陈毓康为老城画了许多大大小小的猫，有些在起眼处，有些却在小小的巷子的角落里，若不仔细用心寻觅，忽略了去，离开槟城便追悔莫及。追猫不只是年轻背包客的兴趣，学者们也不落人后，把墙上的大猫小猫都收在相机里带回去，槟城的古迹文化联合艺术作品掳获了远道而来的游客的心。

散步古迹区，老城里五步一宗祠，十步一庙宇，相隔不远就有回教堂、佛寺和印度庙，各有各的信徒，各有各的祈祷方式和时间，不同宗教和谐共处，首次踏步槟岛的方教授样样新奇，且极度赞赏。对于如何分辨马来人和印度人，他甚为佩服华人的眼光。至于华人维护华文教育的心血和付出，他听说了，他感动了，他还要再来更深入地了解。现在他终于明白陶总编辑、曹教授和袁教授为何一来再来，明白槟城诱人的魅力之所在。

印度庙对街为古色古香的韩江家庙，这栋原本古旧的潮州会馆，2003 年开始全面复修，花三年功夫恢复原貌，获联合国教科文组织亚太区文化遗产保护奖。一心为保护槟城古迹不辞劳苦的 L 小姐带着我们在家庙里外观光，并在偏厅小花园“廷苑”二字前留影纪念。

槟州福建会馆骆南辉主席、槟州华人大会堂署理主席拿督许廷炎，都特地宴请四位学者并与他们就华人文化和华文教育进行交流。槟城人的情像南洋海岛气候一样非常炽热，至于槟城的风景是如何迷人，外地人可能觉得过于夸张，槟城人却认为再正确不过了，且听听西方作家毛姆怎么说吧：“如果你没有去过槟城，就等于没有来到这个世界！”

今晚留宿槟岛老城古迹区，位于小印度一间老药店复修后改装的新酒店。

不期而遇的补鞋记

吃过午餐，香港作家站起来说："刚刚才发现，我的鞋子开了嘴巴。"

声音倒是不徐不疾，像他一贯说话的语调，慢悠悠的，仿佛没有什么事会是大事。说着又坐下来，把脚抬高些，给我们看。

"这鞋的嘴裂得太大了，好像没法继续走呢。"这回口气听起来有点失落。

三个受邀来演讲的作家，两个是分别来自中国香港和新加坡的男作家，还有从马来西亚来的我。我作为女性，对逛商场购物的理由特别敏感，反应奇快，即刻建议：是否现在就赶紧去买一双新鞋？

心里得意自己的警觉：下午就要演讲，总不成穿一双开嘴皮鞋上台吧？

新加坡男作家L，低头仔细观察香港作家的黑皮鞋。这双鞋子看起来是好货色，而且挺新，丢掉可惜。极有义气的L决定不午休。"我带你去补鞋吧。"他转头问我："你有午休的习惯吗？要不要一起去？"

一起出门是缘分，况且我心里对刚才脱口而出的逛街购物言论稍觉懊恼。要求完美的人，总是非常在乎别人眼中的自己。鞋子尚可修补，为什么要买新的？这下，不只不环保，还让人误会是挥霍分子。唯有牺牲午休，希望起码换回一个名为“同甘共苦”的优点，给加点分数。这也是另一种修补。

熟悉路途的司机在街道拐角处停车，下车指给我们看：就在那个巷子口。

三个外乡人冒着小雨走去，果然有个补鞋匠在巷弄里埋头工作。

莆田老城的午休时间，街道上车少人稀，岁月在人们缓缓行走的步伐里流逝，有些东西也在慢慢衰颓，最高也不过五六层楼的房子在明亮的阳光下显得斑斑驳驳，周遭环境充满沧桑和风霜，残旧破落的景观确实影响市容，也毫无吸引力，却叫自 20 世纪 90 年代开始就和莆田结缘的海外人生出亲切感。

这是旧城，新区比较漂亮。最近几年时常到莆田来的 L 仿佛在替莆田说好话。他说话的口气也和当地人相似，叫补鞋匠同志。同志穿黑色 T 恤和灰色长裤，坐在巷弄口转弯角落的一个小小的竹制的矮凳上，身边摆着各种补鞋用的工具和材料，他身后的墙上贴着几张“面试”“手机维修”“眼镜批发价”的破损广告纸，仔细一看，下边都有一个往前走的箭头。这里是天桥底下的一个小巷弄，人们都只是路过。广告纸上小小的钉子一个接一个，悬挂着一个个不知收藏什么东西的环保袋和塑料袋，更高处挂着好多把雨伞，地上有一堆待补的旧鞋。这叫平时极少有补鞋经验的我感到诧异，因为通常鞋子坏掉，不管新旧，马上就买新的，补鞋早就成了久远的回忆。

上一次补鞋，已经是 30 多年前的旧事。在那之前，买鞋可是郑重其事，没节没庆不会特地穿新鞋，都在农历新年前，才去买双新鞋子。牌子少，鞋子的选择亦不多，却也逛了甚久才找到合意的。既要真皮制作，还得价钱便宜，样式且需合眼，单是这三个条件，就够花时费神，如果再加一个“好穿”作为终极目标，往往都是买双拖鞋回来。

那时的鞋子是珍贵物品，一双走天涯。谁有两双鞋，就叫有钱人。不像今天年轻人花样繁复，要求多多。那个时候根本不分运动鞋、逛街鞋、宴会鞋，任何场合都穿同一双鞋。运动穿逛街鞋，逛街穿宴会鞋，宴会穿运动鞋，也不会有人见怪，无论是谁，皆穿一双拖鞋到处走。反正，就那双鞋，你不穿，那就只能不穿鞋了。不要以为赤脚是稀奇事，曾经听说更早的一辈，买了皮鞋，出门见亲戚，或参加宴会，最后是用一根塑料绳，穿过鞋带，一边一只，挂在肩膀两旁。这是有理由的。理由共两个，一是舍不得穿。皮鞋的价格太昂贵，一双是半个月至一个月的工钱，一世人（一生，闽方言词）打算只买这一双了，穿坏了，一定不肯再花钱买。二是习惯赤脚走路，皮鞋穿上总要吃人的脚，穿一天皮鞋下来，不是脚的尾趾流血，大脚趾擦伤，就是脚后跟磨破皮，有时走到半路，还得寻一片药布贴上才能继续向前行步。老人肩上背着一双鞋叹息，穿皮鞋比做工还惨痛呀！

这不是编撰的故事，是真实的场景。

在物资那样缺乏的年代，鞋子坏了，肯定要修补。许多家庭都有那种老大穿过，留给老二，老二穿破，再补一补，老三接着穿，鞋底穿洞，再垫层底，继续传给老四行走天涯的传统美德。

不管海内外，节俭本来就是华人的美德。然而时代进步，社会繁荣，补鞋越来越稀罕，这一代人有些根本没听过补鞋是怎么一回事。

这回意外在莆田遇到补鞋事件，可能男女想法不同，也许国情不同。

在许久没有留意补鞋档，几乎忘记有补鞋匠这份职业的时候，补鞋匠又重新出现在眼前。特别注意补鞋匠穿的棕色皮鞋，沾染仆仆风尘，残旧有年，起皱的皮纹正是岁月的痕迹，再看看我们三个旅人的鞋子，也都布满灰尘泥沙，如果鞋子可以说话，每一双定有不同的身世和故事。

为了使补鞋匠同志不必仰头，我们三人都坐下来，分开坐在两张矮矮的木凳和一张普通餐馆用的塑料凳上。同志看看香港同志开口的鞋，说："这马上能修好。"是普通话，但莆田口音很重。面无表情的他，利落地用刷子将鞋子刷干净，再拿胶扫，扫几下粘胶，用小锤子敲敲几下。"好了。"他抬头，"五块钱。"

香港作家付了钱就要起来。

"等一下。"L 把他脚下没开口的鞋子脱下，"这双鞋底帮我垫一层。"

补鞋同志马上处理，L 转头问香港作家："你这鞋子还好好的，另一只底下也垫一层，可以再穿一年呢！"

香港作家没加考虑，立马点头说："好呀好呀！"

两个没有穿鞋的男人和一个穿鞋的女作家在补鞋档口说起文学来。

夏至以后，气候炎热，幸好今天下午有细雨有微风，三个作家在巷弄里的小小档口讨论三国（新加坡、马来西亚、中国）的文学演义。

两个男作家把话题转到散文诗，不写诗的女作家只好找补鞋同志闲聊。

"生意这么好呀？"我真的很好奇，指着一地排长队又堆高的旧鞋子问。

“鞋子坏了就得补。”单调枯燥的日子使得他的脸孔和口气都显得平淡。

生活对于他就是如此这般重复和无味的吧。

一共三十元。同志接过L付的钱，把钞票拉平摺好，小心翼翼地收进钱包，埋头继续补鞋，不理香港作家和L在一旁客气地把钱你推来我推去。L说：“我在新加坡，垫双鞋底就要新币十五元，这两双才人民币三十元呐！实在太便宜!”

“下回你再到莆田，就把需要补的旧鞋都带来吧。”我开玩笑地说。期盼逛商场买鞋的安排虽然没有实现，却获得生活中的温馨体验。有些记忆，在人生的旅途中稍纵即逝，幸好有个不期而遇的提醒，让步履匆忙的我，在马不停蹄奔波往返间停下来反省思考，下次鞋子坏了，不一定需要即刻丢掉，也许，还可以修补后再穿上，继续前行。

乙未年说羊

聊天的时候，作家朋友说："我曾经当过牧童。"有人目瞪口呆，有人惊讶，其中一年轻人问："什么叫牧童?"一心只愿亲近手机和网络，远离田野的新生代，也许连牛羊鸡鸭都没看过。

作家朋友说："牧童，就是牧羊的小童。"说着，老人家唱起儿童歌："星期天，去放羊，书包挂在羊角上，青草嫩，羊儿肥，我把大地当课堂……羊儿吃草我读书，我和羊儿一起长，我和羊儿一起长。"歌声里带着童趣，也有些许沧桑。"巧合得很，我也肖羊呢!"

话题就这样转到乙未年说羊。

刚开始学画时，读过不少有关岩画的文章。早在春秋战国至西夏时期，不同种类的羊如羚羊、岩羊、北山羊等身影都被记录在岩画里。承载着艺术的羊还成为青铜及陶器的图案。商代晚期的祭祀青铜礼器"四羊方尊"，是史学界公认"臻于极致的青铜典范"，位列十大传世国宝之一。前年到徐州开会，在徐州博物馆被构思精巧、造型简单的东汉羊形铜灯吸引得目不转睛。后来听说，汉代铜灯品类极多，以羊为造型的还真不少，因为羊在汉朝被视为富贵吉祥的象征。

富贵吉祥人人所爱，中国人对温顺可爱的羊很有好感，用羊造出来的字，都具有美好的含义。一说羊首人身即美，另一说为羊大是美，“羊长大了”便成“美”。在古代早时，羊是人类祭祀祖先和拜神时最常用的动物，祭拜用越肥大的羊，神就越高兴，人们对大吉大利便充满了希望。繁体的“义”字，也是由“美丽的我”组成，表示你若做人有义气，你就有了美丽。羊的特性是喜欢群聚，在一起的羊都是君子，中国文字里，君和羊合伙连着，就是群的意思。目光温顺的羊，成为“善”良的象征，羊头底下一双温顺的眼睛，再加一个口，就是中文的“善”字。春节期间人们见面，互相祝贺吉祥如意，吉祥也从羊而来，“示羊”就是“祥”。

与羊有关的汉文字，叫人喜欢羊。向来吃草不食肉的羊喜欢居住在干燥整洁的地方，不然会生病，早已退休的牧羊童对羊的特性很清楚。无论吃的草、喝的水，羊都讲究清洁。羊的驯良叫人怜惜，就算被宰杀，也不反抗，不逃命，仅低声呻吟，任人宰割。

小时候读《增广贤文》，长辈不断强调其中两个故事——“鸦有反哺之恩，羊有跪乳之德”，因此印象特别深刻，始终没法忘记，故而从不吃羊肉。羊却是许多人的美食选择，当讲到羊和鱼，汉文字造了一个“鲜”字，可见羊和鱼合在一起，味道多么可口。

和羊有关的汉字，多是褒义，可是，讲到属羊的人，却一再被贬。农历乙未羊年的脚步越来越靠近，加上多数人几乎每天都在脸书里采集资讯，一时之间，人人化身相命专家。脸书广传谣言最方便，上网浏览后只接收而不求证的人又占大多数，结果脸书上四处流传：“十羊九不全”“羊年是寡妇年”“属羊的人命薄福浅”，一个传一个，到处一片附和声，说得像是真的一样。

希腊神话里，人们最难忘记的是普罗米修斯，他不单创造了人，还创造了人的幸福，把火种偷盗给人类，为此他受到永无止境的惩罚：天神的仆人“暴力”和“强力”把他带到高加索山上，用一条永远挣不断的铁链把他绑在陡峭的悬崖上，从此没法入睡，双膝也不能弯曲，还在他胸口上钉一颗金刚石做的钉子。当他忍受着饥饿、风吹和日晒的时候，一只鹫鹰每天啄食他的肝脏，白天被吃完的肝脏，晚上重新长出来，痛楚因此永不停止，普罗米修斯仍不认错，也不把火种归还。

中国民间传说，羊的伟大堪比普罗米修斯。在远古洪荒时，人间没有五谷，只赖蔬菜和野草为生的人类，严重营养不良，个个面黄肌瘦。有一年，神羊到人间，发现人类不种粮食也不知何谓粮食，方知只有天宫有五谷，玉帝不愿与人类分享美味的粮食。满怀同情心的神羊回到天宫，趁守护天神睡觉时，把五谷的种子悄悄送给了人类，人间从此有稻稷麦豆麻。玉帝本不知情，但人们收获了庄稼，又香又甜又滋补的粮食让人们乐开了怀，人们秋收冬藏之后，为感谢神羊送种子的恩情，举行祭奠仪式。过于盛大的仪式惊动了玉帝，才知人间出现五谷。玉帝非常生气，经过调查后，下令把神羊带到人间宰割，并要人们吃掉羊肉。隔年在神羊行刑的地方，长出青草，也出现了羊羔。人间从此有了羊这种动物。善良的羊只吃青草，把自己的奶和肉，无私地奉献给人类。为了纪念牺牲自己成全人类的神羊，人们在秋收冬藏之后的祭祀仪式从来没有中断过。后来人类听说玉帝要挑十二种动物为人类的生肖，赐封神祇，人们一致推举羊为其中一个生肖。这样说来，肖羊的人应该受人敬佩才是。

在中国古代文献中，饲养越多的羊，意味着财富越多。日本出版的《世界大百科事典》记载：“拉丁语中的 pecunia（财富）一词是 pecus（羊群）的派生词，与 capital（资本）一词来源于 caput（头）相似。由此可见，产子、产奶和产毛的羊并不比造福人类的其他动物逊色。”财富和羊的关系如此密切，引得我也好奇，上网看一下，果然不出所料：“若看全球平均财富，最有钱的是属羊的富豪，每个人有 15 800 万美元的身家。”

快八十岁的名作家，时常受邀到各国参加文学会议，发表演说，气色红润，身体健康，日日创作不曾停笔，作品丰收也是财富呀！从牧羊童到名作家的这条路，肯定崎岖不平，可是有哪一位成功人士的背后故事不叫人动容呢？

相遇在漳州

抵达漳州的时间是下午。

中午在厦门大学逸夫楼用过午餐后，车子往漳州方向行去，一路上小雨不停，窗外变得朦胧迷离，这条路是不是以前走过的那一段呢？

1993年路过漳州，从厦门搭乘厦门大学的面包车，目的地是潮州，中途没有停下，漳州因此变成一个搁浅在想象中的城市。后来才听朋友说那里是水仙花的故乡。结果在梦里出现的漳州，画面满满的都是水仙花，凌波傲立，淡雅灵秀，盛开绽放时黄心白瓣散发着幽雅的芳香，香气四溢游出画面，氤氲着，很长时间，最终随着岁月的流逝，一点一点消失。

六年后的某个春季到加拿大和画家交流，经过温哥华市区，看到路两旁金黄雪白缤纷茂密的水仙时，漳州和水仙花才又回到脑海里。幻想应该在中国看见的水仙，却在西方国家的路边簇簇怒放，带着不可思议的心情去欣赏。

仍然期待，不管怎么样，一定要寻找机会到漳州看水仙去。

因为打从一开始，就是在中国诗画里认识水仙花的高雅脱俗、清秀俊逸，“水沉为骨玉为肌”的水仙，很自然地就和中国连成一气。

漳州是因为水仙叫我念念不忘。

后来又到漳州，像羽毛沾上了一点水的飞鸟。深夜赶路，行程匆促，连市区也来不及踅进去转一圈，仅在城市边缘留了一宿。住在百里花卉走廊黄金地段的漳浦马口东南花都花博园的三层楼别墅内，室内布置设计新颖独特，临睡前喝的那一点茶，似乎有提神作用，也可能是换了陌生的地方，难以入眠，起来拉开窗帘，一看，窗外灯光既不辉煌也不灿烂，在闪烁的是花草丛中点点的萤火虫。童年时代在南洋乡下外婆家的萤火虫，飞到数十年后，居然在漳州市郊再度相遇。仔细观察，还有，那些远远在林中飞舞的萤火虫，是新朋也是旧友。偶遇的惊喜，让我决定不开空调，躺着深呼吸，天然的芬多精和负离子缓缓地在我房间游走，朦胧间幻想，萤火虫飞进我的房间，飞入我的漳州梦。

漳州是因为萤火虫叫我念念不忘。

这回漳州行，会不会遇到水仙花，或者萤火虫？忖想间车子进了闽南师范大学大门，停在逸夫楼门口。

我们从厦门大学逸夫楼启程，抵达的地点也叫逸夫楼。海外来人觉得诧异或者奇怪，但在中国，有人在博客里这样写：“在中国大学毕业的朋友，不知道教育部部长是谁，不知道清华、北大校长是谁，不知道自己学校的校长、党委书记是谁的，应该大有人在。但是，如果说不知道邵逸夫是谁，那这个学生一定是个完全不学习的人。因为，他根本就没有到过‘逸夫楼’上自习。”

那是 2014 年 1 月 7 日上午，107 岁的邵逸夫在香港辞世后的事。有人设计了一个地图软件，大家可以上去搜索“逸夫楼”，结果发现，神州大地上，插满了密密麻麻的红旗，每一面红旗代表一座逸夫楼（馆）。原来全中国五湖四海的小学、中学和大学，竟然有超过30 000座“逸夫楼（馆）”。有人因此评价，邵逸夫以自己一个人的力量，盖起了数量堪比中国收费站的大楼。我们一起仰头眺望，“逸夫楼”三个字在阳光下发光，为了领我们参观校园，放弃午休的文质彬彬的黄院长在一旁，沉稳文静地微笑点头。

步伐缓慢，深恐惊动在午休时间沉睡的校园。两排郁郁葱葱的棕榈树为夏至后稍炎热的下午带来阴凉气息。经过阳光下的球场，单车和电单车停摆一地，一些不怕热浪袭拂不担心晒黑的大学生在打球。真有意思的大学生，痴痴瞧望，仿佛看见青春年少的自己。

这时候闻到弥漫的甜甜香气，非常稀奇，清晨和傍晚才是鲜花绽放香气的时间，再怎么灼灼的花香气味通常都自我消隐在酷热的阳光下。路旁艳红的刺桐花漫不经心地绽开，数量不多，但这香味明显不是；零零星星的洋紫荆也在散发着浅紫桃红的余光，如果有香，应是浅浅淡淡的，依稀隐约，若有似无。在寻觅中，脚步继续向前，这浓郁的香气，倏地在空气中颓然消逝。

晚餐前散步，内敛寡言的黄院长带我们去一趟今晚演讲的场地。波光粼粼的九龙河，流经校园，黄院长一边当导游，一边解释晚上的演讲形式，“安排在图书馆的咖啡厅，似乎不太正式，但亲切温馨”。远远地看到福建土楼形的建筑物，是“逸夫图书馆”。单是一间大学，就有两栋邵逸夫捐建的建筑。刚才出来前在“逸夫楼”拍了照片，到了“逸夫图书馆”应该也要合影留念。我们面向闽南师范大学的大门，背向逸夫图书馆，阳光变得温和，空气有凉意，这时拍的照片，因光影柔和最为漂亮。眯着眼睛，想起诗人臧克家在1949 年底为纪念鲁迅写的抒情诗《有的人》：“有的人活着，他已经死了，有的人死了，他还活着。”

往回走的时候，经过球场，这才和玉兰花相遇。终于找到花香的来源。前两天在泉州开元寺，闻到同样的香气，深呼吸时听到有人说话，“因为你姓黄，所以今天这里就开了黄玉兰”。动听的情话犹如芬芳的花香。据说在玉兰花中，以黄玉兰的味道最为浓郁馨香。

回到逸夫楼之前，黄院长指着艺术学院门口繁茂的大树，这两棵百年木棉树，开花时天空就像燃烧起来一样绚烂嫣红。我们在花季过后抵达，不见花影，百年老树静静地在黄昏里沉默不语。

晚餐安排在住宿的逸夫楼后院江边的芙蓉餐厅，餐后走在江畔，灯火朦胧，侧面就是那棵古老而挺拔的无花木棉树。

幻想中将会相遇的水仙和萤火虫都没有出现，离开闽南师范大学的上午，伫立在逸夫楼前再一次回望老树，葱绿青郁的叶子和昂首向上的枝干，充满清新活力，无法置信这是一百年前就已经开花的树，期待下一回再来，除了水仙、萤火虫，还能看一树艳红靓丽的木棉花。

异乡的花朵

印度人喜欢将绿叶白花茉莉植于盆里，整整齐齐地排列在矮矮的洋灰墙旁边。在中午炎热的阳光下，学校外头车如流水，是阳光太炽烈或是汽车太多，茉莉花的香味若有似无。建于87年前的中西合璧的经典建筑“辅友社”，在阳光下发出白花花的光芒。辅友学校就在“辅友社”的院子里。

“总算遇到知道谁是泰戈尔的人了。”槟城辅友学校陈董事说。然而他却也是六年前才认识泰戈尔。那天在校园里看见印度大使馆的专车停在学校外头，下来两个印度人，趋前一问，是印度驻马大使为了寻找“泰戈尔的足迹”，特地从吉隆坡北上槟城。

在学校当了六年董事的陈汉精，这才发现“辅友社”最古老的课室里，墙上嵌有一块1927年8月14日的奠基石和身着白袍、童颜鹤发、长髯飘逸的诗哲泰戈尔的照片。

2011年5月7日，全球印度大使馆同一时间为诗人泰戈尔举办150周年纪念生平展。陈董事受邀出席后“才认识”泰戈尔：“一生提倡爱与和平的大诗人，在印度地位等同甘地！”回到槟城，他成为一个寂寞的人，一遇到人就探问："你听过泰戈尔吗?"没有人知道印度著名诗人、画家和哲学家拉宾德拉纳特·泰戈尔，包括槟城的印度人。

追溯泰戈尔足迹而来的我，和辅友学校马校长及陈董事一起伫立在奠基石和诗人的照片面前，听着陈董事的感叹，我生出自己的感慨。

唐朝宋朝的人都不在了，唐朝宋朝的建筑都被摧毁了，可唐诗宋词仍在，这说明文学力量的永恒，但是，有多少人喜欢文学？有多少人知道文学人？

这是一个从前和今天都没有人关心文学的岛屿，为什么在交通不便的87年前，诗人泰戈尔舟车劳顿来到一个至今犹有许多人不认识诗和诗人的城市？

在这一段印度诗人和马来西亚北方城市的情缘里，"辅友社"扮演着什么样的角色？

华人当年南来，为了照应和关怀自家人，以家乡宗族结团立社，成立会馆和姓氏宗亲社。南来的中国人，也有些和当地土著结婚，生下的孩子，男的称"峇峇"，女的叫"娘惹"。这一批人为了互相关照，决定成立"辅友社"，意为"辅助朋友的社团"。这一社群大多接受英文教育，华文不识一个，连自己的名字也不会写，但坚持守护和努力发扬华族传统文化，也许是因为他们对自己的社群不懂华文深以为憾吧。他们为传承华人文化成立"辅友社"，为学习华文华语办夜学，为提高国乐水平组织国乐管弦乐队，为自卫强身引进中国武术，为健身运动成立羽毛球队，并致力于发展社会福利事业，拨款帮助穷苦学生求学，中国遇有天灾，如1918年汕头、厦门地震，他们联合其他机构主办各项筹款活动，所得款项充当援助金。

民国第一才女林徽因的文章记载，1924 年 4 月，她在北京前门火车站的月台上，和父亲林长民，以及梁启超、蔡元培、胡适、蒋梦麟、梁漱溟、辜鸿铭、熊希龄等文化名人，迎接从上海北上的泰戈尔与其当时在中国的全程翻译和陪同——徐志摩。

才华横溢的徐志摩和才女林徽因的恋爱故事，后来被改编为电视剧《人间四月天》播放。泰戈尔受邀到中国这段时期，徐志摩在上海把自己对林徽因的爱慕说予诗翁知，要求诗翁相助。诗翁在北京见到秀丽优雅的林徽因，就明白徐志摩的眼光和心情。林徽因和徐志摩后来一起陪同泰戈尔到中国其他地方演讲和观光。泰戈尔在中国度过 64 岁生日，北京特别在 5 月 8 日为他举办了祝寿会。5 月 25 日泰戈尔离开中国时，为这一对金童玉女写下一首短诗："天空的蔚蓝 / 爱上了大地的碧绿 / 他们之间的微风叹了声'哎'!"泰戈尔的撮合以失败告终。他取道日本回印度时，行弟子之礼的徐志摩陪伴泰戈尔到日本，道别时，泰戈尔跟徐志摩说："我把心落在中国了。"

传言泰戈尔到中国后，转来槟城。但从年代的记录来看，显然仅是谣传。"辅友社"的奠基石镌刻着的日期是：1927 年 8 月。这表示泰戈尔并非是在此次（1924 年）的中国行后转到槟城，极大的可能是，在这期间，槟城"辅友社"某社员到中国，正好遇见泰戈尔，心生仰慕，特别邀请首位获诺贝尔奖的亚洲诗人到槟城来为"辅友社"主持奠基典礼。

泰戈尔后来再到中国，是 1929 年 3 月应邀去美国和日本讲学，路过上海，曾短宿在徐志摩和陆小曼的房子，待他 6 月 11 日回印度途经中国时，再到上海和徐志摩、陆小曼同住数日。这个日期也不是到槟城的 1927 年。

为了寻找泰戈尔的槟城足迹，我多次在网上搜索，终于看到：

“湖南人谭云山 1924 年到南洋谋职，在新加坡开始教学生涯，并积极写作，成为马华文学的先锋人物。其偶然遇到一个心向往之并改变他命运的人，后来他跟随此人到印度国际大学开展中国研究的项目，并受聘为该大学的中文系教授。”这个改变谭云山命运的人就是印度诗哲泰戈尔。谭云山遇到泰戈尔的日期是 1927 年 7 月。

泰戈尔 7 月去新加坡之后，8 月接着到槟城去。除了“辅友社”奠基石上的记载，听说他还到槟城钟灵中学演讲，讲稿内容说的是什么呢？这些都令人感到好奇，但至今仍是一个尚未解开的谜。

马校长和陈董事把一套包装精美，打着蝴蝶结，用塑料袋束封的“泰戈尔纪念专集”拿出来，让我作为首个打开这意味深长的纪念品的人。“这是你和泰戈尔的一份机缘呀。”他们说这四本纪念专集是马来西亚印度大使馆在泰戈尔 150 周年纪念生平展上赠送的，拿回来收在学校图书馆，一直没有人打开来看。

翻阅诗人译为英文的诗，忍不住建议应该让辅友学校的每个学生，都来背一首泰戈尔的童诗，并非每间学校都有大诗人的身影和足迹呀！日后从辅友学校毕业的学生，提到母校，便以“我的学校有印度诗哲泰戈尔立下的奠基石”为荣。

临走前再看一下校园里那一排印度人喜欢的茉莉花，马校长说是他选择的，这是巧合吗？香花的气味最为浓郁的时候是在晚上和黎明，阳光一洒下，味道逐渐消退，这叫人更对香味充满期待，不必感叹白天的味道轻淡得好像没有，让我们耐心等待，一到晚上，茉莉花的芬芳就会再次开始散发，馥郁的浓香就像诗人那让人回味不已的诗。

在我生日的水瓶里/从许多香客那里/我收集了圣水/这个我都记

得/ 有一次我去到中国/ 那些我从前没有会到的人/把友好的标志点上我的前额/称我为自己人/不知不觉中外客的服装卸落了/内里那个永远显示一种/意外的欢乐联系的/人出现了/我取了一个中国名字/穿上中国衣服/在我心中早就晓得/在哪里我找到了朋友/我就在哪里重生/他带来了生命的奇妙/ 在异乡开着不知名的花朵/它们的名字是陌生的/异乡的土壤是它们的祖国/ 但是在灵魂的欢乐的王国里/它们的亲属/却得到了无碍的欢迎。

下午的蛋挞

在澳门走来走去的感觉真好。

4 月初是春末，气候舒爽凉快，在 14℃和 18℃之间徐徐踱步。沿途皆是青翠碧绿的大树和缤纷绚艳的花儿，阳光明丽清亮却不炙人，走起路来便有了一种悠游的心思，步履缓慢而从容，闲散地品味街道两边的景物。

稍陡的上下坡街巷，两旁的房子，几乎每一层楼皆有阳台，摆着盆花，并在花盆里插上色彩亮丽的风车，当风掠过，艳美的颜色便开始旋转出七彩耀眼的圈圈，没有音乐声，却带着繁花似锦的丰绚，那轻快自在的旋律，让遥望的过路人为之心醉神驰。

脚步和心情都悠然闲荡，这是近年来少有的。穿梭过一条街，又一条街，街道都很短，一下子便来到一个街角，一个转折便带给游客一个惊喜。没有步履匆匆的行人，唯有赏心悦目的古朴老建筑，沧桑的百年老树，温暖柔美的米黄色老教堂，还有不残不破但看着却感觉年深岁久的老店，尤其是很多老字号的糕饼店。

澳门人原来那么喜欢吃糕饼，这是此回游澳门的新发现之一。不仅有杏仁酥，还有花生糖饼、花生芝麻饼、蛋卷、核桃酥、光酥饼、蛋饼等，其中最著名的是玛嘉烈蛋挞。

在直街横巷踅来转去，一直找不到玛嘉烈蛋挞店。两个女儿非常坚持，其他品牌的一个也不入口。说是吃一餐少一餐，非得精挑细选不可。真是服了她们的一心一意。幸好，澳门博物馆馆长陈迎宪第二天中午陪我们吃过葡国餐后，问非尔和鱼简还想尝什么，她们无须商量，即刻异口同声说“玛嘉烈蛋挞”。迎宪馆长笑容可掬地说“那容易”，然后马上领着我们到新马路有个喷水池的议事亭，并继续往前走，穿梭在如织的旅游人潮中，踅进一条小小的巷弄，一股焦糖的香气在空气中浮游。

小小的店，小小的桌子，小小的椅子，多多的人。

小店满座，看衣着，大多是旅行者，在不知是否刻意布置成过时的旧样式的小店外，人们有站有坐，都在吃着同样烤得略黑，带有焦糖香味的葡式蛋挞，配上黑色的原味或加了奶的咖啡。

澳门旅游局拥有一项本领，其宣传深入得使进入澳门而没吃这些甜点的游客，生出一种怅然若失的情绪，甚至有一种“如果没有去吃这些当地著名的甜点糕饼，就好像不曾来过澳门一样”的感受。

香喷喷、热腾腾的蛋挞和咖啡，是迎宪馆长排了长队才买到的。他双手捧来两盒蛋挞时，获得全部人的掌声和微笑。大家开心又得意，吵着要先拍照才准开动。心满意足地细细品尝，舍不得入口，吃得极慢。

在甜香弥漫的味道中，迎宪馆长给我们说了蛋挞的故事。

安德鲁和玛嘉烈结婚后，一起经营甜点生意。香甜的点心大受欢迎，两个人却没有甜蜜的结局。夫妇感情逐渐破裂，离婚以后，安德鲁继续经营他的饼店，同时也卖蛋挞，玛嘉烈只做蛋挞，没想到越做越红火，名气比安德鲁还大。

最后是安德鲁先去世了，面包店由别人继续经营；而玛嘉烈的蛋挞红得人人每到澳门，都会前来一尝。

排起长龙的人们耐心地等待，吃过蛋挞的人站起来走开，热闹的小店似乎永不打烊。

把最后一口蛋挞吃完，啜一口加奶而不加糖的咖啡，唇边竟然有点苦味。

有一点点的措手不及，然而，忧伤的故事总爱隐藏在甜蜜的味道背后。玛嘉烈肯定清楚短促的美丽带来的辛酸是怎么一回事。每天出产无数个香甜的蛋挞，闻着浮泛在空气中的甜美味道，她会不会偶尔恍惚惆怅地想起往昔旧时的浓情蜜意？

路过前来歇脚的游客，蓄意赶来满足渴望的旅人，是否曾经想过，也许玛嘉烈是用自己的方式来怀念她的过去？

激流的时光总会让悲欢的岁月成为过去，然而，搁浅在心里的那旧时的缱绻缠绵，有没有那么容易跨越过去呢？

过去，或者过不去，光阴都不能再回头。

许多感情无法冲淡，许多事情无法抗拒，残缺不满的生命真是让人每天下午都想来吃一个蛋挞。

从澳门回来，每天下午都想念蛋挞，事实上，更想念的是让生命多一点美好的幻想。

花见阳明山

“看，那边，是樱花呢！”有人兴奋地喊了起来。

车子绕着山路慢慢往上开，山道两旁皆是山和树。每个转角都有大片大片的姹紫嫣红迎面而来，妩媚多姿，绚丽多彩，令人目不暇接。

之前在莲田餐厅吃饭，主人告诉我们阳明山是台湾的大型自然公园，气候温和，一年四季都有花开。梅花、茶花、桃花、水仙花、樱花、李花、海芋花、杏花等。春天的赏花期是在2月21日至4月5日，在这一个半月的花季期间，漫山遍野，百花盛放，慕名前来阳明山看鲜花争妍斗艳的国内外游人多达两百万。

我们来的时候正逢灿烂的花季，导游指着巴士外头说，这里人称“草山春色”，是台湾十大美景之一。原来阳明山国家公园在清朝统治时代，因盛产硫黄，官府担心有人匿藏在树林间盗窃硫黄，于是定期放火烧山，结果整座山不是光秃秃的，便是只长五节芒，大家省略了“芒草”的“芒”，称此地为“草山”。1950年，蒋介石为纪念明代学者王阳明，将“草山”改名为阳明山，山上矗立着王阳明塑像。

细雨纷纷的春日，太阳时隐时现，园里的万紫千红在召唤车上的游人，一下车便见广场边的巨型“花钟”。以绿草为底，遍植不同的五彩缤纷的花卉，整点即播放悦耳音乐的花钟，是阳明山的知名地标之一。

背着花钟照相，抬头便看见：不远处的山坡上，密密植着樱花树，这时一团团粉白，一簇簇绯红，兀自绽放和凋零。那喧嚣又恬静的盛开和坠落，那热烈无比却不出一点声息的强烈冲突，叫我双手掩着嘴巴，不敢开口，生怕被震撼的心会从口里跳出来。

落樱是雪。这下明白了！

日本俳句喜欢以“花吹雪”或“花雪”来形容樱花，倘若说眼见为实，眼前落樱正如雪花般不断地飘洒，难怪“天也醉樱花，云脚乱蹒跚”，老天也为层层叠叠在怒放的樱花陶醉，更何况为花醉的人，情不自禁地朝樱花林走去。

“喂喂！”同来的作家在阶梯上喊我：“大家先去看瀑布，不要走散了呀！”惊艳的人回魂过来，走上阶梯跟着大队往大屯瀑布区走去。

住在热带地区的人在日本文学中初识樱花。许多年来只开在书上像梦一般的樱花，今天终于在阳明山见到，正如安原贞室的俳句“哎呀连声赞，花落吉野山”。

后来看到鲁迅写日本“上野的樱花烂漫的时节，望去确也像绯红的轻云”。“绯红的轻云”这时就在阶梯左边的树林里闪现，苍郁翠绿的林子，时不时点缀着一两棵樱花树。虽然在书上认识了樱花，却不深入，名字诗意得让人手足无措：绯寒樱、瀑布樱、彼岸樱、八重樱、大山樱、淡墨樱……这些都限于画面和文字，没有去认真学习和研究。也许，从来不曾想过，有朝一日竟然真的有机会和樱花相遇吧。

就像所有的意外一样，樱花突然在瞬间迎面而来。那年受邀到加拿大和当地画家交流，旅游巴士穿过温哥华岛的维多利亚市区，我们的目的地是北部的布查特花园。玻璃窗外的行道树，悬满簇簇团团的鲜花，在初春的风中晃荡飘摇，那动人的风姿，叫我抑制不住，打断导游阿肯对温哥华的介绍，插嘴问道："这是什么花?"阿肯看也不看就回答："樱花。"他也知道他自己的华语不够标准，说完又加一句日语"Sakura"。我没有回话，拿起相机，不停地拍摄。那个时候摄影须用菲林，过后尚要冲洗才能见到相片的效果。阿肯不是嘲笑，只是好笑："到了布查特花园，有更多更美的花。"他说得没错，只不过，那些花，不是樱花。

之前，一心认定看见樱花的地点，是在东方的日本，却在位于西方的加拿大和樱花首次相会，从此益发相信缘分这回事。

世界华文作家交流会，安排在三月，这趟台湾行，非为樱花来，却又巧逢樱花盛开，这份因缘际会确实难得，只因边开边落的樱花，怒放的姿态仅仅数日便凋谢。俗语说"樱花七日"，说的正是花期之短暂。樱花离树后，要再看花，就要等明年三月了。只不过，重来的时候，惆怅的是，那花不是这花呀!

阿肯说了"Sakura"，车上有人唱起日文版的《樱花歌》。译为华文的歌词一样充满怅惘："樱花啊樱花啊，阳春三月晴空下，一望无际樱花哟，花似云朵似彩霞，芳香无比美如画，去看吧去看吧，快去看樱花。"

"去看吧去看吧，快去看樱花"，一再催促听歌的人，别再拖延，别再等待，红色、白色的樱花在空中缓缓飘荡，翩翩起舞，一转眼，似锦的繁花落在地上，铺开一条红白的花地毯。

树林里的瀑布是美的，若有似无的小雨飘洒着，游人不多，静谧得可以听到瀑布的"哗哗"声，水边的空气极其清新，大家都舍不得离开，然而心里牵挂着山坡上那些璨璨发亮的樱花，拍过几张照片便循着原路下山，走到半路在亭子间休息时，遇到很小很小的蜥蜴爬在竹制的栏杆上，有人说不是蜥蜴，是变色龙，可它却没有变色给我们看，听到人说话也不吃惊，似乎小得还不懂什么是害怕。一路下阶梯，时雨时晴间，竟有蝴蝶在花丛中飞舞。听说阳明山有130种蝴蝶，其中有些是独有的。白色有黄花点的蝴蝶，很像我平时在自家花园晨运时遇到的那种，应该就是很一般的了，从来都不相信自己的运气有那么好。

遇到樱花季，已经是最好的运气，“在樱花树下，没有陌路人”，都是爱花才来此相聚。樱花树下的人，不停地按快门，芳华如此易逝，人们在替樱花焦急呀。

日文有“花见”二字，意思是在樱花树下举行露天的赏花大会。每到春天，日本人不忘安排“花见”仪式，提醒人们“当下即真实”，珍惜眼前花，也珍惜眼前人。步履缓慢地穿过繁华辉煌的樱花树，所有的良辰美景，永远都稍纵即逝，流连忘返的人们，唯有不断地回头。

人们替樱花感叹，粉白绯红的花儿，却悠然自若地开着，落着。

空气中飘浮着一股浓郁的花香味，一切如梦似幻，那如雨的花瓣，还在坠落，落在身上，眷恋着，舍不得抖落，拎在手上思量，带不带走呢?

终于放下。

虽然仓皇匆忙，总算没有错过这一场樱花的开落，这就已经足够了。

等到全部的人上车，导游把下一个节目告诉大家：北海岸的风光在期待旅人的到来。从阳明山经过金山再到石门，接着到淡水吃晚餐。

车子往下山的路开去，有人在车上喊着：“看，那边也有，也是樱花呢!”

太平的感觉

我们要去的地方名叫太平。

车子刚开动，客串的导游开始讲太平的故事。

英国殖民地时代，这里原名拉律，盛产锡矿，许多华人帮派因而到此争权夺利，其中以义兴和海山之争最广为人知，两帮人马纠纷不断，冲突事件严重至人命伤亡。同时马来土邦的王权也在不停内斗，结果让英国人有机可乘。1874 年，海峡殖民地总督克拉克爵士以平定战乱为名，号召两派人马在霹雳州离岛邦咯岛签订协议书，史称《邦咯条约》。英国殖民地的权力本来只涵盖槟城、马六甲和新加坡三地，《邦咯条约》签署后，英国人开始派遣参政司进驻马来土邦。参政司是美其名而设的职位，暗地里是在扩大英国殖民地在马国的版图。

英国人平定战乱后，认为和平在望，也希望血腥不再，把拉律改名为太平，这是马来西亚第一个以中文命名的城市，也是霹雳州最早发展的地方，因此“太平”是《邦咯条约》以后才出现的名字。起初太平被定为霹雳州首府，过后却被更大的城市怡保取代。

这个只有186.46平方千米的小城，是马来西亚第一个拥有完整的城市规划的城市，首府的位置虽然不再，但因发展历史悠久，成为全马拥有最多“第一”的老城。1844年马来联邦的第一个高原度假村就建在太平湖畔的太平山，接下来是第一个游泳池，第一个回教堂，第一个炮兵仓库，第一个治安法庭，第一个港口，第一间英校，第一个电报邮政局，第一支警察部队，第一家私营医院，第一个火车站，第一间女英校，第一份马来报章、淡米尔报章、英文报章，还有监狱、博物馆、政府办公室、圣公会、师范学院、草地俱乐部、锡兰商会、旁遮普协会、印度人协会、机场、图书馆、钟楼、军队、水上乐园、高尔夫球场等共40个“第一”。

这40个“第一”之中，人们最为称颂的是太平湖公园，正是我们到太平的主要目的地。

2013年8月，在马来人开斋节期间，之前担心的高速公路大堵车的情况幸好没有出现。这不能怪马国主人担忧，华人的农历新年是初一到十五，通常放假三五天；庆祝开斋节足足一个月，假期起码十天到两个星期，而这一个月里的每一个小周末，大道或小路都可能出现堵车现象。

车子离开高速公路，踅向开往太平的方向，在国道上没走多久时，车上的中国学者问：“我们到太平了吗?”

天气晴朗，蔚蓝得像明镜的天空，薄薄的白云在飘飞。青翠碧绿的行道树，种得很密。大路平直而宽阔，车少人稀，建筑物矮矮的，不见高楼大厦，远处的青山变得很近，仿佛伸手可及。阳光映照着一重一重浅翠深绿的光影，就算不懂画画的人，只要按照颜色的浓淡随手记录，便是一幅风景优美的写生图。

“这就是太平市区了吗?”中国学者带着吃惊的语气，调有点高了。“没有车，没有人，没高楼，没大厦!”难以置信的表情叫当地人惊异得再次强调：“是是是，我们已经在太平市区了。”

马来西亚有十三州，学者们来到北马，除了观光具有英国殖民特色的建筑以及以娘惹食物和街边小食闻名遐迩的槟岛，还北上到泰国与马来风情融合的吉打州采风，至于往南的霹雳州，首选太平。许多中国大陆、香港、台湾和澳门的朋友都说槟城人的生活节奏慢悠悠的，我想，那是他们没有来过太平。

太平人步伐的缓慢也许曾经被人诟病吧。在那人人都讲究“跑得快好世界”的年头，众人犹恐追不上时代般努力向前冲，速度越快，才越有资格成为现代人。快餐、速食面、三合一饮料的发明就是为了顺应时代潮流。今天的太平，却是众人追求和向往慢生活的好地方。这回来到太平，谁还要吃快餐?

三天两夜的行程太短，太平著名的小食，住一个星期也吃不完。薄饼、炒粿条、咖喱面、云吞面、娘惹糕、猪肠粉、红豆冰、鸡丝河粉、辣沙、蚝煎、炒粿角、福建面等，每一个摊档前都排着长队，等得食客的颈项都变长了。本来小食不是快餐，只是出餐速度稍快的食物，却也变慢餐了。另外，名为香饼的马蹄酥，游客到槟城，都会买几包当手信，可是，有人却说太平的比较可口。口味非常个人化，到底哪家好吃，这就要留给槟城和太平人去争执了。

悠闲度日的太平人对争执应该没兴趣，他们更喜欢打赌。什么都第一的太平，降雨量也是全马第一。每天黄昏，太平当地人站在咖啡店门口，那时间正好是下午茶过后，大家对着太平山顶遥望，天气阴沉沉的，凉凉的清风迎面吹拂，沉甸甸的乌云在山顶凝聚，然后彼此开始互相揣测：今天下午几点下雨?

天天都要下一下雨的雨城里，打伞的人不多，人人都习惯在雨中办事，雨尽管下，而太平人则步履轻松地在太平湖边漫步、散步、跑步，全都不把大雨小雨当一回事。

太平人看雨，犹如看日日来相伴的老朋友。

雨中环游太平湖，八景一个个迎面而来："皇岗听猿""曲桥待月""碧水红莲""春岛幽情""竹韵琴音""铁骑寻芳""平塘独钓""翠碧擒波"，印象最为深刻的是"翠碧擒波"。可能游人太多，结果皇岗无猿；曲桥白天无月；碧水要逢八九月莲花才盛开；春岛可能尚余幽情，却没有机会到岛上去加深感觉；竹韵随风吹起，可惜无琴音；没有铁骑，就坐在车里遥遥远眺寻芳；雨中平塘亦因时间所限没法钓鱼，唯有"翠碧擒波"，自当年从中国南来华联中学教书的现代诗人许建吾仿效自己家乡的景致为这八景取名开始，老雨树的枝干依旧日夜穿过湖边的大路，伸展到对面的湖上，有风或无风，有浪或无浪，永恒的美直到今天不变。

一个景足以撩人，这话却是零度夸大，每一回来到太平，见到"翠碧擒波"，似乎看到雨树的灵魂和湖水的秘密信息在自然中交递，有一种柔软人心的感觉久久不散。

客串导游的人曾经为了这一幕美景差点定居湖畔，可惜机缘不合。然而，总是找机会走进太平，到湖边徐缓踱步，看着淡淡的云，迎着轻轻的风，太平给人的感觉就是很太平。

九月九

过了中秋节，重阳节随后而来。中国传统四大祭祖的节日是除夕、清明节、中元节和重阳节，在海外的我们遵循传统，重视前三个节日，就连中秋节也以月饼祭拜祖先，但就是从没庆祝重阳节。

原因不得而知，年轻时跟着祖父母、父母过中国的传统节日，没过重阳节就不知道有重阳节。后来读到唐朝诗人王维的《九月九日忆山东兄弟》，把“独在异乡为异客，每逢佳节倍思亲。遥知兄弟登高处，遍插茱萸少一人”中的单句“每逢佳节倍思亲”念至背诵，更添惆怅。是否当年离乡背井的南洋来客，也跟王维一样，独自在外，想念家人，在诗中却说是兄弟在想念他，这样就把乡愁的怅惘减少几分？也许孤身一人生活在海外，思乡思亲的感伤，皆包裹得紧紧的，不随便流露，便将重阳节给缺了。

重阳节在农历九月初九，《易经》以“九”为阳数，故九九称重阳，也叫重九。汉代《西京杂记》记载：“九月九日，佩茱萸，食蓬饵，饮菊花酒，云令人长寿。”有一说是“食蓬饵以祓妖邪”。书上解释“蓬饵”是糕的意思，后人称为重阳糕。中国人的节日总要和吃连成一气，从前的人穷怕了，平日也没什么零食主食的，待节日来临，免不了要找个名堂吃一吃。古人讲究在重阳节登高吃糕饮酒，全是为了避开灾难和祈愿长寿。没有机会过重阳节的人，对于文章里提到的茱萸、蓬饵、菊花酒，既不曾看过，也不曾尝过。

其中只有菊花是懂得的。而且先是在诗词里认识。学画时，水墨画老师特别重视背诵诗词，强调是为题画之用。画好菊花需要题词，于是认真努力搜索菊花诗。一回画了几朵黄菊花，杂一朵单勾线条不上色的菊花，老师为此画题上“满园花菊郁金黄，中有孤丛色似霜。还似今朝歌酒席，白头翁入少年场”，题好以后，老师放下毛笔微笑地说：“这说的是我呀！”这首《重阳席上赋白菊》说：“满园金黄色的菊花之中，有一朵是霜白色的，真像今天的歌酒席上，一个白头老人和全场的少年郎一起歌舞。”到了老年仍愿意和年轻人在一起享受生活的情趣，这两位不认老的老人——白居易先生和我的老师，都很有意思。

菊花也有人称其“黄花”，黄巢的《菊花》开满一城，就全是黄金的颜色：“待到秋来九月八，我花开后百花杀。冲天香阵透长安，满城尽带黄金甲。”真正的菊花何只金黄？缤纷七彩，姹紫嫣红，甚至还有一花两色的，如半红半黄的“二乔”，红黄二色的“鸳鸯荷”，背为黄色、面为红色的“金背大红”等。不同色彩的菊花，便有了不一样的名称，纯白色的“喜容菊”“空谷清泉”，黄色的“泥金狮子”“金龄菊”，绿色的“绿阳春”“春水绿波”，粉色的“人面桃花”，更有那红白绿三色的“三色牡丹”等，名字美妙得引人遐思。

有一年秋天到杭州，灵隐寺正好办菊花展，游人纷纷赶来赏菊。原来这观菊赏花也是重阳的庆祝节目之一。难怪菊花又被称为“九花”。古人说：“在霜降之时，唯此草盛茂。”唐代元稹写诗表现他对菊花的爱，说是此花开尽以后便再没有花了。耐寒耐霜是菊花的特点，所以菊花被誉为长寿之花。

吃菊花倒不是为了长寿，但也正是寿，让人老眼昏花之外，还时常眼睛酸痛。中医师把脉，又非常现代化地用小手电筒照了照眼睛，问清楚工作得每日面对电脑，之后开的药单是菊花加枸杞，冲泡或略煮，当成平日的茶饮。临走之前，医师加一句，如果喜欢，可以连茶带菊花枸杞一起吃下。医师强调菊花之好："清肝明目，祛毒散火，可增强人体的抵抗力和免疫力等。"喝茶吃花的人爱的是那干燥小花在热水中重新泛开，一朵一朵飘浮在浅黄色的茶汤里，有一种仿佛又活回来的轻盈姿态，入口还有淡淡芳香、微微甘甜，饮茶时，总在幻想菊花酒的味道如何香醇可口。

原本就喜欢在节庆时饮酒的中国人，将菊花盛开的九月，称为金秋的菊月，重阳节落在九月九，"九九"与"菊酒"同音，喝菊花酒变得名正言顺。本来对喝酒也不甚雀跃，可是，有篇文章说，宋代酒家把美酒称为"天露"，这充满了琼浆玉液的意象，也让好酒尚未入口的我已经明白什么叫做"酒不醉人人自醉"。感觉微醺却没有机会品尝的菊花酒，不断在我脑海里萦绕。有一次到福建，听到有人在卡拉 OK 大声唱：

又是九月九，重阳夜，难聚首，思乡的人儿，漂流在外头。又是九月九，愁更愁，情更忧，回家的打算始终在心头。走走走走走啊走，走到九月九，他乡没有烈酒没有问候，走走走走走啊走，走到九月九，家中才有自由，才有九月酒。

听到的时候没有想到，什么是九月九的酒，但觉得这首歌的歌词朗朗上口，重复地听也不厌倦，真是一首极有味道的歌，就是酒的味道。歌者的语气和音调传达出他的豪迈爽朗，把幽幽的乡愁唱得好像是在悠悠地想念久违的酒。

离开福建的时候，带着一张 CD，正是“九月九的酒”。回想起来，九月九，怀念的应该就是菊花酒了吧？

“每逢佳节倍思亲”，这怀乡的酒，这怀乡的重阳节，不喝酒的人，权把这歌当酒罢！

火山下午茶

那边就是诗纳梦火山。Q 指着酒店对面的远山，自山下一路跟着我们上来的微雨还在下，远山茫茫，烟雾袅袅，萦萦缭绕，虽说云里雾里模糊不清，却有另一种动人的朦胧之美。Q 提醒我们说，那烟雾是火山在冒烟呢。他的语气没有特别惊慌，就像在说着平常闲话般悠悠然的。大家悠闲地坐在酒店咖啡厅，刻意选择坐外边，因为要观景。L 说这地方风景如画，拍照回去可以看着绘制几幅。L 给自己点咖啡牛奶，顺便帮我唤一杯。L 还叫了炸香蕉。Q 说好呀好呀，这里的炸香蕉特别好吃。L 解释道，因为火山土格外肥沃，种香蕉不必放化学肥料，味道极其香甜。

这个下午茶有点奇特——凡和平时的规律性活动有所不同的，我都归为奇特。下午四点暂停工作，来杯提神的咖啡或茶，是每天生活的一部分。槟城原是英国殖民地，英国人走了，留下他们平日的生活习惯。只不过喝咖啡配炸香蕉，则是全新的体验。英国人的下午茶吃的是叫玛芬的小小杯蛋糕，来到棉兰，才知道，原来印尼人的咖啡配着炸香蕉一块吃。当年殖民印尼的是荷兰人，莫非荷兰人喝下午茶，是和炸香蕉一起？

到荷兰去看凡·高和维米尔美术馆的年轻律师菲尔回来说，荷兰人做事从容不迫，还是超级乐天派，遇到任何事都不紧张。不慌不忙的荷兰人走了，在这儿留下的不仅有荷兰式建筑和荷兰人的饮食习惯，应该还有他们乐观的态度和缓慢的生活节奏吧？

今早的启程时间之前说好是八点，可是没有人紧张着急，大家都悠哉闲哉，到了八点，才开始准备，出门时已经十点，人人习以为常，都能接受，无人大惊小怪。“没有事情要赶嘛。”说得也是。不过是到马达山走走看看，纯粹休闲，应该带着度假的恬适心情，虽然来回路上要四个多小时。

车子开动不久，午餐时间到，停在半途吃过午餐后继续前行，看看窗外深青浅绿的自然风光，聊聊华人在印尼越来越安定的生活处境，抵达目的地已是下午茶时间。所以，并非刻意到山上的酒店来喝下午茶，也不是特别安排面对冒烟的火山喝下午茶。在我们看来，火山下午茶有点惊险意味，但对当地朋友来说，对着火山吃饭喝茶，是平常事。

火山在冒烟，这景观其实不是第一次看见。全球最大的户外佛塔婆罗浮屠，在778年开始兴建，动用几十万名石材切割工匠和木匠，费时50~70年方才完成，竣工后号称“世界七大奇观”之一。这长宽各123米、高42米的世界最大佛教遗址在印尼的日惹。2007年去的时候，导游艾力克开部七人旅游车到梭罗机场接我们，一见面马上介绍的第一个景点，即无论走到哪儿，只要一抬眼，它就跟在我们身边不离不弃的默拉比火山。他把我们带到住宿的酒店时告诉我们：“夜晚的时候，你们会看见山峰的火焰。”

夜游回来，我们真的站在酒店外边看火山顶上既绚红又带鲜橙色的火光，不只是在细细闪烁，而且是在高高低低地像烟火一样喷射。上床时我一边把被单拉到胸口，一边想到火山就在房门口，竟然有点困扰，久久无法入眠。仿佛才刚合眼，突然听到敲门声，惊醒时感觉床在左右摇晃，床头灯也发出“咯咯咯”的声音，似乎要掉下来了，我还在想自己怎么头晕得厉害，原本惺忪的睡眼被叫门的女儿焦急的呼唤“妈咪，快起来，地震了”的声音惊醒，好像被泼了一桶冰冷的水一样，眼睛顿时睁大，急忙打开门，随着门外正在迅速离开房间的住客，有秩序地排着队走下楼梯，看到游泳池边已经有数百人在那儿说话，这才发现自己忘记穿鞋，却记得在睡裙外披上外套，还把皮包紧紧抱在胸前。

艾力克隔天早上来载我们，他倒能够笑得出来：“放心放心，昨晚的地震，和默拉比火山毫无关系。”在日惹旅游的几天都非常愉快，可是，每天看着喷火冒烟的火山，心头总有一片乌云。

每晚睡前，我都要想一想，半夜还地震吗？“地震，像那个晚上，是小儿科，没事的！”艾力克丝毫不放在心上。他的态度打破我们对住在火山旁边的迷思，却无法驱赶地震那晚在心中残存的害怕和恐惧。三天后，他载我们经过一段崎岖不平的山路，去看默拉比火山。车子停在火山脚下，我们徒步走一段路。这一团人在艾力克看起来，既是“老弱残兵”，又以女性居多。阳光明媚，奇怪的是充满烟火味的空气竟然有点冷，风吹过更增添寒意，地上碎石处处，杂着生命力旺盛的正在努力茁长的青草，站在一堆残垣败瓦旁。艾力克说不要继续往上爬了，在这里看看就好。“这一堆破瓦底下有人，那是 2006 年 5 月默拉比火山爆发时，几个记者为了拍摄火山喷发的照片，来不及逃跑，就被熔浆埋下去了。”几间剩下半墙砖块的房子，一些木条靠在破屋边上，那土堆，艾力克即便说了，外人也看不出底下有人的痕迹，却在阳光下显现阴影，地上四处皆是烧黑的煤炭，周围一片凄清零落。和火山一起住的人说起火山爆发这回事，轻描淡写，似乎是司空见惯的事。

远远有几个驼着背的老妇，每人身上都驮着一大捆牛草，从斜斜的坡路缓慢走下来。艾力克说她们每一天都得驮好几趟牛草，可是换取的费用也不足以应付生活。“火山随时会爆发，人们不害怕吗？为何不搬走呢？”游客一提出这愚蠢的问题，答案立即出现在自己的脑海中：贫穷的住民，要叫他们搬到哪儿去呢？艾力克礼貌地微笑：“这里的人大多信仰印度教，可能有宗教信仰的支撑，让生死问题变得不甚执着。”要不然，应该如何解释？

这时有几朵白云在火山上浮游，今日的火山只冒烟不喷火星，那里是日惹默拉比火山，这里是棉兰诗纳梦火山，我们坐在诗纳梦酒店，看着火山闲闲地喝下午茶。Q说：“离开马达山，回去的路上，我们还能够看到另一座叫西巴雅的火山，最近也开始在冒烟了。”

棉兰马达山上诗纳梦酒店的下午茶，炸香蕉的味道香甜不？爪哇咖啡的味道香醇不？在记忆中寻觅不着，最难忘的是诗纳梦火山在不断冒烟的画面，至今清晰如故。

文身故事

美发师是中年男人，突然看见他的手臂有刺青，而且只有一半，我好奇地问："怎么突然跑去刺青，然后还刺一幅看起来很现代派的抽象画？"

"什么抽象画？"名字叫杰克的美发师，把右手臂举起来让我看，什么也没开始说就先骂了粗话，"真是他妈的痛！"

他脸上的表情虽然可笑，但我不敢笑，怕他误会我在嘲笑他。

"起初是我的朋友，他到泰国南部去刺青，我看了很漂亮。他刺了一朵深蓝色的玫瑰花在胸前，还把女朋友的名字也刺上了，就在花的下边，我觉得有点意思，便想学他，于是特地到合艾（泰国南部城市）找了个文身师傅，打算在我右手臂文一条鱼。"新闻里看到贝克汉姆也以刺青向维多利亚示爱，旧闻也有谢霆锋和王菲双双刺了同样的图案作为情侣文身示众。

难道鱼也可以表现对女朋友的爱吗？对于单身的中年美发师，我不好意思多问，因为这是重视隐私权的年代。

我对着他的手臂看了半天："这是鱼吗？"我当然知道什么是鱼，

可是，如果他手臂上的是鱼，那么这就是一条有点奇怪的鱼。

我注视良久，终于看出来："这条鱼，为什么上边深色，下边没有颜色?"

杰克问我："知道文身是怎么一回事吗?"

我摇头说："不知道，也毫无这方面的知识。"

"文身师傅用一支有墨的针，刺进皮肤底层，画出这条鱼来，我一直忍，一直忍，一直忍住不叫出声来!"他叙述的时候，竟忍不住，声音变高了，"很痛呀！他妈的！他妈的!"

我知道他不是骂我，他用粗话，是想强调那痛是非常痛。

"用针在皮肤上刺出一条鱼? 那当然很痛。"我不是附和他，我在想象自己被一根针刺到一下的感觉，而他是被不断地刺很多下。

"师傅刺了一条鱼的图案，我已经痛得快晕掉了。"杰克老老实实，说什么我和他也认识二十年了，作为他的顾客也都二十年了，他不必在我面前假扮英雄，"什么流血不流泪，屁！那是因为没有痛，我，我痛得连眼泪都自动流出来了。"

"难怪!"我看出来了，"你手臂上的鱼，有半条是有颜色的，半条是没颜色的。"所以让人看分明的只有半条鱼，另半条只有墨但无色，因此模糊不清。

"眼睛盈满泪水，看都看不清楚了，还什么颜色?"杰克用喊似的声音说话，非常坦然，没有一点害羞，"他妈的！是我自己叫师傅停停停，我不要刺了。"

放弃也需要勇气，从此要被所有的朋友嘲笑了。可是，他宁愿。"实在是太痛了!"

英雄不是这么容易当的。我曾听说过，当然也可能是谣言，从前要进入黑社会，必须以刺青来表现勇猛，左青龙右白虎，即在左臂刺青龙，右臂刺白虎，通过这项考验才能够被接纳成为黑社会的一分子。时代不同了，美发师杰克和黑社会无关，现代人自我主义极强，刺青的文字和图案，是为了取悦自己，为了自我满足。

我有个年轻小友，人长得矮小。他告诉我，他去刺青是为了挑战自己。他自认从小便是缺乏勇气的小孩，毫无自信，成天生活在恐惧之中。无论要做什么，前思后想，越是三思，考虑越久，最后的选择总是放弃。对于这样的自己他极其不满和厌倦，却无从改变。后来，他在一本书上看到，中国傣族有一传说，一个男人为了得到龙女的帮助，在身上刺了满身鳞状的花纹，入水时，水即刻从两边分开，水怪也不伤害他。他悟出文身可以避邪的道理。年轻小友决定以刺青来证明自己的勇气。当他把全身都文上刺青以后，他的身材仍然矮小，外表依旧没有改变，但是，刺青给了他很大的激励，带给他新的希望，让他看见一个全新的自己。于是他让自己重新开始，纵然他照样走在人烟稀少的艺术家之路上，但为成为一个著名的表演艺术家而努力。

见过他的人都大吃一惊。现代人思想逐渐开放，讲究个性的展示，文身代表个人的审美眼光，有人也觉得是神秘和性感的表征，甚至认为是魅力的象征，只不过，一般人还是会把刺青和黑社会联想到一块。在接触了年轻的表演艺术家，看到他的文身后，人们实在无法想象真实的他是一个非常善良的人。

美发师杰克说着他的文身笑话，他个人固然一点也不觉得好笑，我们却在肚子里笑个不停。说话间来了一个朋友，比杰克年轻，衣着却非常严肃，好像要去什么隆重的场合。长袖有领上衣，配一条长西裤，这在槟城是很难得的打扮。平时气候炎热，假如没什么重要大事，大家都穿一套闲散沙滩装出现。短裤 T 恤不是赶时髦，是为了迎合阳光普照的日子。

长袖男人问杰克："你有空吗？"杰克说："你没看我在忙呀？剪好一个头，还有一个要电发呀！"

"那就是没空啦。"长袖男人自己回答，又说，"我要剪发。"

"两个小时后你再来吧。"杰克给他一个时间，"谁叫你不预约？"

"那我回头再来。"长袖男一走开，杰克问我："你刚才有没有看到他的文身？"

"他有文身？"我只见到全身包得严实的人，哪有空隙让人看见什么，"他看起来长袖善舞呢！"

"长袖善舞？"杰克大笑，"他天天穿长袖，不是善舞，是为了打包自己呀！"

原来长袖打包男也看见那个文了一朵深蓝玫瑰在胸前的朋友，觉得漂亮兼有型，就跟随仿效，忍痛去文了左青龙右白虎，得意扬扬地想展示给众人观赏，当晚穿了背心短裤，露出两个手臂到酒吧喝酒，没想到遇到警察来扫荡，凡是有文身的全都要捉进警察局问话。

这是悲剧或者喜剧我们都不知道，只知第二天出来以后，他从此每天都穿长袖出门。

我觉得奇怪："既然你和他都不想要刺青了，为什么不去洗掉？"

杰克大呼小叫："那不把我痛死呀！"

为了刺青，不怕痛，为了痛，不去掉刺青。到底哪一个是理由，哪一个是借口？

等到头发变卷的时候，杰克突然眼睛发光："你说像幅抽象画，我越看越像，我看，也不必洗掉了，就这样吧。"

文身故事虽然好笑，但能够忍痛坚持，不管结果到底是否如人所期待般美满，其实也算是一种勇敢的象征吧。

我有一个比我勇敢的美发师。

咖啡的槟城

外面的朋友到槟城旅游，回去以后和我提到，整个槟城市区，弥漫着一股咖啡的香味。

是吗？身为槟城人，如居芝兰之室，久而不闻其香矣。

“莫非是想做古代人？”外地的朋友略带讥嘲。这个时代，不喝咖啡，便是落伍。

动不动就来一杯咖啡，在槟城，是一种文化，早已深深镌刻在槟城人的生活中。朋友的讥嘲，根本刺激不到地道的槟城人。

每天早上睡醒，非要来一杯咖啡，才能开始一天的生活。如果一天喝三杯，叫做“我喝得很少”。没有人做过调查，不过，根据个人走过全马包括东马及纳闽，和当地友人聊天获得的资讯，槟城大有资格成为全马喝咖啡人口最多的州。

在网上获得的资料：“纽奥良是美国喝咖啡人口最多的地方。资料显示纽奥良人每天至少喝四杯咖啡，为全美平均饮用量的两倍。当地人喝咖啡还讲究佐食，通常是甜点。”

自 19 世纪以来，佐以咖啡的甜品，不同的年代不一样。

1856 年，和着咖啡一起吃的是美式糕饼。1880 年是面包加奶油。四年后，变成熏肉与青豆（倒和用来下酒的点心相似）。过了一年，薄脆饼或咖啡小蛋糕类的甜品获得大家的青睐。到了 1916 年，变成卷纹油煎饼。1923 年配着咖啡一起吃的小食改为炸圈饼，就是被大马人称为甜圈圈的 doughnuts。2000 年以后，甜圈圈的形状改为方形，做法和甜圈圈相同，也洒上白色雪花似的糖粉，名称叫贝涅炸饼。

关于喝咖啡，槟城人是绝对不计时间地点的。

他们爱喝咖啡的程度，可以说已经达到“十分热爱”的地步。不论早上、下午还是晚上，概不在乎。有人在喝早茶吃中国点心时，从不叫茶，吃的是中国点心，如虾饺、烧卖、糯米糍和蒸排骨等，和着喝下肚子的是热咖啡。下午茶时间也以咖啡当茶，下咖啡的点心，是美国纽奥良市的面包加奶油。

据说喝下午茶的风俗习惯是当年英殖民地时代遗留下来的。槟城人因此在下午四点左右便纷纷停下手上的工作，坐下来喝一杯提神的茶。不过，今天的旅客倘若在这个时间无意中走进槟岛，就会发现整个岛屿浮游在一种懒洋洋的气息上面，因为英国人走了，喝下午茶的习惯还保留着。但槟城人的下午茶咖啡和面包加奶油，不只与英国人不同，与美国纽奥良市民的也同中有异。多元种族和多元文化的丰富，在饮食上的影响尤其明显。槟城人的面包，呈现大马民间独有的风味，就是在面包上涂一层奶油，还要加一层以椰奶和鸡蛋及糖炖成的加椰（kaya——槟城人笑言，吃了会富有的。普通话 kaya 意思是“有钱”）。面包烤一下，趁热涂上奶油和加椰，这两种配料都不耐热，且有遇热即融的特质，因此趁热吃，一口咬下去的时候，那美味用香甜可口是不足以形容的。如果只叫面包和奶油，那么，多数时候，会加一个或两个煮得半熟的鸡蛋，敲开，把蛋黄弄糊了，夹在面包和奶油里，甚至还会放进咖啡里，让烤得香脆的面包夹着蛋黄，再蘸上黑咖啡，不待软化，即刻入口。在一边看的人也许觉得奇怪，但吃的人津津有味，让你忍不住也坐下来，叫一杯咖啡和一份面包加奶油，还有一个半熟的鸡蛋，趁热吃完。开始可能觉得不怎么样，在槟城住个三天，槟城人的吃法学会以后，你就会变成半个槟城人。

中咖啡毒的槟城人数目不少。年龄老到70岁甚至80岁的，不会因为起皱的脸和皮肤而改变喝咖啡的习惯。心肠善良的你，不必花时费神告诉槟城人喝咖啡的坏处，他们听不进去，面对咖啡时，他们的耳朵会暂时关闭。待把手上一杯热腾腾的咖啡啜完，他们才会抬起头问："你说什么？"

可是他们不以为他们中了毒。上瘾的人永远不会承认，咖啡对他们来说，是一种享受。一天里，早上的咖啡是因为还有一天要过而喝，下午的咖啡是提神用的，晚上喝咖啡的槟城人，听到有人说晚上喝咖啡睡不着觉，他们大笑，觉得他们通通都还没有资格说咖啡，更遑论喝咖啡了。

土山湾文化

上海数日都是好天气，带团的曹处长说他特别交代天公这几日不许下雨，因为国际华文作家要来采风。但我看我们遇上的不只是上海的好天气，还有上海的好日子。

街道每天都处于堵车状态，一派热闹非凡的繁荣市景，街头巷尾人潮涌动，购物商厦喧腾热闹，疲惫倦怠的风在席卷纷扰迷乱的人群。在熙攘中茫然地向前走，一切如此匆促，大家都在赶路，生活中的很多片段，尤其是精致的细节部分，肯定会被忽略，也许，终至淹没？

从大宁灵石公园开幕后便日日晴天，心情因此晴朗到回家那日。采风的安排包括所有抵达上海的游客非到不可的东方明珠塔。之前到上海几次，亦曾去过东方明珠塔数回，本来所有的高楼都应当在灯亮时分才上去最为适当，登高是为了往下望时那一份优越的感觉，同时也是在寻求一种俯视的美感，夜晚绮媚的辉煌灯饰更增添了建筑和街道的四射艳光。可惜前几回身为旅人，时间难以调适，只好随意，那些不刻意的记忆也便在不经意间骤然消失。

▌秋红柿

这一次在黄昏时分正好到达旋转餐厅，进餐之前在楼下的上海城市历史发展博物馆走了一圈，上海的古老气息和光阴尚存留在记忆中。在坐下用餐前，极目往玻璃大窗外远眺时，目眩神驰，一时疑惑自己到了上海的天堂，缤纷旖旎的人间就在底下璀璨闪烁，只是不知为何有一种隐隐约约的惶惑不安在烦嚣的光影中灿艳地跳跃。

是报道的错误或是自己的幻想，提到上海便是纸醉金迷一片浮华的世界，似乎所有浮世的欲望都在上海的大街小巷如影随形，购物商场奇多奇大，国际名牌林立，精品琳琅华美且气派光鲜，崭新建筑与装潢样式极力仿造欧洲与美国，洋里洋气中又混杂着伪装出来的古典情调，精致优雅却不到位，揭示出上海人附庸风雅的心态。这是茶余饭后才有的闲情，可惜过于泛滥反而生出伧俗，究竟这番装饰纯粹是上海人自己的品位和迷恋，还是旅游业的媚俗需要呢？

如何让新旧交融别有韵味而又不失亲和沉稳？把新时代的精神和旧历史的沉淀融汇成一体是门大学问。假若不停地拆旧迎新，成为换了全新面目的城市，上海是否仍然还是上海？

幸好我们去了土山湾博物馆。

土山湾，有个“土”字的土气名字，实在而朴素，一看就很喜欢。意外地发现这竟是一个孤儿院，1864 年由天主教耶稣会建造，原名徐家汇孤儿院，原来是为了提高孤儿谋生技能而开设的土山湾艺工场。博物馆里展示徐家汇的历史和著名的政治家、教育家徐光启，复旦大学的创建者马相伯等的功绩，以图文并茂的方式生动再现了当年孤儿在这里生活和学习的情景，包括当时的画工坊、玻璃工坊、五金工坊、印刷工坊、木刻工坊等，全面展现中西文化艺术交流的历史画面，有丰富的实物与史料。可惜时间不足，我们无法从土山湾老人们在电子视频中的口述历史中获知更多当时的情况，临走之前，我在展馆外边买了一本最新出版的《土山湾》，并盖上两枚纪念印章。

这座曾经参加过三届世博会，其中 1915 年在美国旧金山巴拿马太平洋博览会上，牌楼和配套展出的木雕宝塔获得最高甲等大奖的中国牌楼，制作者是土山湾艺工场的艺术家，他们运用中国传统的斗拱技术，雕刻三国故事如空城计、草船借箭等，出现最多的人物是关公。对着牌楼，想象那些年轻的艺术家，弯着身子，一刀一刀地雕和刻，那么精微，如此细致，实在不是常人可以做得到的。对艺术若非有特别的深情，绝对不会愿意将时间一心一意地用在精细的雕刻创作上。

他们在时间里雕刻时间，用过去的时间换来今天的时间，甚至未来的时间。艺术家不在了，可是他们的作品、他们的精神在时间里留下来了。

土山湾艺术家，也即来学艺的孤儿们，在那个时常有人饿死的年代，被土山湾艺工场收留。工场的老师教他们各种手艺，希望他们未来可以自食其力，这里是宗教的，也是艺术的，更是温馨的。老师传授西方宗教教义，也灌输西方文化艺术，至于师长们为人处世的方式，孤儿们耳濡目染，即另一种无形的教育。展厅里各种精致典雅的艺术品，展示出这里曾经是一个圆梦的工场，默默地孕育了一代又一代的艺术家，如周湘、徐泳清、张聿光、潘克恭、徐宝庆、张充仁等。孤儿亦有机会成为大师，当年创建土山湾艺工场的天主教会的传教士们功不可没。诸多新工艺如彩绘玻璃等都发源于此。土山湾艺工场也被称为“中国西洋画的摇篮”，任伯年、刘海粟、徐悲鸿都曾经在此任教。

见到上海返璞归真的另一面，见到中西文化交融得如此和谐自然美丽典雅，叫我想起一个外国的历史学家曾经向中国人提出忠告：“我们现在有的，你们将来都会有；而你们现在有的，我们永远不会有。”文化遗产是一个城市的灵魂，也是吸引旅人前来的特殊诱惑，城市在更新，倘若让中国文化的内涵生锈腐烂，甚至毫不珍惜地一刀切除，那么上海失去原有的风貌以后，其独特魅力便消逝无踪。

为何要把上海打造成一个欧洲城市呢？旅人要看欧洲，自然会到欧洲去，绝对不会选择飞来中国的上海。一个没有可以寄托灵魂的地方的城市，人们来这里干什么呢？再好的天气也不会是一个叫人流连忘返的最佳理由吧？

落鼻祖师公

自车窗望出去，穿过树和树的枝干间，在“黄昏市场”的大字底下的，是一座小镇风情建筑物，低低矮矮的，看似锌板的盖顶下列明“非消费者每小时收费 100 元，本市场消费者免费停车一小时”。前面停有不少汽车，不知是消费者还是非消费者的车。市场里边稍暗，灯泡晃晃亮着，还来不及看清楚售卖什么东西，巴士便踅进光明路，再后边的不远处，几栋高高的公寓房子，窗口像眼睛一样，看着我们的巴士驶过。

“这里是三峡黄昏市场。”导游说：“以前泉州人搭船来到台湾，下船的地点就是三峡。”泉州，那是祖父当年南来之前住的地方。“这块三角地带，是横溪、大汉溪和三峡溪经过的地方，旧名又叫‘三角涌’。”一听感觉更亲切。槟城市区往亚依淡（马来文为 Ayer Hitam，意思是黑水河）著名景点极乐寺的大路，靠近钟灵中学那一带，旧名“三角涌”，想来当年亦该是三条河溪汇聚的地方。叫了那么久的地名，你一说大家都知道，但一直这样叫下来，没人追究为何名叫“三角涌”，待来到台湾，才真相大白。

台湾新北市三峡既有泉州，又有“三角涌”，足以让我有宾至如归的感觉。还没走上长福桥，见旁边有“安溪国民小学”。安溪，不正是福建省一个以茶叶著名的山城吗？过桥是要去参观长福岩清水祖师庙。供奉在庙里的清水祖师俗名陈昭应，根据《安溪县志》记录是宋朝人士，原为福建永春人，师从明松禅师，出师后为贫困者施医赠药，为乡里造桥修路，有一回安溪很长一段时间不下雨，陈应乡民恳求，到安溪求雨，果然解决大旱问题，后来到各处祈雨，皆有奇迹，声名大噪。死后乡民建塔奉祀，陈升天成神，玉皇大帝敕封他为“清水祖师”。另一说法是陈曾追随文天祥扶宋抗元，被奉为民族英雄，明太祖追封他为“护国公”，并在他生前隐居的福建安溪清水岩建筑祠堂，安溪人尊称他为“祖师公”。

春风吹拂的下午，我们到了清水祖师庙的长福桥，两旁摊贩在卖旅游纪念品，也售水果。以砖块铺就的宽阔结实的长桥在这一时段不太热闹，生意看来不兴隆，小贩却也悠然自得地边聊天边吃东西，不为来了游客而起哄。游客对购物亦无兴趣，没人停驻询问，注意力全被桥两侧精雕细刻、动作表情生动但姿态都不太相同的 120 只石狮子吸引。还未走到阶梯转角处，纵然一路都飘洒着时有时无的小雨，“台湾最美的庙宇”却在阳光下闪烁着璀璨绚丽的光彩，脚步情不自禁加快并走下阶梯。

因地震和战争，曾三度重建的清水祖师庙，1947 年在出生于三峡的画家李梅树的规划和监工下，采用古代中国传统式的五门三殿格局，以木为顶，以石为基，庙顶层层叠叠的雕刻，殿内木雕、石刻、铜雕、铜铸等，皆取材于民间传说、神话故事或历史掌故。建筑与雕刻的技巧之繁复，手法之精细，被誉为鬼斧神工，匠心独运，素有“东方艺术殿堂”之称，台湾人把这富丽堂皇的清水祖师庙视为中国传统文化的艺术馆，也是石雕木作的博物馆。

占地约 1 700 平方米，从前殿的铜门开始，墙壁、廊柱，无处不雕，无处不琢，精巧细腻地把中国经典文学作品里的人物和故事，如《三国演义》中的“黄鹤楼周瑜设诡计”“关公念旧情放曹操”，“楚汉之争”中的“鸿门宴”等栩栩如生地呈现，还有历史人物，如精忠报国的岳飞、代父从军的花木兰、卧薪尝胆的勾践、孔子问礼于老子等意味深长的典故也重现于墙雕；其他如生动灵活的花鸟、走兽、飞禽，更有名人的对联书法，也请石匠以阴文镌刻在石柱上，至于寺庙里常见的四大金刚、哼哈二将，皆神态威武、气度非凡，游人抬头仰望，无不即时生出崇敬之心。

走进台湾庙宇的艺术巅峰之作，爱好艺术的游人便眼花缭乱，流连忘返。导游叫大家返回旅游巴士的技巧也很艺术，先买好多牛角包过来请大家吃，再提醒众人时间到了快上车。这里出名的小吃有臭豆腐、酱菜、猪血汤、肉丸，还有手工艺品如绣花鞋、蓝染布和植物染布等，其中最为著名的即牛角包。导游介绍三峡时，旅人听着非常有闽南风味，而且小吃之味极其独特而浓郁，和闽南食物似乎不太相似。这些小吃听着美味，价钱也便宜，真要品尝却有心无力。对于酱菜、猪血等渍菜及动物内脏，平时就敬而远之，身份为游客时饮食益发谨慎，唯有这用酥油烤就的金黄色调的牛角形面包，让我在回忆清水祖师庙时也会惦念。

但是，金色的牛角包好像也不是从福建传过来的，而是台湾的闽南人发明的小食。安溪人当年迁移台湾，希望神明跟来庇佑，所以把清水祖师一起带着，心灵上有了寄托和慰藉。祖师公的灵验故事很多，最出名的是一旦天灾人祸即将发生，祖师公一定会先向信徒发出警告。不会说话的祖师，警示的方法是鼻子或下巴掉落下来，信众因此又把清水祖师称为“落鼻祖师”或是“落鼻祖”。

从这称呼里发现，台湾的信众和祖师公的关系真是亦师亦友。祖师公高高在上，受到众人尊敬和膜拜，因此叫“公”，但因鼻子会落下来，便毫不客气地叫“落鼻祖”，也不认真去找个比较好听的字眼来替代。奇怪的是，听着也没有令人感觉无礼或不敬。

落鼻显灵的事在日据时代就有传说，那年五月份发生瘟疫，信徒请祖师公出巡，盼望消灾解厄。日据时期，游行是违法的，日本警官因此拦下阻止，这时祖师公的鼻子突然落下，大家惊吓不已，法师做法后蘸上香灰符水将鼻子粘上，这时人们跟日本警官说，如果他能把刚粘上的鼻子拔下，大家马上打道回庙，日本警官不信邪，但不论他们如何使劲，祖师公的鼻子就是牢固得拔不下来。

从此，五月初六祖师公出巡成为惯例。

当我听到脸面乌黑的祖师公又称“黑面祖师”时，再度吃惊。小时候听过一首闽南语童谣：“黑面祖师公白眉毛，无人甲你请，自己嘿自己来，一个面仔搁笑呵呵，笑甲一个嘴仔离兮兮，到底为啥带，为啥带，捞椅头仔看目眉，椅头仔踏无好，削落来，嘿，削一个有嘴齿搁无下骸，真厉害，大声小声唉，无讲无人知，无人知。”有人说是台湾童谣，我没有怀疑，但我的童年和台湾并无丝毫牵连，因此联想，会不会是源自泉州或安溪呢？

在夕阳无限好的黄昏时分，我们离开三峡黄昏市场，童谣在脑海里回旋，唱了半生的童谣，竟不知道，清水祖师即黑面祖师，还有那“落鼻祖师”之名，充满乡土味，却叫人觉得这位祖师公真是无比亲切。

到香港后花园走走

渔船是蓝色的，阳伞也是蓝色的，蓝色的阳伞上用中英文混写着“Nestle 雀巢冰淇淋 Drumstick”，还画上看起来味道甜美的冰淇淋图画，这点醒游人待会儿是不是去吃个冰淇淋？另一把晃眼七彩的阳伞，仔细一数，原来只有青蓝紫红四个颜色在重复，两把阳伞都和船上的渔民相似，一起散发着岁月经年的沧桑痕迹。

靠岸边仿佛没有海浪，可是船只在海上却轻晃不已，已经习惯这轻微摆荡的肤色黧黑、身材壮硕的中年渔民手脚利落地把一箱箱活生生的渔产，分门别类，排列齐整，期待岸上的顾客看中。忙碌过后的他们静静地坐在矮凳子上，前面摆着砧板和刀，仰头见游客经过，也不招呼，亦不高声推销船上的渔获，兀自整理手上捞渔获的网，接着又以塑料水管将海水引来注入渔箱。

渔箱的海水没有颜色，大海却是透青的蓝，和天空的蓝色并不相同。蔚蓝的天空告诉游客今天天气大好，事实上若有似无的毛毛小雨从出来就在身边如影随形。巴士环着海边走，经过的道路两旁，皆为青山绿树，这和从前来旅游观光时的香港差别很大。香港给人的印象永远是热闹的购物商场，喧嚣的茶楼酒吧，路上疾步快走的如鲫行人。铜锣湾、湾仔、尖沙咀、中环、金钟，甚至维多利亚港口、天星码头、太平山，都是人头拥挤、人潮不断。去香港旅游的活动是购物、吃饭、喝茶。常年到香港购物和吃喝的朋友不断提醒，如果没有加入成为其中一分子，去饮茶、吃点心、喝红酒，到米芝莲指定的星级餐饮店品尝，购买所谓的免税名牌货，即代表没来过香港。

香港仅此而已吗？

香港就是不一样。之前几天在中国内地，即将首次到香港一游的年轻小友兴奋之情溢于言表，老人家在一边叹息地说一句：“在香港，看不见天空。”过度雀跃的年轻小友回问：“谁要在香港看天空？”这话没错，白天在香港，忙着进出繁华商场，谁在意香港的高楼大厦把天空遮挡呢？夜里在香港登上世界著名三大夜景之一的太平山，谁还要抬头看天空？璀璨的星星都在地上闪烁，晶莹夺目得叫人想起耀眼光彩的钻石，忘记空中有星星。

白花花的海浪闪耀在阳光下，海边人不算多。也许今天非假日，但在香港，无论周日、假日，都很难看到人少之地。诱惑年轻小友的繁华香港，已经不在我心。这回未到香港，先到网上浏览，搜索之下，发现香港有个后花园。

初闻西贡，以为是越南版的城市，却是误会。这是早在14世纪已有人居住的小渔村，明成祖永乐三年（1405年）至宣宗宣德八年（1433年），郑和七次下西洋过后，许多东亚、西亚、中东、东非等地区的国家纷纷向明朝进贡和进行贸易，进贡船只和贸易商船到中国，半途停泊的其中一个港口，就在这里，人们以“西方来贡”的意思，称此地为西贡。

位于新界东的西贡，最热闹的市区叫将军澳，从这儿搭乘巴士到西贡，上车时注意到有不少学生样子的乘客，车行不到一小时，巴士转到香港科技大学门口停下，学生下车时，被美景吸引的乘客忍不住转头看，这一回眸便明白香港科技大学被冠以“亚洲最美大学”和“大学中的劳斯莱斯”的称号不是没有原因的。后来听说香港科技大学里许多教室和宿舍都是180度无敌海景。巴士继续往西贡海边开去，车上的人犹在羡慕香港科技大学的学生真幸福。

幸福的还有住在西贡的居民。车站旁边宽敞的花园广场，干净整齐，花木扶疏，鱼池边上的天鹅，池中的船，皆雕塑也，池边一排绿树，映在清澈的池水里，丰富了单调的鱼池。一群头戴灰色帽子的洋人，男女老少都有，似多个家庭相约聚会，大家穿T恤短裤轻装上阵。原来是一起约好来写生，三三两两在树下，有些把画簿放在地上，也有些把画簿搁在腿上，时抬头时低头地在挥笔描景。

正午的阳光开始有点晒，多了温暖的感觉，海风吹来时稍带凉意。从广场走向海边，发现在海边悠闲漫步的不全是游客。断断续续下了两天的雨，不少居民趁阳光普照牵狗出来闲逛。空气中浮泛咸咸的海产味，海边的摊档售卖干货，虾米、元贝、干鱿鱼、鱿鱼丝、干墨鱼、墨鱼丝、小鱼干、紫菜、鱼鳔等。几个妇女说粤语，口音不似香港人，有的尚在试吃，有的已开始讨价还价，束长发的年轻小姐摇头说不二价。“这里的价格比香港市区便宜太多了。”一个妇女用广东腔调的普通话轻声跟她身边的朋友说。伫立在一边看风景的人没有心动，出游什么也不买亦是一种幸福，表明家里什么都不缺。

缓步踱上公众栈桥，即西贡公众码头，挂在上面的牌子，说明文字有中文、英文和日文，这表示到这里来的日本人也很多吧。栈道旁边的一排阳伞里挤着些人，原来底下齐齐列了一队售卖海鲜的小船，这比刚才行经海边看见的单只的蓝色海鲜船壮观得多。围在栏杆前朝底下观望的人纷纷挑选鱼虾和螃蟹，低头瞧去，鱼、虾、贝类、海星、海胆等稀罕少见的海产都有。一个中年男人见我的神色太过好奇，把他买好的鱼拎高给我看："这个，才四十五元，很平（便宜，方言词）呀！主要是新鲜，刚捕上来的，干煎煮汤都好吃！"我不停地点头。他好像找到知音，很高兴地问："你要不要买，我帮你看看。"不不不，我说我不住这里。他继续怂恿，好心地建议："你买了到随便一家海鲜酒家，叫他们煮，好新鲜呀！"虽然最后没有购买，但游客深深地感受到善良西贡人的亲切和热情。

到西贡要吃海鲜，尝著名甜品，出海环岛观光，或看珊瑚，或钓墨鱼，或到其他岛屿一日游。旅游手册上有写，网络上也建议，去过西贡的朋友亦把他们的经验分享出来。

回程巴士走相同的路，两旁照样有青山绿树，照样停在香港科技大学校门口的车站让乘客再观海景，穿过树丛看见海上停泊着许多帆船，路边一个村一个埔，北港、南园、大埔仔村都是乡下景观，路过银影路，下边标明清水湾道，香港的朋友说这里从前是邵氏片厂，听说当年的红星李菁等人曾在这里住过。是吗？不是问问题，只是随口回应。过去的已经过去了，当成传言闲话听听便好。路旁深青浅绿的花树像在比赛谁长得最好看，松树、榕树、菩提树、影树，时不时出现几棵心形叶子开桃红色花的洋紫荆树，还有鲜艳的九重葛也不落人后，把它的绚红姹紫穿插在树和树之间，真是赏心悦目的一天。我们完全没有按照别人去西贡的方式玩西贡，但那个晚上吃冰淇淋的时候，甜美的味道还是甜美的。

沉重的天公诞

千禧年以前的天公诞，总过得沉重不堪。

天公诞落在正月初八午夜十二时，正日应该是正月初九，福建人在初八的晚上开始庆祝天公诞。每一年，爸爸都不会忘记重复同一句话："天公生日大过年。"

日历上一月一日元旦是新年，可是这里的华人都不过阳历元旦日的新年。"过年"说的是正月初一，马来西亚华人也不把新年叫"春节"，都说新年。农历新年一共要过十五天。从初一到十五，中间初七人日，初九天公诞，十五元宵过完以后，这才叫"年过完了"。

其实吃完腊八粥，南洋华人就开始过年。妈妈开始为制作年糕忙碌，南洋年糕、年饼喜欢加入椰汁，空气中因此香味氤氲，年糕永远不会嫌过甜，大家都憧憬新的一年，日日香甜。接着相约购买新衣物。马来西亚并非有四季的国家，不必换季，一年仅换一次新装，期待了三百六十五天，只买那三五件，珍贵无比，和今时每天去商场购物或者在网上淘宝不可同日而语。一边购新衣物，一边为储藏食物烦恼。如今每天每餐都可以"啃大鸡"的年轻人无法相信从前的人一年才吃那几只鸡，还得把鸡腿、鸡翅膀、鸡内脏让给家中老小，一年吃不到一只鸡腿，内脏则当珍贵食物，要年龄老到一定程度才有资格享用，是补身之品，和今日内脏为不良食物，最好不吃，丢弃为上正好相反，物质贫瘠至此，实在无法想象，却是事实。没有超市和商场的年代，年初一至初九，商店休息不开门，市场街边不摆卖，极少饮食店，就算有，不过完正月十五也不做生意，家家户户必须在春节之前把至少一个星期的食品储藏在家，方能过个有食物可煮可吃的大肥年。尤其是鱼虾，非买回家储存在自家冰箱才放心，猪肉和鸡鸭得事先订购，烧鸡烧鸭如没有提早和小贩预订，到除夕那个早上，就算天未黎明抵达巴刹也没用，不是小贩不卖给你，而是他已无货可售了。这就搞得大家似乎很紧张，但有一种过年的愉悦在空气中浮游，这紧张刺激的喜悦就叫年的味道。现代人说越来越没有年味，因为物质丰富得什么都太多，平常已经把所谓好吃美味的东西都吃得不亦乐乎，谁还在乎除夕晚上的那只鸡腿呢？

安心等待年的来临，一边把年糕送到灶台上让灶神吃了去到天上，甜言蜜语只说好话，那明年吉祥如意诸事顺利就有望了；一边整理房子，大扫除当天必须买来青绿竹叶，把那些污秽肮脏的“东西”一扫而空，迎接进来的是福禄寿喜和财神爷，新的一年从此大吉大利。

快乐的年初一，小时候曾经幻想，最好有永不过去的年初一，可以餐餐吃鸡腿，分享年糕、糖果、汽水，不停吃不断喝，还有长辈分红包。可惜和一切幻想同样，从不成真，不只初一过得快，一眨眼竟到初七人日，妈妈炒了七样菜，不煮肉，因为人的生日不杀生。素食日初七后，令人担心的年初九终于来临。

爸爸规定：不许掸尘扫地，不许洗衣晒衣，不许说不好听的话，全家人都要穿新衣和新鞋，这一天比大年初一更慎重。初九天公诞的忙碌是从大年初八下午开始的。前一晚妈妈就已经做好需要的年糕，如甜米糕、软软的绿豆馅红龟红圆等。祭拜天公的所有祭品，需以红纸剪出不同的花样，犹如中国的剪纸艺术，只是样式较为简单，如福字、春字或是花儿的图样等，贴或圈在上面。拜祭的食物除了水果和糕点，还分荤素两类。荤的叫牲礼，至少五种，如果前一年赚了大钱，就烧一头猪，不然便以猪头、猪尾和猪肉替代，再加鸡鸭鱼螃蟹，必须选择最大最肥的那一头，尽可能找阉鸡番鸭，蓄意以大来表达对天公的虔诚心意，就连水果也找大黄梨、大香蕉，理想的品种叫“国王蕉”（Pisang Raja），还有看起来很大的水果如西瓜等。素的共有12道，多为干料如香菇、木耳、腐竹、发菜、紫菜等，另外还有12种特别的糕饼，类似平时的豆沙饼，只是内馅有所不同，全是甜的，平日不曾见，必须到传统老店购买，特别为天公生日而制作的“天公饼”，一年只见一次。至于价钱，拜天公不论价格，多少都愿意付。商贩自然知道祈福人的心态，造成所有拜天公的必需品，在这一天价钱狂飙，拜天公的人只盼天公满意就好。

爸爸时常担心天公不满意，这就严重地影响了全家大小的情绪，因此初八晚上全家通常噤若寒蝉，越是接近午夜时分，越是安静得不寻常。沉重地拜过天公，当晚就把烧猪斩件，一块一块分好，隔日清晨才送到姑姑叔叔、舅舅阿姨等亲戚朋友家，再把大番鸭切块，煮一大锅的十全大补汤，炖到隔天早上正好下面线。如今年轻人可能不稀罕，但当时作为小孩的我们，对于拜过天公后，每人自己敲碎鸡蛋壳，剥开一个白煮鸡蛋也极为期待，另外还有加了糖和椰汁又香又甜的米糕和红龟，也是不必再等隔天马上可以分来吃，包括甘蔗、香蕉和其他水果。上床的时候已经是凌晨或者半夜，对于隔日的年初九，纵然爸爸不断提醒"天公生日大过年"，但孩子们并无深切的期盼。

这一天所有的孩子们都过得战战兢兢。不必扫尘抹地自然开心，早午晚餐点后洗盘洗碗却得小心翼翼，要是不小心打破一个，嘴里要赶快念"岁岁（碎碎）平安"，祈祷自己不要被爸爸骂，爸爸当天不会骂人，因为天公生日，但还是给你黑如包公的脸色看。一般这一天孩子们都不怎么说话，就算开口也比平常要细声细气，生怕嘴巴讲出不对的话，一切谐音也不可以出现，比如你真衰、这糕一直蒸不发、衣服破了等。

一直到读了不少南洋华人的历史掌故，才晓得当年南来的华人，因为处在陌生的环境，面对炎热的气候、匮乏的物资、各种传染病的威胁，渺茫的前途令他们心里缺乏保障，只能向神明祈求岁岁平安、事事如意，天公在他们心中，便是心灵的寄托。

千禧年之后，受到新时代洗礼的爸爸，也许思想已经和时代潮流并进，也可能是孩子们都长大自立成家，肩膀上的担子变轻，每年初九，兄弟姐妹也尽可能都回到爸爸家相聚，天公诞才变成全家人期待的团圆日。

梦样高原

金马仑高原是无意中掉下来的景点。

前一个晚上我们在怡保过夜，此行的重点是观光怡保。夜游老城时，怡保留台同学会的刘说：“几年前已经开了一条上山的新路，从昆仑喇叭沿着山径开车，一个多小时便可抵达高原。”为了说服我们，愿意开车载我们上高原的刘极力推荐：一日来回绝对不是问题，金马仑高原美景处处，天气凉爽，是马来西亚花果菜之乡。

清早的雨在山路上轻轻地飘，渺渺云雾给路两旁的绿意增添朦胧之美。右边是山，遍布山壁的羊齿植物之中，时不时杂着许多粉白绛紫的野生兰花吸引眼球。记得从前有一回，忍不住诱惑，在高原市场花一百多令吉跟马来人买了两盆兰花，一株含着花苞，眼看花瓣马上张开，满怀期待抱到山下家里，只见它一天一天一点一点萎缩，始终没有绽放。另一盆一串两朵开得灿烂绚艳的紫蓝色兰花，回家后继续盛开，花期倒是很长，足足有三个星期。凋敝以后，幻想中一株接一株绽放的兰花从此再没有开过，最后，剩下两个空空的花盆，在院子里盛着风和雨、阳光和时光。从此了解，野生兰花，唯有让它野生，才有漂亮的花开。左边是一片深谷，山和谷之中，皆参天大树也。热带雨林中的树，中国画家朋友来过，看到以后的评语是“像疯了一样不停地在狂长”。

比平原寒冷的气候，使金马仑的花以大和美著名，车速不快，平稳直上，转了不知道多少个弯，满山遍野的翠绿苍碧叫每天看电脑和手机的眼睛好好地休息了一个多小时。终于，开车的刘说我们到高原了，车停在山坡上一个小型的茶室，刚下车，便见到一旁白色的曼陀罗满满垂挂一树在送香气，数盆比翼双飞的鲜黄天堂鸟昂然挺立，那浓郁艳紫长得像喇叭样的新西兰牵牛花蔓牵攀延，为茶室的门廊做了最动人的装饰。站在廊下，阳光微微，凉风习习，像线一样细的雨丝飘在身上，拍一张照片，看到照片里微笑的人在紫花绿树丛中变得气质优雅。

“一座被高耸壮观的大山所围绕，拥有漂亮山坡的完美高原。”1885 年，来自苏格兰的探测家威廉·金马仑（William Cameron），穿过崇山峻岭，发现这一个被浓密的森林遮蔽的世外桃源，从此其被命名为金马仑高原。

离开茶室车子继续前行，刘指向前边说还有更美丽的茶园等待我们。路两旁除了花与树，开始出现新旧交叠的房子和店铺，更多的是未修建好的花园、果圃、菜园和高楼大厦。手把着驾驶盘的刘感慨万分：“除了越来越多的游客之外，也有越来越多的商人过来投资。”

“近年来高原开发得太厉害了。”刘语带惋惜。当初威廉·金马仑发现美丽的高原，却没有立即开发，可能缺乏条件。沉寂 40 多年后，1925 年，行政长官乔治·麦士威尔公爵（Sir George Maxwell）上来一看，肯定是感觉和英国的气候极其相似，立马决定将其辟为避暑胜地，下令修建自打巴（Tapah）上高原的弯曲公路，交通的便利促使英国高官显要纷纷到此建度假别墅，有些英国人甚至选择定居于此，为开发高原付出力量，后来英军军营也在这儿驻扎。

金马仑高原经过的市镇叫直冷甲（Tringkap），市容稍显凌乱破落，山路蜿蜒，我们约好高原农夫作家邓长权、邓长辉兄弟在碧兰璋（Brinchang）吃午餐，刘说半路上可以停在一个漂亮的悬空茶室，吃些点心并喝杯山上种植、烘焙的红茶。车子在狭窄的小径上曲折前进，还来不及害怕，梯田似的层层茶山随着车行的折转方向在眼前时隐时现。1929 年全球经济大萧条，英国总督的儿子约翰·艾基巴特·拉歇尔（John Archibald Russell）独具慧眼，不顾他人劝阻，在高原发展茶叶种植，建立了至今犹全球知名的保茶（Boh Tea）茶园。

车子停在泊车区，若有似无的小雨跟着我们下车，没人打伞，原来大家都向往雨中散步的诗情画意。沿着山区柏油路缓缓行步，走几步路就停下，不停地停下，手机相机都拿出来，争相拍照，远处近处那层层叠叠的深青浅绿茶山，无限得仿佛没有尽头。

尽头处是一间透明的玻璃悬空茶室，想象坐着喝茶时，四面八方都可以看见山中景致。心情舒畅的我们一点都没有注意到人满为患的拥挤，悠闲地站在写着大字“保茶中心”（Boh Tea Centre）的牌子下拍照。周围被整理得干净整齐，花木扶疏，绿意盎然，四溢的茶香味叫人再也抑制不住。我招呼众人，来来来，我们喝茶去。幻想在设计得典雅又现代化的悬空茶室细细品茶，吃些点心，俯瞰碧绿茶树，细细观赏青翠山景，可叫人垂头丧气的是，此景竟没有出现，人龙排得太长，其中以洋人和马来人居多，唯有匆匆把漫山遍野延绵起伏的茶园拍摄下来，作为到此一游的纪念，赶到碧兰璋的餐室赴午餐约会。

作为高原主人的邓请过午餐后带我们去草莓园。草莓在马来西亚是稀罕水果，唯一适合种植的地方就是海拔 1 500 米、平均气温 10℃ ~

20℃的金马仑高原。行经不同品种的花果菜圃，走上草莓园最高处，亦是茶室，专门售卖用草莓制作的饮料和甜品。刚刚才说午饭吃得太饱的众人，看见永远叫人快乐的甜品，都觉得道理上应该品尝，事实上也应该吃一点。各种烂漫的艳丽鲜花相伴，不远处嫩绿的蔬菜圃，还有品种超多的小小仙人掌。甜品吃完了，细细碎碎的阳光照在聊天的人身上，气候宜人，凉风拂面，心旷神怡得叫人懒洋洋，显然都不想离开。

人们上山都想去到最高处，来到金马仑，“烟屋”才是蛋糕上面那粒诱人的红色樱桃。1937 年，英国人道格拉斯·瓦林（Douglas Warin）建造了一家仿造都铎（Tudor）王朝风格的木结构英式小洋房酒店，酒店外是鲜花丛丛的英式花园。当年英国人在殖民地服务 8 年才准许回家一趟，思乡之情切让英人爱上“烟屋”酒店。今天爱“烟屋”的人来自世界各地。由于有太多好奇的游客，所有部分贴近酒店客厅的花园区围栏不让人靠近。花园最外边的那几朵金黄色的曼陀罗花，像串串悬着的黄金喇叭一般，悄无声息地怒放。七彩缤纷的园里，绚红的玫瑰、艳丽的绣球花、桃红粉白的海棠、鹅黄的美人蕉、火红的炮仗花，更多的是叫不出名字的大朵小朵鲜花。翠绿藤蔓爬满墙，上延至屋顶，屋顶上开着紫花，客人就在蝴蝶围绕群花飞舞的花园里安逸地喝着下午茶。

生命中最叫人牵挂和期盼的，就是有遗憾。下山时间已经到了，金马仑高原“烟屋”的茶点，就等待下一次的刻意安排吧。

幸福的味道

夏日开花的荷，在秋天相遇，荷塘里安静地站满褐黄色的枯萎枝干和萎靡不振的零落叶子。凋敝的荷叶下垂的姿态凄清苍凉，叶勒线条却仿佛蘸上焦黑墨汁画出来般明确清晰，衬得散布在池面上暗影下浮萍般的田田绿叶益发生机勃勃，叫人的幻想禁不住开出花来，试图在点缀着深青浅绿的池塘里搜索，幻想觅得一朵或两朵盈盈盛放的荷，让秋日的池塘也有花开的喜悦气息。

那么大的荷池，如果池里的荷相约一起开花，可以叫万荷塘吧？左寻右觅不见挺立的荷花荷叶之踪影，池塘里收藏着巨大的缄默，绽开的鲜花原来在荷塘之外。明媚的阳光下，厅屋前院仿红头船雕塑周边围着昂扬怒放的九重葛。这在厦门俗称三角梅的花，南洋人叫它纸花。九重葛在秋天的午后相约一起争先恐后地盛开，姹紫嫣红的花瓣薄而轻，丛丛簇簇以多取胜间流溢出泼辣的生命力。镌刻着“华侨之光”的红头船雕塑下边有座华侨雕像，西装革履，气度不凡，脸部表情谦和有礼又踌躇满志，仿佛在观赏属于自己家族的“故宫”。

旅游巴士来到汕头市澄海区隆都镇，2008 年入选全国历史文化名村的前美村路边立着的大型广告牌子上豪气万千地书写着“潮汕故宫”，文字旁配上老房子群的相片。开动的巴士稍微颠摇，让人在晃眼间看到“故宫”两字时，怀疑是夸张的广告或旅人眼花吧？巴士向右一拐，有人介绍“从这儿开始全是陈慈黉故居”。

中国人喜欢“衣锦还乡”，华侨外出打拼，省吃俭用，赚到钱后，首件要事即赶紧回乡建豪宅，不让“锦衣夜行”。陈慈黉的父亲陈焕荣正是其中一个典型侨商。他先是在潮州澄海樟林港的“红头船”上打工。雍正元年（1723年），国家规定广东商船船头和大桅上部都漆上红色，称“红头船”。潮州与南洋的航运是从乾隆年间准许商民前往泰国采购大米开始的。红头船的船主大部分为泰国籍华侨，船员几乎全是中国人。另有一说是潮汕地区的人迷信红色的船头可趋吉避凶。陈焕荣从底层的装卸工做起，升为舵工，再到船主，艰辛发奋的他后来到香港，成为最早设立进出口贸易商号的华人。儿子陈慈黉后来在曼谷、新加坡和西贡三地分别创立商行，等于为家族事业开创一个国际贸易体系。第二次世界大战前，陈家在曼谷是“泰华八大财团之首”，号称“富甲南洋”，因而宅第之雄伟壮观、富丽堂皇可以想见。1865年，成功商人陈焕荣回乡兴建房子，历时近半个世纪，三代人相继兴建鳞次栉比的豪宅共12座。

“陈慈黉故居”是其中占地2.54万平方米，共有厅堂506间的四座院落，号称“岭南第一侨宅”，又被誉为“潮汕故宫”。一般人无法想象，潮汕前美村的故宫究竟有多大。据说陈家有个佣人专司开关门窗之职，早上起床，一个接一个厅房去打开窗户，等到全部开完，已到下午时分，佣人开始回头去关窗户，待得全部窗户关好，又到了上床时间。这个说法让人对豪宅之大、占地之宽，到底辽阔成什么样子，有个比较具体的印象。

这四座紧密相连又相对独立的豪宅，是潮汕特色的“驷马拖车”的建筑风格，周围皆为双层洋楼，厢房效仿北京东西宫建筑，大院套小院，大屋配小屋，再加楼梯、通廊、天桥，作家们走在迂回曲折、四通八达的院落里，目眩神迷，如不知晓厢房名字，可能会迷路。中式传统和西式结构相互结合，采用当年少见的西洋建筑技术和时髦新颖的外国建材。陈氏家族当时为了方便运载来自意大利等国家罕有且价昂的玻璃和瓷砖等建材，甚至不惜耗资挖掘一条运河。

首先竣工的是属于陈慈黉次子陈立梅的“郎中第”，占地面积1 506.1平方米，大小厅房158间，自1910年开始动工，花十年功夫建成。占地4 097.2平方米，大小厅房共116间的是长子陈立勋的“寿康里”，1922年兴建，同时开工的是附属其中的“三庐书斋”，占地799.2平方米，厅房30间，八年后，两栋建筑同时建好。最具代表性的宅院当为占地6 861平方米，大小厅房共202间的“善居堂”，乃幼子陈立桐所有。一群海内外作家到来，首先踏进去参观的正是陈慈黉故居当中，保存得最为完整，规模最宏伟，设计最具特色的“善居堂”。

“善居堂”和“寿康里”在同一年开始建造，可是直到1939年日军侵占汕头时仍未完成。这座宫殿式的豪宅，据说早逝的主人陈立桐不曾入住，是由其夫人（陈慈黉幼媳）督工建筑的。传言永远充满传奇色彩，再经过岁月流转中的众说纷纭，宛若不同时代的画家不曾停止合作而永远不可能完成的一幅画作，色彩更趋丰富多彩，想来未来还会继续增添缤纷。

最为花样缤纷的是在“故宫”内售卖的潮汕粿模。正如一般旅游景点，陈慈黉故居底楼的每个转角都摆卖纪念品。墙上挂着许多钩织品，披肩、外套、寒衣、珠袋、纸扇，另外也充斥着仿似充满中国韵味，却毫无新意也缺乏特色，想来是廉价工厂统一制作的便宜模型纪念品，大大小小随意摆放任人挑选。林林总总的物件中乍见粿模，误以为是木刻艺术品。初见几个，觉得有趣，没想到越看越多，各式各样。

前一晚在潮州市区，三轮车载着我们穿过广济门，踅向太平路，精雕细琢的牌坊叫我们赞叹不已。后来下车行经胡姓百年粿糕老店，店铺外摆着琳琅满目的粿品，忘记出门前自我提醒的“不许购物”，情不自禁买了几种粿糕。

潮汕人将用米粉、面粉和薯粉等加工制作出来的食品叫粿。米粉加萝卜蒸煮的糕，香港人叫“萝卜糕”，潮汕人称萝卜为“菜头”，潮语就叫“菜头粿”。甜的年糕叫“甜粿”。米粉加水和油制成粉皮，把菜包起来叫“菜粿”，换成花生馅的叫“土豆粿”（潮语“花生”叫“土豆”）。自中原南迁的潮汕人，按祖籍习惯，祭祖拜神以面食为主，北地的麦到了南方，改用大米，形成今天的粿。

喜欢吃粿的潮汕人，制作粿品讲求精细，烹调考究，平时没那么多时间，就在外头购买，过年过节祭神拜祖家家户户则亲自动手做。风味独特的潮州粿，深刻地融入生活。年节最喜欢的粿品叫“红壳粿”，内馅有花生、芋头、韭菜等。平日做粿，贪图快速就不用模，直接以灵巧的手指捏出花纹。倘若祭拜祖先神明，则规定红壳粿为以内刻有“寿”字，形状为桃子做的粿模印出来的粿，又叫“粿桃”，意为寿桃，代表祈福祈寿。有人把喜欢吃或季节性的菜做成内馅，如白菜、包菜等，加入香菇、虾米，名字仍叫“粿桃”或“桃粿”，也有以入馅的菜为名称的“笋粿”或“芋头粿”等。粉皮若没有上色，平时吃无所谓，要是拜神用，须起码点一点红，图个吉祥如意的好兆头。

百年老店卖的每种粿上边都带红色，有的红印上“囍”字，有的盖印红“寿”字，也有的干脆点个红点。可这故宫院落里叫人眼花缭乱的粿模，却有不同大小，凹模也分深浅；有些为原木色，也有些原本上了红漆，又经岁月风霜刷洗逐渐褪色。这些一方带柄的木雕模子，凹雕出桃形或圆形的图案，有些在中间刻上“寿”字、“囍”字、“福”字、“禄”字，也有双字如“吉祥”，以吉利的字作为粿模主题，周边刻着繁复或简单的花样纹饰，多为树叶和花朵；有些没文字，只雕出造型优美的花如石榴花、牡丹花等，又见鱼形粿模，不必探询亦知是年年有余之意。潮汕人对生活的精致用心，用到这做粿的纤巧细节上来，可见他们追求的生活情趣和细致优雅的生活品质。

选购几个老粿模，非为做粿，仅是纪念这一场和潮汕粿模的不期而遇。离开故宫前，坐在巴士上回望池塘，一片寂寥的万荷塘仍无花开。秋风中静悄悄的506间厅房倘若全住满，应该有两三千人，那样的话，做一次粿起码要一万个才足够吃饱。中国人最爱在节庆时团聚。全家人一起做粿品的繁忙热闹情景，叫所有的厅房顿时喧哗吵嚷起来，这是老人家心中至大的美好和快乐。建造豪宅是一份为全家族人安稳地住在一起的允诺，使族人不再在异地他乡漂流离散，还要让全家人每天都吃饱，不然，至少在节日庆典祭祖拜神时，全家族人同时回来吃家乡的粿，粿里就都满是幸福的味道。这是中国人的传统文化，不论人在哪里，中国人都有相同的梦想。

旧上海新天地

上海一直是旧的。在印象中，在想象里。

那个年代没有机会走进中国大陆，上海的印象来自书籍，来自影像，也许不能说是印象，究其实，只是一种自我想象。小说的文字和香港连续剧里的上海滩，是纸醉金迷的冒险家乐园，街头巷尾行来走去的一概是活色生香的摩登女郎，商场里上演着企业大亨的钩心斗角，停泊轮船的岸边码头上那些期盼往上爬的小人物在挣扎拼搏，看着读着，这华洋混杂色彩斑斓的十里洋场呀，上海街头的人物似乎都是红男和绿女，发生的每个故事都全关风花和雪月，逐渐形成强而有力的诱惑。

旧上海有多老？2 000 年的历史看西安，1 000 年的历史看北京，100 年的历史看上海。在历史的长河里，上海存在不过短短 100 年，但这 100 年来多姿多彩的迷人风情仿佛都集中在上海。百年离我们这样近，却又那样远，于是，向往和憧憬便一而再再而三地不断叠高。

旧，意味着沧桑，沧桑里蕴含着幻想中的美丽，在时光中凝聚出一股磁石般的诱惑。大陆开放以后接到第一个文学会议的邀请，途中会经过上海，兴奋扬得过高，失望跌得太重，匆忙陪客吃饭吃掉太多时间，顾不上观光。再抵上海，变得聪明，先不通知朋友，抵达酒店放下行李，出来即刻到黄浦江畔的外滩闲逛。一回再一回，多次上海行，似乎百看不厌的外滩，巧合的是皆在晚间过去，其中两次还乘船夜游黄浦江。因此印象中的外滩，皆是化了浓妆、贴上珠光亮片才出现，闪烁喧哗的灯光里闪现着旅客对上海丰富多彩的想象。

真正的上海游是 2011 年受邀品味上海那次。初秋的九月，终于走过静安寺附近的常德路 195 号，原名爱丁顿公寓，张爱玲住过，搬出去后又搬回来，现在大家叫它常德公寓，抬头看意大利风格的斑驳阳台，哪一间是 65 室呢？不过黄昏，夜色已降临，跟身边的朋友探询：今天是 9 月几日？9 月 8 日。心情跟着昏黄的光影幽暗失色。16 年前的 9 月 8 日，张爱玲，一个人在美国洛杉矶的公寓悄然离世。

不知道是住在哪一栋公寓的时候张爱玲说“公寓是最合理想的逃世的地方”。静中带闹，闹中带静，公寓外边周遭是怎么一回事？公寓里头自己的房子又是怎么一回事？关起门来，隔着窗口你看到外头的人事物，但外头的人看不到你，尤其像张那种时时把心里的窗也关得密密实实的人，居于公寓有一种心理上的安全感。

就在这公寓的 6 楼，胡兰成来过，但他没住这里，他住在张爱玲的心里。

多少次要去上海前，自己跟自己说，这回，绝对不再提张爱玲。但人在上海，走路乘车，喝咖啡或吃点心、参加饭局或闲逛，时不时就要和“张爱玲”相遇。张去世的消息是新加坡《联合早报》的副刊记者传来的，当时没有电脑、网络、微信。记者在电话里，马上要我说一说感想，发表在 9 月 11 日新加坡《联合早报・文艺城》上，标题为“一代传奇才女张爱玲在世纪末化蝶”。夏志清、余秋雨、痖弦等也都是受访者。

回来以后，情不自禁把张又写进上海行的文章。没有张的上海，好像不是上海。时常想，如果在上海遇到蝴蝶，很可能就是张爱玲回来探看她的上海。

去年10月的节目早就安排好，连续在国外走来走去，突然接到获奖消息，为抽出三天到上海，之前订好的其中一张机票白费了。在飞机上翻阅杂志，“新天地”倏地跑到目光里来。

这里是一个以上海近代建筑石库门为基础，将原有的居住功能，赋予商业经营功能，把反映上海历史和文化的老房子，打造为拥有国际水平的时尚休闲文化娱乐中心的新天地。之所以留意是因为有一年无论走到中国何地，到处可见陈逸飞的油画《浔阳遗韵》，乍看为之惊艳，后来想应该是翻版或印刷品。初见新天地，则是在报纸的一则新闻里：2001年9月29日，新杂志《青年视觉》创刊的新闻发布会，在上海新天地逸飞之家举行。

好奇新天地，但旅游观光不再刻意求抵目的地，没有非去不可的地方，没有非看不可的景物，非不可会变成一种强求。费心安排妥当，一旦计划赶不上变化，情绪不免低落。随缘随意，意外获得的惊喜更快意。这和有没有精力毫无关系。旅途上，看到美景很开心，没看到也不是遗憾，就算是，在这充满遗憾的世界，亦不在乎多一桩。万事都放在可有可无之间，忐忑不安便成绝迹，心态自在，愉悦存在。何况人和风景的相遇，也需讲究因缘俱足。

新天地应该和谁一块去呢？领奖过后的午餐，坐在旁边的仍是昨天一起用晚餐的陈先生，他问我节目过后的下午想到哪儿观光，“新天地”三字冲口而出。他点头说好，叫司机过来载我，同时安排了一个导游。

我的导游从车子出来，绿色的长袖衣，胸口印着卡通经典大嘴猴（Paul Frank）图案，短短的牛仔裤衬橙色的长裤袜，粉红色的袜子，黑色的包头皮鞋。长发清爽利落束成马尾，单眼皮的眼睛黑白分明，闪着好奇的光彩，可爱漂亮的小姑娘手上拿着我的名片，笑容可掬地告诉我，爸爸要我来给阿姨当导游。

司机放我们在灯光灿烂的新天地，走在昔日上海的弄巷里，周边演绎着现代的文化风情。有人说，到这里是为了感受上海的华丽和蜕变，却也有人称这儿是上海的贵族文化之地，走进来便发现艺术和精致必须以金钱来堆砌。绚烂的霓虹灯影晃得人眼花，你唱我歌的嘈杂音乐声并不悦耳，牵着小导游的手，一颗心霎时变得无比柔软。北里马当路应该是条餐饮街，中式酒楼、西餐厅、日本料理、洋酒吧、中国茶坊、冰淇淋店，我们不停地停下来拍照。活泼的小女生念外国语大学附属的外国语小学，喜欢弹琴、绘画、书法、唱歌、跳舞、做作业和疯狂地看书。疯狂地看书，我仿佛看到小时候的自己。晚餐上菜前，念小学二年级的她在我的随身日记本里写简介，还写了半篇《迷人的秋色》，文采超出中学生的水平，我觉得我爱上了她。

饭后到之前答应她的哈根达斯店，每人选择三种不同口味的冰淇淋。人生的际遇很奇妙，人人都批评上海人现实功利，油滑世故，我却在上海感受到陌生人陈先生的温情。做梦也没想到，竟是一个 7 岁的小女生来担任我的导游，由上海的新生代带我逛荡上海新天地，这个上海的夜晚，定格在甜美冰淇淋的温馨里。

曼谷的气质

即将出游先读书，这是现代旅游人士的行前功课。临上飞往曼谷的航班仍在努力，突然看到这句话：“如果没有到水上市场，曼谷之行将是不完整的。”自然便想起之前在网上无意中读到的一段文字：“水是暹罗人真正的家，只有水才可以更完美地展现他们的自然民风、纯真性格和天赋。没有阔马扬鞭，只有乘船摇浆才是这个自由国度特有的气质。”熟悉的文字是那回受邀到曼谷画展时带着走的手机记录，画展开幕隔天清晨，特别安排到著名的丹嫩沙多水上早市。别看那些画家平时貌似懒洋洋无所谓的潇洒状，听说要到传统景点水上市集，全都准时在清早六时集中在酒店大厅。在近乎一个小时车程的旅游巴士上交流才发现，多个画家毫不在意长途跋涉，舟车劳顿，年年相约到曼谷水上市场写生画画。其中一个台湾画家说：“这特有的景色，仅东方威尼斯曼谷独具。”

曼谷位于昭披拉耶河的东岸，1782 年，眼光独到的拉玛一世皇将原来在昭披拉耶河西岸的首都吞武里，改迁东岸曼谷，发展成为今天的繁华大都市。有人谑称曼谷游为“皮肉之旅”，皮说的是皮包

（购物），肉则为大家熟知的肉体享受（色情）。真实的曼谷可不仅于此，且不说在曼谷街头漫步，随时随地都有机会邂逅各种新奇美好的艺术创意，就如刚走进酒店房间，即时为那贴心的布置，尤其是细节的设计，惊艳和赞叹。生活完全可以同艺术融合得令人感觉住在里边是美好的享受。有些摆设仿佛带点媚俗却不让你觉得俗气，有的极为前卫却又令你可以或者说愿意接受，色彩配搭以及墙壁、床头和桌上的小摆设，除了攫取你的眼球之外，连带你的心也要掠夺。拉开窗帘往外望，匆忙的行人、烦嚣的汽车和幽雅静谧的房间形成强烈对比。

繁喧的城市郊区有那划船摇桨的水乡，不曾去过的年轻人极其兴奋，早就做好功课：都说丹嫩沙多太商业化，这回我们去另一个水上市集。他们领头带路，地铁、小巴和水上的士（船）一再更换，这都算是平常的交通工具，直到观光铁路市场后，上了一种叫“双条”的车子。车子由货车改装而成，司机后边的座位，是左右直排的两根长铁条，根本没有沙发软座的配备，乘客坐在双铁条上，身体随着“双条”车在野外农村不平坦的路上颠簸，沿途不少寺庙建筑面积不大，外观却如大庙般金碧辉煌，连围栏的白柱子顶上也金光灿灿，寺庙外边的牌子全是泰文，无法得知寺名。炎阳天气有点热，幸好袭人的风稍带凉意。“双条”车沿着河边开，突然望见河中有一座黑色大佛，坐在身边的泰国人以简单的英语表达：安帕瓦水上市集快到了。带着妈妈来旅行的年轻人，语气和我们一样充满期待。虽住泰国，但从没来过，这是第一次呢！少有遇到会说英语的泰国人，他是第一个呢！

下了“双条”车，来到缩小版的恰图恰市集。曼谷的恰图恰周末市场是平民市集，号称购物天堂，占地约 10.93 万平方米，据说有 14 个足球场大小，有超过 1.5 万间商铺，为亚洲最大的露天小商品批发市场。店铺门面小小的，由家用品到手工艺品、服装首饰，货品丰富多样，五花八门，还有各式各样的泰国小吃。无论购物与否，几乎所有游客都特意来逛一逛。有人说，没来过恰图恰，等于没来过曼谷。通往安帕瓦水上市集的街道两边，小摊小档上摆着颜色鲜艳的小吃，多是加了椰汁的甜香泰式糕点，油炸食物的香气在诱惑途经的游人，不可思议的是竟有潮州人最爱的韭菜糕。有人言，曼谷华人以潮州人居多，看来不是据说。手工艺品和服装首饰等更是多种多样，拥挤的游人边看边买边吃，眼睛和嘴巴一样忙碌，人声鼎沸，却慢行闲走，终于上了一座挂着以泰文和华文书写着“安帕瓦”的旗子的小桥。

河道不宽，乱七八糟交叉的电线下边，开满雨伞的小船相靠着售卖水果等食物，河上浮着果皮纸屑等垃圾。未知是否节庆，两岸边悬着七彩缤纷的小旗帜在风中摇晃，努力招揽游人，河岸边的行人道上挤满人群。

下桥往左转，迎接游人的是一排店铺，店外道旁摆着的桌椅以木板钉制，散发着今天旅游人士争着追求的乡土味，轻轻摇晃的船，慢慢行走的人，在细细品味食物的同时，亦品着空气中浮游着的怀旧与慢活味道。

窄窄瘦瘦的船上，坐着的都是女人，她们在煮面或烫河粉，海鲜多以烧烤方式呈现，配着泰国特有的酸甜辣椒酱，著名的东炎海鲜更是游人必尝的特色食品。坐在塑料小凳子傍着长木桌吃加了小辣椒、香茅、太古柑叶子和酸柑汁的泰式酸辣汤，雪雪呼辣过后，嘴巴肿得像泡在热油里的香肠，来一杯酸甜冰冷的酸柑水照样辣不停的话，再到邻档买几个浓香甜郁的泰国椰汁糕，酸、甜和冰可以解辣么？不知道，既然大家都这样吃，就这样吃吧。

一摊一档走去，图画花样奇多的 T 恤，有专画猫画狗的，画佛陀的，还有以古灵精怪的文字取胜的，最受欢迎的是画着水上集市或贩船或以英文和中文写着“安帕瓦”的，皆以创意和精致来抢眼夺目。又酸又累的双脚不想继续行走，所以我们决定包一艘小船到水上绕游。本来在岸边看水上风景，现在变成水上景物给人看，小船经过，扬起片片水花，转头看去，在岸边行走的人竟是另一道动人景致。

喜欢烦嚣红尘的游客，可以选择夜越深越热闹的拍蓬街，霓虹灯光闪烁的钢管舞，酒吧林立，游人如鲫。街头巷尾档口摊位，诱人美食香味四溢，煮烧烤炖由人自选；高级商场如“创意暹罗”里边，那些创意无限的日用品、文具、手袋、提包等，用艺术将平庸变得不寻常，包装成功便成为这城市吸睛和吸金的焦点。

天空蔚蓝，河水碧绿，小船不断地把河切割分开，船儿走过后的河依然是一条河。乘船摇桨的年代早成过去，游人何尝不知？但从容不迫的生活姿态是永远的追求。日子一天天匆匆溜走，甚至来不及去生活，生命在打开电脑和手机忙碌地工作的时候悄悄衰竭，来不及去感觉人无法与时间对抗的悲哀，唯有争取在旅游时，给自己安排数日的悠逸时光。

这悠逸叫观光游客来了不想回，回了还想再来，而这个气质城市，名叫曼谷。

山城怡保寻老屋

未去怡保之前，怡保朋友刘因工出差先到槟城来。黄昏时分领他在世遗区漫步，一排排映着沧桑痕迹的老建筑，在夕阳下发出典雅秀丽的金黄光芒。自从申遗成功，槟榔屿老城区里游客如鲫鱼般群游而来，游人虽密集，走着走着，不经意间仍遇见生活在其中的老人，穿着背心短裤的他们坐在小小的咖啡店下棋、喝咖啡、吃虾面，还吃着西式的烤面包配牛油涂上马来的加椰酱，聊天的老人大声说着闽南话对白。途经的游客诧异的音量有点高：“居然还保有传统的民风民俗生活状态，但这是一个活着的历史景区呢！”

当我提起 8 月想带受邀来槟城讲课的两个中国学者到中部城市怡保观光时，刘边拍照边断续地说：“羡慕，羡慕，真羡慕，我们怡保比不上，我们，不好意思，没把古迹照顾好。”

印象中怡保亦是漂亮老城，殖民地时代留下的建筑物颇多，老火车站、圣迈克学院、皇家俱乐部等皆为具有欧式风格的古色古香建筑，差别是居民说粤语，和槟城的闽南话语系不同而已。

8 月上旬一个风和日丽的早上，坐在车里，远远看到蓝天白云下的碧海之上，一座活泼优美的S形大桥横跨大海，来自中国内地和香港的学者抑制不住连声赞叹。“这是中国和马国最大的合作项目。”槟岛女子说。全长22.5千米，其中跨海桥长16.5千米，是东南亚第一大跨海桥梁。今年3月1日才刚刚通车的槟城二桥，位于槟岛海峡南部水域，连接槟岛和威省，总投资14.5亿美元，其中由中国政府提供部分优惠贷款。

当车子缓缓穿过这见证了中国和马来西亚友谊的曲线有致的长桥时，阳光把繁华音符送到海里去，蔚蓝的海水像音乐一样律动起来，波浪荡漾，飘洒着黄金和白金的海水，飘摇起伏间，色彩丰富，耀眼夺目，仿佛在为两国的友情开海上演奏会。

“这么长的桥，车子却如此寥落稀少?”去年曾经穿过槟城大桥的两个学者不约而同地提问。槟岛女子笑了，习惯被缓慢牵着手过日子的槟岛人，绝对不会为了特别要走一趟新桥来为难自己，随意随缘不强求才是闲适之道。一眼望不到尽头，路线蜿蜒曲折的二桥，位于半岛的出口已近霹雳州，这段距离对步伐悠逸的槟岛人来说有点远。为带两学者观光特意路过二桥，且因这趟观光的目的地怡保，是霹雳州首府。

怡保的名字源自一棵树，马来文为Pokok Ipoh，树汁含毒性，土人用来制作打猎吹筒的毒矢，故人称“毒箭树”。华人爱叫怡保“坝罗”，说是旧名，今日华人照样这般称谓，倘若追溯源头，是因为怡保又叫“锡都”，工人每日采锡时，首先得霸一个萝才可开工，俗名流传广泛，叫得长久，变得比原名更耳熟能详。

自槟岛开车过了二桥，走上南北高速大道，不用两个小时便到达怡保，高速大道尚未开通前，许多人对怡保充满向往，尤其是男性。20世纪二三十年代，全世界对锡的庞大需求量，使“锡都”得以迅速发展锡矿业，从事此行业的人被唤作“矿家”，那时的怡保号称“大富豪之城”，曾经是全世界拥有最多奔驰汽车的城市，排名在原产地德国之后。这显示矿家的含义即为“巨富”，几乎所有的怡保土地都为矿家所收购了。

据说他们花钱的豪气落在女人身上，是传言，也可能是谣言，非亲眼所见，无法证实，却造就了一批赚男人钱的商铺和行业。大街上一整排名牌奢侈品商店是不用说了，流传最广的，是大家一提起就要神神秘秘地尽可能压低音量、细声细气地说的“按摩院”“按摩女郎”。朴素无华的年代，按摩院是令人遐想无限的场所，在其他州属地区极为罕见，不像今天，到处都悬挂着推拿、按摩的牌子，足浴更是习以为常。那个年代家里的女人一听到男人要到怡保，不是没有担心的，但行动上因男尊女卑的社会现象而没法阻止，只能在嘴里频唱：“路边的野花不要采。”

除了锡和按摩院之外，怡保的另一盛产是美女。国际巨星杨紫琼，无人不识。“是是是。”两位学者果然一致点头。他们没听过的传说是山城女人白天不出门。锡矿地不利于种植，怡保巨树不多，气候炎热，阳光炽烈，太阳出来的时间长，懂得保养护肤的女人怕被晒黑毛孔又会变得粗大，便不出来，逛街购物都是晚上的活动。

车子在高速大道上奔驰，两旁浓密的深青浅翠的棕榈树是当今马国之宝，后期为马国带来经济效益的产品已与锡矿无关。当汽车开始一边攀山又一边下坡，入眼无论远近，皆为层层叠叠高矮起伏的翠绿群山时，意味着怡保快到了。

环山的怡保，外号“山城”，另又著称“小桂林”，“桂林山水甲天下”，小桂林亦被许多电影制作人相中，时常带摄影团队到此取景。比较出名的片子有黎明、舒淇作为男女主角主演的《神偷次世代》，影帝周润发和影后朱迪·福斯特合演的《安娜与国王》，镜头里的皇宫场景正是怡保高尔夫球场。另外还有郭富城作为主角的电影《父子》，片中的部分场地是怡保其中一个住宅区。早在2006年，导演李安拍的《色·戒》，那老旧建筑的景致，取的也是怡保旧街场一景。

怡保人叫老城为“旧街场”。车子终于抵达位于旧街场的新酒店，属于法国连锁酒店的投资，建筑设计崭新现代，颜色丰富鲜丽，充满时代特色的魅力。稍一看，周边多为餐饮店，全是被时光停驻的老店老铺，店铺外头有几棵老气横秋的大树，树冠肆意向四方伸展，豪迈得足以遮蔽说下就下的热带太阳雨和长年高照的火焰般阳光。

许多不知名的树相约长在老屋的墙缝间和屋顶上，不但毫无苟延残喘之姿，也没有龙钟之态，尚且蓬蓬勃勃地朝天空继续往上长，根须纠结，躯干紧紧攥住浸渍着绵长岁月的斑驳外墙，缝隙间养出来的粗壮坚实的大树，紧密相贴得再也无法和老屋割舍，形成一道迷人风景。

不过隔一条后巷，风格新颖的酒店便是这儿仅一间的最新建筑。

听说走路可直达旧街场，充满兴致地向怡保的刘探询李安拍片的场景，幻想自己像明星一般，徐徐走过长着牵藤老树的破屋，也许还可以在那老街古屋周边从容地怀一下旧。

那天没下雨，蓝天白云，天晴得很，却在听到回答时闪了一声霹雳：我们站的这边就是了。几棵留着长长密密胡子的老树围着餐饮店，树下坐着闲闲地喝下午茶的茶客。这是影片里没有的镜头。

“这边？左瞧右望，影片里的老房子呢？”刘的脸色更添异样，似笑非笑。“你们住的酒店就是了。”原来在迂回曲折的岁月里被留下来的老屋出现在银幕以后，又在变幻无常的岁月里被出售、铲平，改建成今日的新式酒店。

李安在八年前拍的戏，为何迟至2014年才来看当年的老房子？轻忽地让过去真正成为过去的人是自己，心生感伤、空留惆怅、感觉遗憾，都不要怨人。

早一步，晚一步，一切便都不一样了。

谦和的刘语带歉意地表示："不好意思，在保护古迹这方面，怡保还需要更努力。"现代化的法国名牌连锁酒店也是美丽的，只不过，古屋像一切古董文物，珍贵之处正是一旦摧毁，再也无法恢复，只能写进历史，或留下照片，却没法继续存活。

期盼安排在明天的旧街场观光给我们带来惊喜。

我们来到油画村

穿过巴士窗口玻璃，看见路边的路牌指示往前行的地方就是大芬油画村。转角的小公园，立有握着一支巨大画笔的铜雕大手，花树丛中“米洛斯的维纳斯”伫立在不远处看着我们的巴士缓下来。一棵火凤凰的树枝伸展到巴士窗口前，绿色的小叶子疏疏落落，也许不是花开季节，不见火焰样的红花绽放。几个年轻男女，低头看着手机徐徐踱过，不知道来了一车人要到大芬美术馆参观。

周围皆是四五层楼高的建筑物，挂着琳琅满目的图画在迎接我们，每一间都是和绘画行业有关的商铺。一家艺术品交易中心这时正在广场上举办开业典礼，台上站着许多人，台下也人潮汹涌。广场上一边排满红色塑料椅子，一边停满汽车，仿佛每天都是图画的旺季。

25 年前，香港商人黄江首次来到大芬村，他形容眼见之地：“好像来到西伯利亚。”“满地芦苇，鸡鸭和羊群遍地走，到天黑只闻狗吠。房子大多低矮潮湿，唯一一栋全村最高的建筑是座四层高的楼。”那是 1989 年。这个像西伯利亚的落后荒僻村庄具有毗邻香港的地理优势和廉价的劳动力，黄江决定在此开始以油画发展行画的生意。

刚投入复制行画的 20 世纪 90 年代，黄江绝对没有预料到，日后他竟变成“大芬教父”。启动行画事业图的是便宜的租金再加上便宜的画工，他肯定没想到，有一天在这里居然出现中国最大的村级美术馆。

大芬美术馆在 2005 年建立，这意味着一个落后乡村终于成功地迎来一次华丽转身。“大芬美术馆”是刘大为题的字，旁边齐齐排悬着两条展览宣传布条，一幅是以橙黄色为底的“大芬十年美术作品展”，另一幅以褐色为底，题着“光影·大芬十年图片集”，两边画上小格子，设计得像一张大菲林。秋天的上午有阳光，天气暖和晴朗，可是广场上人不算多。整整 10 个人集中坐在题着“艺”字的雕塑下，不知是在晒太阳还是在歇息，如果有空提笔写生，回家再描绘一番，这画面也可构成一幅描绘生活景色的油画。

叫人感觉吊诡的是美术馆入口处那一道刻着经典油画的红墙。在东方的中国有道红色的墙，所有的浮雕镌刻着西方的经典油画，好像很奇怪，但这不正是大芬油画村的特色吗？

20 世纪 90 年代，黄江把在大芬复制的翻版的西洋景物油画卖到美国。除了受过美术教育的几个画家，那些突然就放下锄头变成画工的村民，仅仅是为了收入，没有谁听过哪一个画家的名字，也根本不晓得谁是谁，但他们却可以把一些受到购买者喜爱的风景画，复制得和真的一样。这让作为接受订单的中介商黄江，摇身变为美国沃尔玛油画生产商。大芬每个月制造十多万幅油画，每幅成本几十元，没有所谓的绘画创作，只有名作临摹。大芬变成一个生产艺术品的油画工作坊。不管你胸怀多少原创梦想，或传统技巧有多么娴熟，或写实主义如何稳健，来到大芬油画工作坊的画家，并非为自己想画什么而创作，只是埋头大量生产，拿出来的是标准化的复制品。其中最为举世闻名的一幅是达·芬奇的《蒙娜丽莎》。业者们说："消费者最爱看什么，就给他们画什么。"如果说大芬村是深圳的文化名片，那《蒙娜丽莎》就是大芬村的油画名片。在这里不论男女老少，几乎无人不识"蒙娜丽莎"。

走过外大街或走进深巷子，"蒙娜丽莎"在永恒地微笑，没有时间仔细观看，经过时远远遥望，复制版的《蒙娜丽莎》很像真的。某年到巴黎，沿着塞纳河畔散步，走到1989年为纪念法国大革命200周年而特别设计的巴黎十大工程之一——透明的玻璃金字塔，果然看见永远人潮汹涌永远在阳光下闪闪发光的罗浮宫。在华裔贝聿铭举世闻名的作品旁踌躇不走，流连忘返时遇到一群系红领巾的中国小学生，带领的老师说中文的口音很怪异，探听一下，竟然是来自想象中无比遥远而贫穷的贵州，询问的人难以置信张口结舌。走进罗浮宫内，才发现用散步的步伐游巴黎，要观赏艺术品便时间不足。典雅华美的罗浮宫里收有馆藏超过42万件，最为著名的三宝顺序排名第一的是《米洛斯的维纳斯》。这雕像和西班牙画家杰昂·米罗没有丝毫关系，唤"米洛斯的维纳斯"是因1820年在希腊爱琴海的米洛斯岛出土。雕像完成的日期推测是西元前1世纪，至于本来的样子从没人看过，她一出土时就已经是双臂皆断的维纳斯。第二宝是1863年在萨莫色雷斯岛被发现的《胜利女神》，手臂和头部在出土时早就消逝无踪，但那飞扬的翅膀和姿态轻盈的裙角，显露出的乘风飞去的飘逸神情叫人惊叹：这是石头雕塑吗？我们却不按照三宝的排序参观，一进馆，第一目标就朝最多人围着不愿离开，高举相机不放下来，在防弹玻璃后边的第三宝，那位向着拥挤人群微笑的《蒙娜丽莎》疾步走去。当时花了四年时间来成就这幅作品的达·芬奇，要是知道在大芬油画村的作业是：一个负责画头发，一个画眼睛，一个专门画微笑的嘴，以这种流水线的工厂出货法，不到半个小时便完成一幅名画，批发价钱是三五十元一幅，到了美国售价为三五十美元。达·芬奇倘若真是有幸活回来，一定又会被活活气死。

“艺术与市场在这里对接，才华与财富在这里转换”是在美术馆接待厅的电影院里看电影，纪录片《大芬十年》里令人印象特别深刻的一句话。艺术才华和市场财富，在对接和转换之间，大芬的廉价油画占了全球市场总额的60%，大芬村也终于被冠冕“中国油画第一村”的称号。

油画第一村里现在不只油画，从美术馆出来一看，每家每户都是美术品商店，任何画种都可在这里找到，价格有高有低，不单有迎合大众欣赏口味的名闻遐迩的经典画作复制品，亦有展示着画家对自己的要求的原创画作。这其实是在考验购买者的眼光和品位。

有人建议大芬应该再次转身，把这里变成以艺术家为主角的殿堂，也有人认为应该保留油画产业基地的面貌，照样迎合市场和商业需要，让大芬的经济发展持续前进。

巴士缓缓离开大芬油画村时，转头看见小公园里，那支高举画笔的手仿佛在空中挥毫。园中的凤凰花树虽然没有开花，却也看得出来是凤凰花树。大芬油画村是不是也可以像花开花落一样，有时花开满树，有时绿叶茂密？希望成为原创艺术家，或是复制品画家，其实是画家的个人选择；艺术和商业，才华和财富，应该可以在大芬同时并存不悖。

皇城的下午

每天清晨，推开书房窗口，窗外四棵花繁叶茂的雨树，总是笑盈盈地与我道早安。

那天下午在皇城的雨树记忆因此时不时都来敲一下我记忆的窗口。

午后的热带阳光依然炽烈，烈日照射着缓缓流动的大河，波光潋滟，晶莹剔透，仿佛黄金掉到水里，载浮载沉地闪烁，眩目灿烂的河水的倒影是岸边的大树。

大树身躯壮实挺拔，寄生着深青浅绿的长形叶子，有些已经发黄枯竭，却还紧紧贴在大树身上不放，看着就像身上长毛的树。树干长得有两人高后，自然分叉，极力向四面八方展开，树冠巨大，形成遮阴效果。坐在树下只觉得满地荫凉，树上“啁啁啾啾”的鸟儿轻快如珠似的在对话，河上掠过来的习习凉风将暑气带走，幻想有一张床，那就连梦也是浓稠的翠绿了。树那么大，叶子出乎意料是卵圆小片，对排生，长得太密，便有重量，一树叶子都往下垂，密密麻麻的嫩绿深青当中，点缀无数红色小花。在和大树的比较之下，花显得小，小而可爱的红花，底下是白色，上边为桃红，像一粒白红相间的小毛球。

坐在树下的休闲椅，周边花木蓊郁，树影婆娑，有一种与世无争的岁月静好。柔软的草地刚刚修整剪裁，要不是怕人看了笑话，真想躺在草地上睡个午觉。当地的朋友说他小时候，曾在这草地上快活地翻滚，回家以后，后遗症是全身无处不发痒。许多事情皆如是，看着美好，要亲自尝试才知道后果。

“这大树开的花真好看。”我指着大树上粉白绯红的稠密小毛球花说。英姿飒爽的大树，因朵朵绽放的小球花而变得婉约柔媚。

“这是雨树。”朋友说，“雨树的花很漂亮。”

原产于中美洲和西印度群岛的雨树，性喜充沛阳光和雨露，适合在热带生长。一长成，枝干便极力向前后左右铺展，树冠宽阔，胸怀宽敞，谁要到树荫下乘凉，口不说话，心不烦躁，就会闻到素馨清雅的花香味儿。

那是很多年以前，特别到江沙，就在晴日静美的江沙河畔，和雨树相遇，并有了一点点认识。

但雨树却不是江沙闻名的树。江沙是马来西亚霹雳州的一个小镇，人口只有一万多，以马来民族为主。这里有一棵名闻遐迩的历史古树，那是一百多年前从非洲移植到马来西亚的橡胶树。江沙曾以盛产橡胶闻名。全马各地的橡胶树也是从这儿开枝散叶出去，被誉为“马来西亚第一橡胶树”之镇。

开车到江沙，一路经过许多橡胶园，更多的是棕榈树，沿途皆为碧绿青翠的树林。可保护眼睛的绿色林树，支撑起马来西亚的经济。那时去江沙的目的却非为第一棵橡胶树。江沙为霹雳州皇室所在地，故称“皇城”。也许如此，这儿亦是马来文化的中心。要去观光的是

1917 年建立起来的皇家回教堂，名为乌布地亚回教堂（Ubudiah Mosque），是州内最豪华亮丽的回教堂。

车子朝河畔的皇家山（Bukit Kerajaan）驰去，迂回干净的傍河大马路悄无人烟，亦无车子驶过。路边的大树排列整齐，生长茂盛，不甘寂寞的树叶在探头探脑眺望，标志着皇室的街灯挂着肃穆的金黄色雕塑。一再穿过立于路中间的金黄雕花拱顶牌楼，一看便知又名为“灿烂山”（Bukit Chandan）的路大有来头。踅了几个小弯，路过数座大洋楼，据说皇亲国戚才可把住所建于皇家山，这是当然。远远便见绿树掩映的回教堂。一贯高高的圆顶，以黄金颜色显示它的与众不同，巍峨耸立的尖塔也是乌布地亚回教堂建筑风格的特色。马来朋友说，这儿是伊斯兰教徒感觉骄傲的朝圣之地。晴朗如洗的蓝色天空下，青翠的棕榈树，碧绿的草地，金黄和白色混合的伊斯兰风格建筑物，干净的空气，尽显皇者之风的大气派。这是拍了照片，在镜头里看见的，叫人永远难忘的江沙皇家回教堂美景。单是这一个景点，就已经值江沙行的旅费了。继续再驱车往前，无人无车的路边都是大树，按下汽车玻璃窗口摄影时，空气中隐隐有草香、花香、树香，叫人真想弃车漫步。

右边是占地宽阔气势宏伟的伊斯甘达丽雅大皇宫，即霹雳州苏丹的住所。对待子民不分种族一视同仁的霹雳州苏丹深受人民爱戴。1969 年 5 月 13 日，马来西亚曾经发生过种族冲突事件。苏丹伊德利斯在第一时间亲自乘船渡过江沙河对岸，到马来甘榜去警告马来人不要过来当时以华人为主的江沙市区，以免引起暴乱导致伤亡。当全马各地发生流血事件时，江沙平安无事，华人口口相传，至今犹不断重提，一再称颂这位全民敬爱的老苏丹。

闸门深锁的皇宫对面是大操场，两边全是森林，操场之外是一栋以黄褐色为主色调的木结构建筑，朴实无华得让人不敢相信，这就是著名的哥南岸皇宫（Istana Kenangan），翻译成中文意思是纪念（或回忆）皇宫。当年的旧皇宫是今天的皇家博物馆。霹雳州旗在老皇宫庭院里随风摇晃，阳光照着老皇宫的辉煌和精致。这儿没采用一钉一铁，全木的老皇宫，是充满马来特色的高脚屋住宅，手工和雕刻无比精细，造型也许过时，样式却很经典。恰逢星期五休馆，只好在纪念皇宫的门外摄影，为到此一游留下纪念。

单行道无法回头，绕着皇宫走一圈，又回到皇家回教堂，舍不得离开，再度下车拍照，突然，回教经文的声音通过播音器高声唱诵起来，四周一片空旷，声音特别响亮。回教徒一天做五次礼拜，礼拜时间回教堂必传出经文唱诵声。每个清晨破晓时礼拜一次，叫“晨礼”，中午叫“晌礼”，下午叫“脯礼”，日落后叫“朗礼”，入夜后叫“宵礼”。每个星期五午后集中到回教堂做集体礼拜，称为“聚礼”。我们遇上聚礼时间了。

只有一条路，只好循原路返回河边，刺眼的阳光柔和下来，河边有马来摊档在卖清真食物。点了一盘炒面、一碟椰浆饭和炸鸡，加上奶茶和咖啡，就在河岸旁的树下像年轻的时候到海边野餐一样吃着马来食物。

河风轻拂，在树下吃饭的感觉很好，自由自在，悠闲适意。这棵也是雨树吗？

江沙的朋友说：“哪？这里，这里，那里，那里，都是，江沙有很多雨树，全是当年英殖民地时代栽种下来的，一直保留到今天。”

皇城的下午，那些植在霹雳河畔的雨树，多年来在脑海里形成美好记忆。重返故乡槟岛定居时，看见屋子门口这四棵雨树，毫不犹豫，决定住在窗外有雨树的地方。

上海过客

最早的上海记忆是在20世纪90年代初。

中国刚开放门户，那回的上海仅是路过，目的是应邀到南京开会，会议过后重返上海，亦是路过。住的酒店吃的餐馆都记不得名字，其中有一餐特别难忘，是在住宿的酒店里吃湘菜。我来自热爱咖喱的热带国家，行前又听说上海人不吃辣椒，没想到出来的那几道湘菜却是酸、麻、辣，比咖喱还厉害得多，至今记忆犹新。记得还有座上各位上海文艺界的大佬、作家、学者和出版社老总等，印象格外深刻的是衣着优雅的李子云先生。那个时候也不知道她是谁，但她说话带我家乡闽南的口音，轻声细气，举止从容，少言语，不争锋，不强出头，且淡雅，整个人就是说不出来的很好看的女人，还看得出来，座上每一位都很尊敬她。

忽略所见所闻，主要是突然有机会一下子接触那么多华文书，如获至宝大肆采购，见到喜爱的有关文学、艺术、绘画、音乐的史料和创作书籍皆不放过。印刷品的重量叫人投降，仅数本画册，行李就已经超重，然而为自己所爱虽烦恼却不惜一切，于是一路上忙碌于邮寄，甚至去办海运，特别钟情的书舍不得运走，明知沉甸甸亦甘愿手提，有些装在行李箱托运。另外还买了中国画的文房四宝，在缺乏文房四宝的国家学习水墨画，所有面临的困境，都得靠自己解决。走进上海朵云轩，原本在书上和电影里才有的笔洗、笔挂、成套的调色盘、笔墨纸砚和水墨画颜料，出现在眼前变为实物。我仿佛走入宝山，即刻变成超级爱购物的女人，这个那个什么都拼命抱在胸前，不停地跟售货员说："都要，都要，都要。"陶瓷和木制的中国画用具沉重无比，一不小心就打破，包装时更要格外留意，托运时也要加上说明标签，累得无心也无暇顾及其他。

等到我听说李子云先生的学问和为人的时候，她已经去世了。人和人之间的相遇讲究的是缘分，和李子云先生的缘分就是在上海湘菜馆那匆匆一面，她肯定不会记得我，但她的优雅气质成为鼓励我努力求知向上的主要动力和因素。

第二回再临上海，才在画家的带领下，到上海著名景点豫园走了一个大圈。画家之前一天约会去豫园时，以为他是带我观光，没想到他带个大相机，在游园时教导如何摆"甫士"（即 pose），这样靠着石头坐，那样斜倚在树干边，看这里、望那儿，花前、树下、水边、亭子间、走廊下……20 世纪 90 年代还没有数码相机，用菲林拍摄后，还得把照片洗出来，才能够看见效果。那回拍了画家 4 卷菲林，一卷 36 张，一共拍了 100 多张，洗照片也是画家付的费，这种照片通常仅仅主角本人有兴趣重复观看，最后的下场是储藏在家里的储藏室，从此再没露面。那天逛豫园花了半天，在秋日的冷风中还流了汗，做模特儿真不容易，出来时对豫园的景物根本没概念，只记得中国式的亭台楼阁、小桥流水、假山雅石，还有非常新鲜的所谓"美人靠"。待回家看照片，才知背景风光非常漂亮，但影中人却造作得紧，粗鲁女人伪扮淑女的样子很可笑。心里感谢画家的特别看重，可惜慧眼识的却不是英雄，完全缺乏模特儿的特质等于出了丑，发誓从今往后在家里乖乖写字画画就好，不再干这种在镜头底下装模作样的行当。

后来多了一些了解再途经上海，抵达时已下午，有些疲累，但外滩是非去不可的，因为隔天黄昏就飞往郑州开会。住的酒店在黄浦江附近，晚餐过后正好散步且一路观景。周边都是人，并不稀奇，上海本来就以人多取胜，初秋的风从黄浦江吹来，只见对岸灯火辉煌，在水里闪烁的霓虹灯亦繁华如炽，如此喧嚣的夜色令人看不见天空中是否有星辰，而灿烂奢迷间有多少浮华的欲望在上升和坠落？

第二天上午在上海一家出版社的总编辑的带领下，到了一条两排行道树竟是和南京一样的法国梧桐的街道。街上铺满褐黄的叶子，树上的叶子静静地随风在飘舞，几辆车停泊在路边，不见有人经过。上午的阳光透过梧桐叶的缝隙洒在人身上，温暖舒适的金色光线叫一条街仿佛都金光灿闪起来。

总编辑把我们带到一家书店，亮了我的眼，在幽静温馨的气息里看古朴典雅的布置，书架上有新书，也有旧书，更惊喜的是除了书香，还有咖啡香。总编辑叫来咖啡，在氤氲着咖啡香味的书店里讨论着新书出版的事。上海是中国第一个出版我的书的地方，绍兴路是我喜欢的上海景点。

每一回上海行都十分匆促，对上海的感觉就是匆忙。比较从容的是 2011 年 9 月上旬受邀去“品味上海”那次，一共住了七天，每天被安排到处观光采风：武康路、徐家汇、闸北海上文化中心、顾村公园、宝山国际民间艺术博览馆、东方明珠塔……还到了崇明岛的明珠湖，总算见识了混合着陈旧与时髦、古代与现代的上海。然而，这趟上海之旅的深刻记忆，却是在抵达当晚，到酒店对面尚海派餐厅吃晚饭出来后，已九点多，伫立在微凉的夜风中，抬头看酒店的霓虹灯，却看见有半个月亮贴在两栋高楼的中间，“白净莲子似的”（注：张爱玲在小说《半生缘》里形容的月亮）照耀着上海。

上海的月亮老叫我想起张爱玲窗前的那个月亮，不是早就沉下去了吗？这是喜欢阅读的人，自己一厢情愿沉溺在文学作品中走不出来。旧上海已经过去了。一个作家口气坚定不移、殷勤地推荐上海新天地。建筑设计师将上海独有的传统建筑石库门与充满现代感的建筑融为一体，获得广泛的好评，连续好几年都荣获建筑奖项，成为上海的新地标，也是国内外游客到上海旅游时，感受历史文化和现代生活结合的最好地点。

一次次途经上海，皆为浮光掠影，也许正因为如此，上海更加吸引游客。时间到了，旅人便得离开，新天地暂时保留，等有机会再路过，让它成为下一个上海记忆吧。

韩国去来

未到韩国之前，曾写了一篇《刚从韩国回来》，发表以后，朋友们纷纷含笑问：“你还不打算去吗？”起初不以为意，听多了，再仔细想想，这背后莫非有潜台词？难道，我有这个需要吗？

自己的文章内容说的是从韩国回来后，倘若没年轻10岁，起码也少了5岁，这归功于韩国高超的整容技术。抵达仁川机场入境，海关人员除对照护照照片，游客尚得盖左右两个食指印。同赴会议的中国作家说，几天后再从韩国出境，万一脸孔有所改变，手指印可印证那美丽的人儿确实是你。

下飞机往机场大厅走去，一抬头，韩国国旗和“欢迎来韩国”的电子屏幕在迎接航空来客。大约10年前传说频繁的“去汉文化”已经过去，当下处处皆中文说明，懂中文的游客倍感亲切。好奇地打量着周遭的环境，突然看见走道两边悬挂的儿童画，布条以英文书写标语：“儿童的眼睛是世界的窗口”“儿童是未来的世界领袖和市民”。图画色彩缤纷、鲜艳绚丽，有一幅画着代表和平的鸽子在七彩的颜色中张开翅膀飞翔。

机场人多，却无喧哗嚣嚷的恶劣场面。人很多，却没有说话的声音，这现象甚为奇特，但这就是韩国的文化吧！接下来住几天不曾听过谁人的电话响声，几乎所有的手机都处于静音状态。这静默的氛围感染得游客也不好意思喧嚷嚣闹。机场外头，有人坐有人站，不约而同地低头在忙碌地按自己的手机。秋意浓郁的黄昏，气候寒凉，从热带来的人尤其不适应，身着高领上衣，加秋装外套，仍冷得自己抱着自己。见到加拿大作家，他们微笑地说："这暖和天气乃最美好的时节。"幸好等待时间不算长，巴士顷刻间来了。

自机场进入首尔城里费一个多小时，本该疲倦的眼睛因来到陌生之地，好奇地睁得老大，左瞧右望四处观察，郊外还见田野，过了一条江，进城市即迎来许多广告牌子，全是俊男美女，叫人更相信在韩国不会遇到丑陋的人。据说当地父母送孩子的成人礼物是到整形医院整个美丽的容貌。在韩国数日，不得不相信懒惰让人变丑是真理。无论咖啡馆、路边、轻快铁，女人都不介意在众目睽睽下努力装扮。画眼线、涂口红、擦蜜粉，不选择场地，只选择美丽。

车子每转个弯都会遇到创意十足的现代雕塑，就闲闲地搁在路边，行人与雕塑时时同在，有时误把行人当雕塑，首尔街头巷尾因而散发浓郁的艺术气息。经过东大门不久，到清凉驿站，转搭计程车，不到十分钟便抵达韩国外国语大学。

不算太晚，是夜黑得快。下午六点多在校园漫步，朦胧暮色间，路过的学生听到我们交谈，也以汉语和我们对话。好奇的语气、羞涩的神情、稍带结巴的中文，叫人好生羡慕的是那无法掩饰的青春神采、飞扬的清朗笑声。起初异常惊奇汉语流传如此之广，仿佛人人会说，后来才知道住宿大楼旁边就是外国语大学的中文部。

首尔的陌生感在 P 教授豪迈的"呵呵"的笑声里一点一点消逝。

他亲自开车载我们到一个像自家庭院的餐厅。大门很大，庭院不小，车子停泊在院子里。一行横排的小白盆，含笑盈盈的黄色菊花矮矮的，丛丛皆饱满挺立。秋天风凉，绽放的金黄小花送来温馨暖意。整齐地排列在菊花后边的是大小不一的泡菜缸。入门处书写韩文餐牌和价格，不明所以，转看门上灯光明亮地照射着的餐厅的中文名字——“山内里”。

脱鞋为进门首件事，后来发现所有韩国餐厅都得脱鞋进入。乍一看，糊纸的墙竟是中国书法，仔细再瞧，是眼睛失误，应是杂着中文的韩文书法。走进用餐房间，对着门口的墙上横挂的水墨画，是牡丹、水仙、菊花、兰花等色彩绚丽的群花图。中间墙上悬的那幅水墨画，花瓶里的插花，颜色不艳不丽，清淡雅致。底下一排古董贝雕长横柜，摆着两个古朴的长花瓶，浅褐点的碎花，不夺目，不耀眼，左右两边有两个圆肚子的青瓷瓶，在灯下漾着清清的水光。

坐在地板上，桌子放在挖空的洞里，双脚也垂在桌子下面。后来在其他餐厅吃饭，除西餐厅外，韩国餐厅都在考验进食者的盘腿功夫。平时极少有机会练习的外来作家，加拿大的 C 吃到半途起来走动，边“哎哎”地叫膝盖痛，认为这样吃饭太没有道理。地板上摆着有靠背的椅子，场景就像之前在韩国连续剧看到的家中饭厅一样，终于来亲身体会了。

人在外，尽可能不饮酒，好客的 P 非要不可地叫来“冬冬酒”，一听马上被迷惑了！莫非是冬天才饮的酒？可今天是秋日呢！心里疑问没有出声。P 说韩国名为 Magoli 的酒，酒精度数很低，不醉人，是米酒，从前乡下家家户户自己酿制，说着他怀念起祖母亲手酿的酒，味道要比这个好。为这朴素无华的家常亲切名字，也来一杯吧。原来韩国人不是用杯饮酒的，而是以浅浅的圆形小酒碗品酒的。

一小口，没有醺醺醉意，但有米香的味道，小甜，顺喉，让人喝了还想再喝。一顿晚餐吃下来，方知韩国人钟情吃生的。生牛肉、生鱼片、生虾都是珍贵食物，款待客人的热情就在生鲜的肉和海鲜里了。看着听着其他客人尝过大呼美味，对于从不吃生肉的人，这可真是为难了。P特别交代煮熟的鸡肉，还有石头烤牛肉。平时总觉得自己的要求极其简单，一些青菜豆腐就可以下饭，这时候不好意思说不只不吃生肉，也不吃牛肉。幸好有各种各类的泡菜和冬粉、海蜇、豆腐等。特别钟情白色泡菜，稍酸不辣，嚼在嘴里，清甜的菜味仍在。红泡菜味酸微辣，韩国女教授说："白色的是皇家泡菜，一般平民百姓吃红色泡菜。"

喝过"冬冬酒"，意犹未尽的P再唤一瓶单看瓶子就叫人心动的韩国酒。他高高地拎着酒瓶说，这叫"雪中梅"。我眼睛为之一亮，简直就是一幅画的题目呢。引人注目的酒名，叫不喝酒的人在韩国开了戒。一碗"冬冬酒"之后，再来一杯"雪中梅"，感觉自己也像诗人了。"雪中梅"似乎有台湾乌梅酒的香和甜，可在台湾住过的P教授说"不是，不是"，那应该就不是了。喝酒非我特长，酒味如何，绝对不敢坚持自己对。况且酒本来就是为一起吃饭的谈得来的朋友喝的，无须争执，喝了就是。因不喜肉类，吃着韩国泡菜配韩国酒，真适合韩国的国情。有一道菜是加入鲜花做成的春卷皮，配七种颜色的菜卷起来吃，看着叫人舍不得放进口里吃。难忘最后一道锅巴汤，细细咀嚼，有饭的焦香味，是挺有意思的主食。最最难忘的是餐后的水果，一串紫色的葡萄摆在白色的盘上，旁边是三朵小黄菊。单是颜色已经可观，况且葡萄极甜。首次见面也忘记假扮不好意思，吃完再说。

美丽的饭后水果仅此一回，餐餐遇见的是牛肉，假如牛肉是韩国的主食，泡菜就是韩国的国菜小食。早餐吃著名的野菜粥，配一碗萝卜清汤，再加三个小菜：一是甜辣酱，一是牛肉丝，一是泡菜。这是有史以来首次吃粥配汤，新奇有趣。野菜粥太大一碗，拼命也吃不完，味道极好，真想打包带走。后来在江南喝人参鸡汤，听说先在鸡的肚子里塞入糯米、红枣、栗子和人参，用小火慢炖，炖到鸡肉酥烂，骨头绵软，再以石锅待客，配以人参酒，一起上桌的有烤鸡翅，还有小菜类的白菜、萝卜和泡菜。其中一餐吃火锅，有冷面、炒菜、辣椒酱、螃蟹辣汤、豆芽、生切青菜丝等各类小菜，当然也少不了泡菜。某日在旅游区的饭店吃拌饭，装在石锅里的米饭、牛肉丝、小鱼干、萝卜、芽菜等拌在一起，加一道海鲜煎饼，小菜摆一边，照样是红色泡菜。这些都可以接受，最稀奇的是在江南的西餐厅吃午餐，泡菜也在桌上占个主要位置，结果我的面包是和着泡菜吃的，这是非常新鲜的饮食经验。韩国真是个无泡菜不欢的国家。泡菜家家有，就连泡菜缸也处处是。几乎所有的餐厅都摆着泡菜缸作为摆设，也可能缸内正在泡着泡菜呢！因为礼貌，不好追问或查看。会议过后，到标榜着“快乐的传统和幸福共存——传统文化主题公园”韩国民俗村观光，一入门即见泡菜缸在穿过树叶缝隙的阳光下闪着丝丝褐色，原是普通家居用品，却有许多游客在排队拍照。

泡菜的魅力不仅于此，有几个与会学者，排队搭乘电梯到人满为患的乐天免税商场，除了为家中最高领导人——太太购买著名的高级美容护肤品之外，还四处探询泡菜踪迹，把风靡韩国的风味带回家去细细品尝，从中国上海来的教授说是自己要的，非领导吩咐，颇有“此地无银三百两”之嫌。

乐天购物商场和明洞购物街都在一处，是韩国出名的服饰中心。商场里是价昂的高品质产品，购物街商品则走时髦路线，且价格便宜，街头巷尾以年轻人居多。中央大街和旁边巷弄都是叫人眼花缭乱的店铺，人人手里提满了购物袋，还朝店里钻，仿佛永远买不够。去年阅读过日本女作家山下英子的文章《断舍离》，从此日夜提醒自己“少即美”的马来女作家从乐天到明洞都两手空空，只到躲在小巷子里的著名雪花冰店吃了韩国年轻美少女Q特别介绍的非常可口的韩国红豆加雪糕甜品。

旅游之乐不在于购物，看到了，吃过了，很满足，可以回家了。

从韩国出境，路过海关，不需要盖手指印，没整形，没美容，没化妆品，回来的还是去的时候的原来那个人，朋友们因此都不相信，当我说我刚从韩国回来。

扯下阳伞的市场

上午从暹罗市区的假日酒店出发，步行去地铁站，路边卖早餐咖啡和烤面包的小档不断迎面而来，价钱表列在纸上，若以大都会的消费水平计算，曼谷真是朴素的大都会。半路还抽点时间到“暹罗探索百货”小逛了一圈。名叫“发现暹罗”的百货商场很有意思，许多艺术家选择在这儿开设计专柜，叫走进来的人左观右望目不暇接。充满设计师风格的创意用品，包括个人衣饰打扮如衣服、包包、鞋子、饰物等，还有文具、家居以及厨房用具，如有闲暇用一天时间来接近这个“把生活和艺术融为一体”的现代商场，那么平时躲藏在脑海里没有积极和用心去开发的创意定豁然开朗。要是每天都到这冲击力超强的商场绕三圈，不需要一个月，可能变成创意艺术家。

曼谷方便的地铁带来如鲫鱼般多的游客，下车的地方叫胜利纪念碑站。长而高的四角形纪念碑伫立在大圆环中间，笔直向上朝往蔚蓝的天空伸展，火焰似的太阳光下，观光客叫不出名字的四位泰国英雄各自站在东南西北四个方向。桃红、鲜黄、闪蓝、银灰、大红、深青的车子络绎不绝，颜色过于绚艳亮丽，就像夺目的彩虹绕着圆环走。

从人行天桥望过去，泰皇的塑像正好面对着我们，两个洋人，看样子应该也是游客，手里拖着旅游箱站在泰皇像下边的交通灯等待过马路。

我们在天桥上走很长的路，真像种植在天桥边的九重葛一般，绕着整个天桥在炎炎阳光下开紫红色的花，终于走下阶梯，巴士总站就在眼前，路边摆档的小贩，生意看来清淡，却一脸笑眯眯，有的在吃东西，有的在闲聊，并不积极拉客。“从这里去水上市场吗?”我气喘吁吁地问。带路的年轻小友故作神秘：“先去有时间限制的铁道市场，水上市场下午再说。”银灰色棚子下有一排桃红色的售票柜台，应该说是桌子，看上去完全是泰文，说的写的皆是，神奇的是，不懂泰语的年轻小友，竟有办法跟态度友善的售票员和司机沟通，丝毫没有难度就搭上了开往湄公镇的十人小巴。

车程大概一个小时。沿途风景和马来西亚差不多，椰树、棕榈树、香蕉树，过眼迎来皆碧绿苍葱，只不过比较地广人稀。冷气小巴把热带空气推搡在外，眼睛享受着永远宜人的青翠乡村景色，不足一小时，司机停车说到了，全车十人竟都是铁道市场的观光客。一下车就和一张湄公镇地图相遇，除了几个英文字，全泰文。年轻小友说不必看了，你也看不懂，这乃老实话，非蔑视也。跟着别人走就行了。果然没错，除了开档摆卖的是当地人，其他在走动的几乎全是游客。两排店，许多有华文店名，一看就是店主的名字。店的外头不容插针如缝隙般密密麻麻排满小档，以食品为多。那些极具当地特色的血红色蛤蚶、黑红色小螃蟹、艳红色辣椒鱼，都泡在深红色的汤汁里，还有各种不同类型的咸鱼干，一些没煮过的青菜切小块和片状混合打成一包放在塑料袋里，应是泰式沙律，虽然选择繁多，姿彩丰富，但只有看的份儿，不敢尝试。还有泰式糕点和饼干，不少是加椰汁和椰丝的，甜的为多。其中煎炸小食最受欢迎，人手一包，边走边吃。经过炭烤香蕉档特别停下来，尽管别有风味，炸的煮的香蕉都吃过，放在铁丝上炭烤的香蕉，考虑了一下，维持原意，看看就好。意外听到有人讲广东话，其实路上行人有讲台湾闽南话、香港广东话、中国普通话、韩国话和日本话的，也有讲英文及其他外语的洋人，但泰国店家讲广东话倒是首次听见，决定一试她家的广式云吞面。记得香港朋友来到槟城，看着那盘著名的云吞面问："这是云吞面吗?"原来加了黑酱油的云吞面和香港的面相似，颜色不一，槟城的像槟城人肤色加了阳光色彩，稍黑些。这小店很小，人却不少，店里没位子，只好坐在门口的一张超级小桌上。煮面的摊上摆一个小塑料篮，有两个透明塑料袋包着，看不清楚是什么。店家用口音略走味的广东话回答："猪油渣。"小时候的记忆突然回来，母亲亲手炸猪油，余下的猪油渣，从不倒掉，都留下来炒米粉或炒菜用，加两个蒜头，青菜无须再加肉或虾就很香。有一道猪油渣加辣椒切片同炒，最后倒一点罗望子汁，加盐和一点糖，又酸又甜又辣，配白米饭，一定多吃一碗。已经忘记多久没看过真正的猪油渣！

"来一包吧！"年轻小友兴奋，一边打开塑料袋一边问，"要怎么吃?"煮面的年轻店家小姐手没停，口中推荐："就这样和面一起吃，很香。"

加了猪油渣的云吞面，味道果然香喷喷的。因健康意识浓而自制力强，把样貌跟槟城相似的黑酱油云吞面吃完后，猪油渣还余半包，不舍丢掉，放在皮包里带走?

带着一包猪油渣在路上，年轻小友一边加快脚步，一边回头催促，火车马上来，时间一过就没得上啦。人潮似乎倏地更加拥挤，背包客格外多，戴帽子的、打阳伞的，人人手里一杯饮料，天气实在太热。交通工具和人一起在路上，汽车、巴士、货车、摩托车、自行车、手推车，都挤在一块儿，却不见意外发生，真是奇怪的小镇。

人不知道从哪里涌过来，往同一个方向拼命冲去，一起前行不到两分钟，发现竟是走在铁路上。铁轨左右卖鱼肉、蔬菜、水果的小贩们坐着，不热衷，随缘式地招呼客人。阳伞搭到铁路中间来，本来手上拎着饮料的游客，现在改成拎手机和相机，没人有心购物，兀自忙碌拍照，周围一片闹哄哄的，到底发生了什么事？

火车来了！引擎声“冲冲冲”，速度缓慢，尖锐的“呜——”声一响，所有拍照的人益发骚动，小贩们一边迅捷地把摆在地面和铁轨上的塑料布及货品拉开，一边快速将棚架遮阳塑料伞扯下，一切都在一秒钟内解决，经验丰富，铁轨霎时空无一物，火车在离我不到三厘米的身边贴身顺利滑过。必须老实承认，完全没有意思要寻求刺激感，只是人多到无法挤进里头去。火车经过后，阳伞和货物又重新摆回去，市场交易继续进行，好像没有什么事情发生过。像这样手脚利落的绝技一天上演四次。这里是曼谷最大的海产批发地，1901 年湄公镇开始提供火车服务，铁道局当时给予当地居民便利，结果训练了他们一身的功夫，更没想到一百年后成为游客观光区，为人民带来不少外汇，外国人称“扯下阳伞的市场”（umbrella pulldown market），本来没多少人知道，网络的出现，一个传一个，每天上千名游客为此长途跋涉到湄公小镇来。

从容摆好档子的小贩，自在地各做自己手上的活儿，没催促，没叫卖，没趁商业机会的到来，高声呐喊，大力推销，朴素的生活使得人们脸上的微笑永恒，真是叫人难忘的佛国小镇。

长洲一棵樱

下了飞机，抵达入境，还没走出机场，香港旅游发展局旅客咨询中心的职员已经在等待我们了。我先以英语询问，后来发现咨询中心的职员会说华语，赶紧改中文，她虽然有粤语口音，不谙粤语的旅人需要仔细聆听，但亲切友善的服务，一流的态度，令人对香港留下美好的深刻印象。

香港有没有比较不那么繁华的地方?

繁华热闹、快速忙碌，即众人的香港印象。朋友都说，到香港，为购物。采购各种不同的名牌货，从衣服皮包鞋子到旅游箱、首饰、手表、相机、电子产品等，以及品尝无数的美食，路边、街巷、餐厅、五星级酒店那美味可口的烧腊、点心，包括不同国家的独特菜肴都可以在香港找到，更有国际著名的米芝莲推荐的星级茶楼、餐厅、酒吧，还有流光溢彩、璀璨夺目的维港及太平山夜景。

这些名闻遐迩的食物和景点，难道就是香港的全部了吗?

“不是不是，有的有的。”殷勤的她拿出一本《朋友带路·情游香港小岛》，封面另有个小标题“香港郊野全接触”。画着大屿山大佛、渔民文化村、坪洲戏院、小船、缆车、石狮和庙宇等。左上角有一艘红色的帆船，船边写着香港旅游发展局。另一边写着“Hong Kong 香港”，底下的标志是一条龙，曲线玲珑，简约生动，是一个成功的标志设计。龙是传统动物，三色线条穿插得自然活泼，结合起来融洽和谐且兴味盎然。封底盖着四个圆形印章，中间的华文为大屿山、坪洲、长洲、南丫岛，围一圈英文地名，还标示着英文 Hong Kong 和两颗星星。底下的章也是那一条可爱又动感十足的线条龙，在飞翔的龙底下的句子是“亚洲国际都会 Asia's World City”。

到亚洲国际都会，想看的却是地道的本土特色，年轻时才会觉得这观光法真奇怪，等到看惯葫芦不稀奇以后，发现名牌、购物、美食，都是永远难以填满的欲望，不想再当傻瓜，从此放弃这份为繁荣社会经济尽力的努力。选择景点，也尽量避开旺季，人挤人最后变成只是感受到节日的热闹喧嚣，真正本土草根的东西反而被人潮淹没，也被忽略了。

农历四月初五至初九，长洲“太平清醮”已经被列为国家级非物质文化遗产，长洲人说其热闹程度更胜农历新年，尽管许多长洲人都为生活外出奋斗，但在这个重要节日肯定会赶回来庆祝。相传数百年前，岛上发生瘟疫，居民在北帝庙设坛祭拜求消灾，并奉北帝像巡游，祈求平安，果然实现了。节庆从此传承至今，最为人称颂的节目是“飘色巡游”和“抢包山”。“抢包山”是当地独有的习俗。先把包子堆积成尖形高山，在午夜十二时举行“抢包山”比赛，抢得越多和位置越高的包子，就越有福气。后来演变成比赛，谁在三分钟内抢到最多、累积分数最高的人，成为“包山王”，从前只有男人参与的抢包山，经过岁月洗礼，今天妇女也有机会成为“包山后”了。传说吃了这些包子以后，会给人带来平安幸福。“太平清醮”含有祭祀的意思。因此在这一时期，岛上斋戒三天，大部分餐厅供应素食，就连当地的麦当劳也顺应民情，推出素包来应节。

自中环5号码头搭乘渡轮，询问售票处，说半小时可抵达长洲，买的是比较贵的楼上船位，想避开汹涌的人群，结果人并不多，非旅游旺季还是有好处。春日的阴天中午，霏霏细雨时有时无，在海上看海景，有雨要比没雨漂亮。热带地区的南洋人，出门没有带伞的习惯，热带的雨是三分钟热度，"哗啦哗啦"好大一场泼水似的阵雨，最多十分钟就收得干干净净，立马恢复晴朗。香港的朋友提醒带雨伞，下船就用上了。

在船上时觉得游人不多，进岛以后才知自己慢半拍，人家早早就到了岛上，打算一日观光览胜。迎接各路游客的是一大排店铺。乍看，饮食店、纪念品店、干海产店、租自行车店，再看各类衣服鞋子、假首饰真黄金、杂货干粮，好像什么都有，开得最多的是饮食店，最多人去的也是饮食店。路边还有不同的小档口，售卖小食如鱼蛋、巨薯棒、鱼肉酿豆卜、烤鱿鱼、冰淇淋等。路不熟又不想看地图，便跟随群众的步伐，左兜右转，走到一个庙，这宏伟庄严的北帝庙竟然在市区中心，名字却叫"玉虚宫"，两对神态威猛的石狮在门外守着。远远观望，节日虽然未到，却有许多人在庙里出入，香火不可谓不鼎盛。

众多档口和餐厅在香烟袅绕的北帝庙周围开店做生意。生意极红火，有人坐下来等待食物上桌，有人手拎着小吃边走边看边吃。北帝是海神，除守护渔民之外，也保佑岛上子民生意兴隆。

我们要寻找的是另一座庙。

长洲的热门景点还有沿路由许多形态独特的石头砌成的小长城，是全岛最高的可俯瞰东湾沙滩美景并观赏日落的北眺亭。东湾最出名的是一个女郎，即香港首位奥运滑浪风帆金牌得主李丽珊，特别为李丽珊设计的一个滑浪风帆运动雕塑摆放在东湾沿岸的小公园里。西湾有座有着 200 年历史的天后庙，供奉着守护海上的女神妈祖娘娘，内存有乾隆时代铸造的铜钟。沿着天后庙后边的小山径上去，是一个神秘诱人的小山洞，传说是清朝传奇海盗张保仔的藏宝洞。专门劫掠官船和外国货船的张保仔，却是人民心目中的英雄，只因他劫富济贫的侠义行为，感动了老百姓的心，至今犹叫人津津乐道。

我们在找的是关公忠义亭。沿途问方向，其中有亲切友善的杂货铺店主，以“半咸半淡”的中文指路说明，粤语腔调重，又担心我们听不懂或认不得路，索性走出店外，把我们带到山下：“这一条路往上走去就是。”

山路虽倾斜，不赶路也不紧张，闲闲缓步，倒也惬意。边走边停，两旁人家都爱花树，有种在地上的，也有植于花盆做摆设的，却无刻意剪裁，流露自然风姿，一副不把游客放在眼里，就让花树们自生自长的快活样。

终于看见樱花树的广告板，满树层层叠叠的粉嫩娇柔樱花如云似霞，烂漫璀璨，密密麻麻，炫惑人眼，叫人兴奋地加快步伐。

关公忠义亭就在眼前。院子里数棵樱花树，书上说每年 3 月正是樱花开放时节，据说是颜色较鲜红的台湾山樱，可是眼前却只有零零落落的嫩绿色叶子。

寒冷的春风里，雨又丝丝落下，簇簇缤纷的樱花落得每棵仅余下三朵五朵，冷冷地在雨中晃荡，光秃秃的枝干上挂着失望的感觉，徘徊在树下不舍走开，过了花期，地上碎碎点点的樱花比树上还要多。

为了一棵樱花树，且是疏疏落落的三五朵樱花，特别跑了一趟长洲，这不能怪书上骗人，不能怪气候变化，只能说缘分不具足。

探询时问的是“不去香港的繁华之地”，因此长洲连樱花都凋落了，这不正合旅人之意吗？

豆腐一条街

听到板桥，马上想到林家花园。几次赴台湾，林家花园犹远似近，时常听到朋友们提起台湾最美丽的花园宅第，真正要去观光，总是缺乏机缘。

这一回也许梦想成真了？

电话里的杨先生，我不认识。我要去看的是老画家林先生。已经八十几岁的林，去年在文学会议上同桌吃饭时，听到我也是画家，开会期间一见到我就重复嘱咐：“如果到台湾，一定要来看我。”

对尊敬的老人不说谎。

身任画会会长的杨在电话里告诉我，林老十点到会所见我。

会所在板桥。

首次听到台湾板桥林家花园，是在鼓浪屿。站在“菽庄花园”里，厦门的朋友说：“这里是台湾板桥林家花园的缩小版。”仍记得那也是初春季节，在花园中看到一棵木棉树，高高的枝干上边，开一朵绚红色的木棉花。

原来台湾传统建筑群中最美丽、最著名的私人园邸，是日据时代日本人调查台北地区三大富豪排名冠军的板桥林家第四代林维源居住的宅第。林家祖先来自福建漳州，到台湾后发迹，每一代皆巨富，以数代人的力量，建成了台湾最具代表性的仿中国古代庭园建筑。总面积有 17 300 多平方米，设计雅致，做工精美，用料讲究，为清代台湾规模最大的私家庭园，号称“园林之胜冠北台”。可是，园林竣工后仅两年，日本侵台，林家举家迁居厦门鼓浪屿，并在当地再建一座小型的“板桥花园”。这就是“菽庄花园”的设计与林家花园极其相似的原因。

春雨绵绵中抵达板桥会所，杨会长开了门，泡了热茶请我们喝，一边在大书桌上摊开宣纸准备笔墨，一边告诉我们，林老昨晚交代一来就要画画。这可惊喜了，有机会目睹名家挥毫，是福气呢。十点过五分，林老匆匆赶过来喘着气说话：“真高兴你来看我。”3 月的台北，在室内穿大衣犹寒意森森，握着林老被寒风冷雨吹得冻人的手，手里蕴含着老人家的真诚盛情。

林老拿出刚收到的《中国艺术百年》，内收林老杰作《老虎》和《女郎图》。说着，林老开始作画，稳健有力的笔落在全开宣纸上，墨色石头，红色写意竹子，半工半写的墨色线条红色灵芝。题词“贞石寿世灵芝献瑞竹报平安，甲午三月写于府中文艺交流会所文昌林亮名”。文学会议上介绍林老为越南华侨，这回才知老先生是海南人。中国画喜以画喻义，灵芝、竹都有长寿安康的美好寓意，尤其是四季常青的竹子，更有青春永驻的含义。边看刚柔并济的笔墨线条在纸上流畅自如，边希望林老福寿安康。林老放下毛笔时说：“这个给你。”未干的画还在桌上，我踌躇，却无从说起，此行纯粹为守诺言，这回正好受邀到台湾采风，顺便安排探望林老，没想过被送画。从林老身上，学会如何当一个宽容的画家。吃午饭时林老一再重复：“下次如到台湾，一定还要找我。”倘若再推却就是矫情。饭后林老说老太太身体不舒服，他得赶回去，边说边吩咐杨会长：“帮我载他们去玩。”

杨会长说话闽南腔调浓重，海外来的闽南人听着倍感亲切。他开车时边问：“我们去深坑吃豆腐好吗?”观光者对于没去过的地方充满好奇。车子的雨刷在扫雨，杨说：“台湾的春雨，一时下一时停，虽绵绵不绝，但不下大雨。”

下车的时候带了伞，缓步闲行，还没看见老街，意外地遇到一个人，一手拎着一个广告布条，“深坑必吃美食，您尝过就知道——挑战全台最浓豆浆，结合养生另类豆花”，另一手握一支麦克风，唱台湾歌，这都不算奇特，奇特的是，他是电影里的蜘蛛人呀！广告效应如何倒不晓得，也算是深坑一景吧。

古色古香的牌楼“淡兰古道深坑街”在迎接游客，这两排建筑齐整的红砖红瓦老厝，当年原是售卖茶叶和染料的草屋泥街市集，后来因庙会祭拜，烧纸钱时不慎失火，整条街尽毁，重建时为防火，改为俗称“土角厝”的红砖红瓦屋，到日据时代，开始出现“亭仔脚”街屋，也就是今天充满闽南风味的代表性建筑。

漫步于老厝可避雨遮阳的骑楼下，宛如走在槟城的老街上一样，只不过叫法不同，槟城将这闽南式建筑的骑楼称为“五脚基”。鳞次栉比的商家店铺檐下，每一户都悬挂两个红灯笼，晕晕的恍惚光影是门外门内黄色灯泡制造的温馨效果，让游人有一种回家吃饭的亲切感觉。

没走几步路，就明白杨说到深坑吃豆腐的意思。一家店铺门口立着画在板上的兔牙男人，穿围裙戴眼镜，原来他是深坑豆腐冰淇淋的发明人，他在自己的店门口是为了告诉游客“隔壁不是我们的（大字）”，再用比较小的字写“前面也不是喔”，那就走近一点看，他卷卷的头发右边有颗红心写着“深坑豆腐冰淇淋”，下面有一句提醒“请认明”。和这有趣的广告板拍照留念，才看见店名是“深坑豆腐冰淇淋”。

豆腐做法多，吃法也多，但只有来到深坑，才晓得豆腐的变化之多和延伸之广。甜的咸的辣的酸的无味不有，还有冷的和热的。除了吃得开心一笑的豆腐冰淇淋之外，还有碳烧豆腐霜淇淋、养生豆花、烤香豆腐、臭豆腐、豆腐鸭血、翡翠豆腐、红烧豆腐、豆腐羹、肥肠豆腐、清蒸豆腐，林林总总的豆腐料理、豆腐小吃，杨说了几种，结论是花样实在太多，他也报不出来。

老街的店铺充满家乡味，舅妈的菜包、六婶婆、徐妈妈酱菜、古早厝、老地方、故乡的口味，你爱吃哪一间？似乎随便一家都是自家亲戚开的餐厅哩。走到街尾，一座小庙在路中间，两边柱子上的对联吐露深坑居民的心声：“福荫深坑昌百业，德施埔新惠万民。”

深坑是台湾最小的乡，老街也不过两百米长，从摩肩接踵到来怀旧的热闹人群看，想必名气不小。逛来逛去，一条街都是特色餐厅，叫做选择的人太为难，最后作为东道主的杨带我们坐在满墙早年台湾电影海报的底下，叫了当地著名的特色美食：鸭血豆腐、红烧豆腐、豆腐羹、卤猪脚、鸡卷、炒面、炒高丽菜等，他没有拒绝不客气的客人的建议，结果当然就是吃不完。

3 月的春天，台湾林家花园照样犹近似远，但在深坑豆腐一条街，再度体会台湾人情味，果然是台湾最美丽的一道风景。

首尔足迹

在会议上，香港作家发言，结语时有感而发：“一个没文学、没文化的城市是贫血的。”获得出席者一致认同的如雷掌声。

首次到首尔这个人人称颂的美丽城市。开会时间都在会议室内，外边风景究竟迷人到什么程度并不知晓。终于有一小段时间溜出去喝咖啡，在开会地点首尔孔子学院附近，在细丝小雨里步行于高低起伏的山坡路，觉得经济后来才起飞的汉江之南，以江南舞蹈闻名全球的地区确实很漂亮。在前边带路的韩国教授说，这是首尔富人区。

走在富豪走的路上，有时候人在高处，有时候行过坡底，中央大街和转角小巷两旁，都是咖啡厅、烤肉店、人参鸡汤餐厅和酒吧，还有西餐厅。不可能一家一家进去观赏，单看外形就极具诱惑，装饰布置都不叫奢华，多有简约之风，极为崇尚细节的营造。

文化之秀雅，多在细节里。

几乎每家餐饮店，墙上都贴有留言字条，开始时不以为意，后来逐渐发现，这是首尔的一个文化现象。许多文具店或便利店（韩国便利店不是国际通行的 7－11，而是 GS25），皆售卖留言贴纸，不一样的款式，各种颜色，质量不一，大小不同，相同的一点是，独特的个性化设计和可爱简单的插画，皆引人入胜，看着就生出欲罢不能的拥有欲望，很想购买，可买了也舍不得用。

韩国人可能习惯以贴纸对话吧，首尔人多，但没有什么声音，沉默寡言的城市里，有许多中文字。出了地铁，还在地下，跟着前头的人们疾步走，突然遇见“不老门”，年龄都不小的作家们兴致勃勃，即刻停下，每一个人都伫立在“不老门”前留影，带着不许自己继续再老下去的憧憬。不是幻想，幻想是可能发生的事，憧憬却是永远无法实现的梦想。

依依不舍地离开“不老门”，才注意到走道边一张接一张，贴着昌德宫、韩国故宫博物馆的照片，照片有皇宫的外观和宫内的收藏品。“从这儿走出地下铁就是昌德宫。”韩国老师说。

爬阶梯时有人气喘吁吁，带团的韩国金教授转头过来告诉我们，现在正是首尔最美丽的季节。说完到了地铁出口，一抬头，便明白金教授说话并无夸张。

当然我们都见过银杏树，记得那年秋天在北京，曾为街道边胡同里的银杏树所惊艳，伫立在树下仰望，靠在树干拍照，为的是把金色的银杏树带回家，不停地在树下走来走去，破了平时走路的记录，走了好几个小时都不舍得回酒店休息。

就是它们，把整个北京染得金灿灿的，一片亮丽。没想到首尔的秋天下午，阳光下的昌德宫，也洒满一片黄金光影，之中夹杂着红彤彤的枫叶，叫人拼命按手机拍照，来自加拿大的陈，看着兴高采烈的女作家，轻描淡写地说：“加拿大的秋天，红枫银杏，比这里美得太多。”惊艳的瑰丽对她竟是如此平常。可是，当两个穿着韩国服饰的年轻女子经过水上楼阁庆会楼的灿烂夺目的园林时，白色上衣配着桃红和粉红带白的裙子引人注目，清脆的笑声在婀娜多姿的步履里飘过来，听不懂韩国语言，风景却因女子的秀美风采而增添璀璨。

造型各异的松树是昌德宫的另一道风景。夕阳的斜光照射下来，在黄昏薄冷的空气中，弯曲虬结姿态崎岖的松树干是燃烧的火红之色，快到后门时，广播报告说昌德宫马上关馆，请游人离开。犹豫的步伐踟蹰不前，工作人员过来催促，千姿百态的松树尚未照好，唯有收藏在心里带着走了。

过了街道对面，再回转头，迎秋门褐红色的城门正徐徐关闭。今天客串导游的两个年轻女生 Q 和 Yj，领着我们往地铁走。到站出地铁，一行人跟随在美少女背后，地铁道两面墙贴满中国水墨画，题材以中国人喜欢的梅兰菊竹荷花松树为主，书法有中国和韩国两种文字，看得懂的有中国对联“莲出绿波君子德，兰生幽谷王者香”“祥云绕屋福露滴，瑞气满堂庆花开”等，书画水平比较一般，应该也不是正式书画展，作品没好好地裱背和装框，更大的可能是正在学习的学生的联展。

出地铁站还不到六点，天色逐渐黯淡，不晓得我们已经来到首尔著名的文化街仁寺洞，却一眼就爱上这充满艺术气息的地方。各种原创艺术看似毫无计划，随便摆设街头，一片片木材搭起来的花箱子，上面是青翠绿叶，下边横插着鲜艳小黄菊，在寒风里笑意盎然，箱子旁边以鲜艳色彩描绘各种可爱的卡通角色。再往前行，突然遇见一韩国古装人物伫于街头，白色长袍黑色鞋子，头戴斗笠，身上挂着一灰一白两个布包，腰间悬把宝剑。这都不稀奇，怪异的是身材，一人竟有两人高，走过的人都好奇地仰望这位木无表情的高人。

两边店铺以艺术为主，创意产品和画廊最多，路中间悬一条红色布条横跨左右，中韩两种文字间杂，中文大字为“古美术飨宴”，其他小字皆为陌生韩文。道边以石臼为花盆，栽的是水植物。不论到哪儿，一个地方，只要有水，即时生出灵秀气韵。墙上大片白色的布，画着不同造型的风筝，跟着灯光和晚风在轻轻飘晃。迎面而来的P教授先道歉今天事忙无法跟随观光，寒暄两句带我们转进一小巷子，如果你之前未曾见过全是餐厅的胡同，这里就是了。餐厅名字有“土地”“三花颂”“嫘祖”，都好听，只有“归天”叫我惊讶。“这餐厅真的叫‘归天’吗？韩国人知道‘归天’的意思吗？”韩国老师说韩文的意思是“一个很好的地方”。

归天的地方是一个很好的地方。真有意思。小小的火花像巷子边上幽微的小灯，在我心里某个幽暗的地方，一闪一闪一点一点地亮起来。我没有再追问。

韩国诗人千祥炳写的诗：

我要回天上了/ 黎明的曙光照来的时候 /和即将消失的露水一起手牵着手/我要回天上了/ 和晚霞一起 /在山峦之上 /游玩之后/ 一起向浮云招手/我要回天上了 /当我在这个世界的游玩结束的那一天/我回去之后，会说，这里的一切真的很美。

诗人归天以后，夫人就在这里经营着“归天餐厅”。

走进一个有石阶的餐厅，抬头又见“不老门”，照样兴致勃勃地再度留影才走过去。老和不老，与归天没有关系吧？然而，不老的传说，却是人们永恒的期盼。

忙了一天，这时舒坦地坐下来吃晚餐：牛肉、猪肉、炸鱼、豆腐、类似日本餐点甜不辣的榨菜、菇炒辣椒、红色的鱿鱼、蒸蛋、冬粉炒菜、海鲜蔬菜饼、海蜇、螃蟹汤等丰富繁盛，当然少不了各种各类的泡菜。学者们重温会议发言的课题，我没有插嘴，一边吃饭，一边回味归天的深长意味。

从前对于另外一个未知的世界，心存甚多莫名的害怕和恐惧，听到“归天是一个很好的地方”，喜欢这带有欢悦色彩的解释，诗人写归天诗，没有长篇大论的道理，就像在描写回家的温馨，叫人心情平静祥和。

这个有文学有文化的城市的文化固然很不一样，但来过以后，感受以后，真是叫人难以忘怀呀。

给春天写情书

出门一个多月，回家打开书房窗口，近窗外四棵合欢树，稍远些两棵黄凤凰花树，倏忽间进入“叶子大半零落”的状态。不过是一个多月前，两种苍翠挺拔的花树仍在“艳光四射”，甚至你来我去地抛媚眼，又仿佛拔河一样，先是合欢树的红花开尽，黄色凤凰花随着纵情绽放，串串金黄凤凰掉落一地后，簇簇桃红毛毛球的合欢花又开始盛开，周而复始，仿佛不懂疲倦，两种不同品种、不同样式的花儿，轮流为我书房的窗外提供明媚亮丽的树影叠接花影的斑斓景观，坐在书房静静阅书的人，眼睛疲累时便抬头眺望窗外的花和树的迷离婆娑。窗内窗外一致如此丰富多彩，叫浮躁的人心因而平静下来。印象中没有花落时节，为了争艳，红花黄花都在悄悄地喧哗着，有时候两个鲜艳的颜色的花一起竞相开放，纵然没有出声，那满树流溢的艳丽色彩和重重叠叠的璀璨姿态，比数十只鸟儿同时在枝梢间的吱喳还喧嚣。细细碎碎的羽状复叶，葱葱茏茏地盖满一树油绿，今天枝丫一片光秃秃，很像瘦身成功的榜样，以减肥为每日功课的人，看了真羡慕。时光不露声色，变化总在不知不觉间，蓊蓊郁郁的深青浅绿叶子，到底何时消失无踪，换成稀稀落落的残叶枯枝，萧瑟地挂在褐黄干瘪的树上？即刻明白，光阴不必似箭，岁月也无须如梭，不久前的枝繁叶茂，不过一个眨眼，已是往日的胜景。

带着浓浓寒意的北风把自己冻得呼呼啸叫，马不停蹄地穿过窗口掠进室内，便是这干燥寒冷的疾风把枯萎的叶子和凋敝的花儿毫不留情刮走的呗。生活在长年是夏的热带，对气候素来并不敏感，既不用为季节的更换而改变衣着打扮，也不必在不同的季节吃不一样的食物。热带天气中唯一比较明显的不同，就是到了岁末，一旦每个清晨都吹拂起冰寒的北风时，意味着农历年的脚步已经贴近，春节马上到了。

春天来临之前，必须忍受寒风。始知“不经一番寒彻骨，哪得梅花扑鼻香”并非诗中文字，实为现实场景。春意更浓的画面，传送在手机的 Whatsapp 里，打开朋友邮来的一张照片，后边随着出现的文字写着：“我们已经开始准备给春天写情书了，你还在周游列国吗？”

照片当中是个长形的烤炉，搁置地上，左右两排数人面对烤炉坐着，烤炉中间黑色的火炭有微微的红光，火炭上摆着长形手把的圆盘形状烤饼器。住在槟城的人一看都知道，这就是在给春天写情书的情景了，甚至可从照片里嗅到“情书饼”的香甜气味。

这应景的甜饼叫“情书”，悦耳动听的名字来自英文叫法“Love Letter”。谁是那命名者已不可考，却最多人喜欢如此称呼。十多年前的春节期间，我曾经送给马来朋友品尝，他很高兴地告诉我这饼另有一名称叫“Kuih Belanda”，马来人甚爱吃甜，因此大多很喜欢这又香又甜的饼的味道。“Belanda”在马来文中指的是荷兰，按他所说这甜饼源自印尼。槟城和棉兰之间仅有半小时的飞机航程，从前海路来往也颇为频密。历史记载着 1800 年至 1949 年，印尼曾被荷兰人统治将近 150 年，这糕饼如果叫“荷兰饼”，那很大可能就是从印尼传过来的。吃饼的人很好奇，一有机会就到处询问，结果还有人说是娘惹食品。因为马来人在开斋新年并不制作这饼，却另有马来名称为“Kuih Kapit”。“kuih”在马来文中意为“糕点”，“kapit”是“夹”的意思。制作“情书饼”的圆盘形饼模，打开来一看，两面皆印有花鸟图案，传言一面代表“峇峇”，另一面代表“娘惹”，“峇峇”(Baba)是当年中国人南来，和当地的土著结婚后生下的男儿，女儿叫“娘惹”(Nyonya)。在东南亚国家，以印尼、新加坡、马六甲和槟城的峇峇和娘惹最多。传自娘惹的“Kuih Kapit”是以鸡蛋、椰浆、米浆加适量的糖，搅拌成糊，再夹入饼模，置于炭炉上烘烤，待香味四溢即迅速打开，趁糕饼尚在软热时，赶紧上下一摺，左右再一摺，摺成扇子样的形状，被视为峇峇和娘惹之间书写的情信。叫人充满期待的香甜“情书饼”，今天成为传递人和人之间的情意的新年甜点。

可是也有人没听过：“这叫‘情书饼’?”北马的友人，年年做这糕饼售卖，她的做法是把蛋饼卷成三角形，“感觉这样卷起来的厚一些，吃起来口感很实在”。生意好的春节的步伐尚未到来，新加坡人就成群结队飞到北部来采购。

棉兰朋友听到“情书饼”的名称，觉得槟城人未免过于多情，笑说棉兰也有这“荷兰饼”，却是卷筒式的。同样以米浆、椰浆、糖和鸡蛋搅拌成糊，也用相同的糕饼模，以炭火烘烤，待熟以后，趁糕饼热时尚软之际，快速向上一卷成圆筒形，就像一般市场售卖的蛋卷。最近加了不同口味，也是趁蛋饼熟软即将卷筒时，加进肉松，变成肉松蛋卷，也有人加紫菜，叫紫菜蛋卷，更有人尝试加入辣椒虾米(Sambal Udang)，吃过的人说更添加美味，亦不待过春节时才刻意制作，平常日子，到处都可买到。

尽管寓意美好的“情书饼”——万众期待的新年甜点，变成普通的蛋卷，甚至添这个加那个，有了丰富多彩的不同口味选择，然而，也还有人宁愿追寻心中最为甘美的，那真正原始的味道。

春节的时候，槟城人家家户户桌上都有一盘为春天写的“情书”用来招待来拜年的客人。中国的友人格外钟情，他的评语是，这“情书饼”因为有椰浆的特异香气，感觉味道非常具有热带的气息。

热带的岁杪，寒冷的北风吹着、拂着，也就一个多月吧。窗外的树开始抽发新芽，嫩绿的叶子在四处伸展的枝枝干干间逐渐萌茁，然后先看见红色的合欢花，数量不多，都躲在密密麻麻的细碎叶子中间，要仔细寻觅才有花的踪迹。黄色火焰般的凤凰花，也不甘寂寞地随后绽放，影影绰绰地在树梢上摇曳生姿。

花开花落，说的不也就是“春天春天我爱你”，有情花树永远在为大地、为季节写下火一样的、耀眼夺目的情书。

旅人，在火车站

那首歌叫《车站》，唱起来才知晓说的是火车站。

“火车已经到车站，阮的心头渐渐重，看人欢喜来接亲人，阮是伤心来相送。”明明其中有一句“欢喜来接亲人”，可是，也许哀怨的旋律太伤感，火车站从此永远氤氲着幽怨和苍凉的黯然气氛。

很久都无法改变这深深镌刻在心里的印象。

在这里生活的我们，火车并非日常交通工具，说到车站，马上涌进脑海的是巴士总站。那也是悲哀和喜悦交集之地，只不过巴士飞速向前时，留下一屁股不够优美的黑烟，很有一刀两断且一走了之的快速切割的想法。

离别因那余音袅袅的一声“嘟——”“咔嚓咔嚓”，听起来仿佛徐徐缓缓，但在送别的人心目中却转换为瞬间远逝的火车和铁路摩擦的声音，加深了惆怅和凄伤。

火车轰隆隆带来离别的心酸，同时带来相聚的喜悦，怀着美好的期待听火车在轨道上碾过。那时住的地方时时有火车经过，熙攘的白天不甚明显，夜半或凌晨时分，距离不算近可声音特别分明，“咔嚓咔嚓”的声音毫无改变，却让充满希望的心，燃烧起相聚的喜悦火花。

伫立在火车站，很久很久，火车终于进站了，期盼的人走出站来，彼此用力地拥抱，时光中的想念在紧贴的身体里逐渐消融，流下的眼泪叫快乐。

重逢是比初见更加美妙的感觉。

英国回来的 E 说着重逢的故事。

一位头发花白的女士，每天到火车站坐着看列车抵达，然后就走了，从不上车。诧异的站长被女士的优雅气质征服了，每日望着她远去的背影，思考着，不是乘客的女士，到底为什么每天都在火车月台边等待的长椅子静静地坐着，待列车进站便走开？

一天，列车进站以后，女士突然神色慌张地急步去找站长。

伦敦火车进站，列车门打开，即有一句叫搭客要小心脚下的提醒“Mind the gap”。我在伦敦的第二天，搭火车去剑桥时就听到，作为游客，无论看到什么都像树上刚开的花或新结的果，新鲜好奇。可每趟列车都有这一句提醒，日久，乘客便觉得理所当然，谁也不曾认真去注意这声音属于谁，有没有这句提醒似乎并不重要。过于贴身的许多日常人事物，往往没有人放在心上，可是，女士突然起身找到站长，紧张地询问：“为什么今天‘Mind the gap’的声音不一样？”

2012 年 11 月，火车全面更新数位系统，原本的录音被取消。站长才知道，名叫玛格丽特的女士每天到火车站来，仅仅是为了听“Mind the gap”。这是她已故丈夫奥斯华的声音。四十年前就在这火车站，她正要上车，身边的男子，后来成了她的丈夫的奥斯华对她说的第一句话，正是提醒她“Mind the gap ”。

“每当我听见你的声音，即重逢之时，当我再度听见你的声音，即重逢之时。”从此再也没有重逢之时！玛格丽特要求站长为她取回丈夫的声音档，站长一时之间无法给予她任何帮助和承诺。

过后，玛格丽特不再出现。

时间让所有的事物悄悄流逝，一直到所有的一切都渐渐消失。但是，科技却有办法让一些遥不可及的记忆留下。2013 年，K 牌 U 盘的年度广告，改编了伦敦火车站的真实故事，并拍摄为微电影《记忆月台》。

一个月后，伤心的女士提着行李来到火车站，正好列车停下，“Mind the gap”，竟是奥斯华的声音！站长走过来说：“我们找回你丈夫的声音了！虽然不是整个城市，但这个站保留了原来的录音。”同时，拿出一个 K 牌 U 盘，交给玛格丽特。“他的声音是我们共同的回忆。”

玛格丽特和奥斯华的重逢从此定格在他们初次相遇的火车站。

7 分钟 32 秒的短片里，K 牌 U 盘只出现不到两秒，不抢镜头，完全低调，但它的品牌价值让人永远记得。短片告诉人们：“记忆是趟旅程，同时间，我们一起上了列车，却在不同时间下车，然而，记忆不曾下车，记忆，永远都在。”明明是爱情让沉淀的记忆永远都在，而 K 牌 U 盘温暖的广告短片让品牌和玛格丽特以及“Mind the gap”一起在听众、观众和读者的心里徜徉盘桓。

没有刻意追踪，亦不晓得这部微电影是否为当年最动人的广告短片，但从此以后，伦敦火车站除了玛格丽特和奥斯华的重逢，还有 K 牌 U 盘。

火车站是个动人的所在，相逢和分别都在这里上演，搭火车经验不算多的人要描述哪个火车站为好？一回从内蒙古搭夜车到北京，难忘的竟然不是火车站，而是列车里的情景。需要大床软枕的人整夜无法入眠，开始的时候，在列车里“穿街走巷”，一团都是画家，到内蒙古艺术学院交流。在蒙古包过了两个晚上，见识了低低的天空，触手可及的星星，像火一样的太阳，热的白天冻的夜晚，骑马在大草原上尽情奔驰，充满刺激和恐惧，想来这将是“一生一会”了。下马来，上火车继续到北京画院参访，列车里的画家们可能兴奋，也许激动，在黯淡的灯光下，摇摇摆摆的火车厢房里，坐在狭窄的床上，面对着面，相互为彼此留下对方的肖像。绘到凌晨，终于都累了，各自回厢房。躺在瘦瘦的床上，听火车在铁轨上奔跑，听路过的周边声响，听同房人的打鼾声，一路风景忽明忽暗，只有风，不离不弃坚持在窗外呼呼响。火车一直奔跑，遥远的北京的距离是四十多年，那是我首次从马来西亚到内蒙古到山西到北京。

北京的火车站则是多年后到天津一日来回观光，北京作家邓老领我们过去。不必排队，从旁边的侧门优先上车，往外一望，人流之多前所未见。马来西亚一个受英文教育的朋友，平时看不起受华文教育的我们，一次到北京旅游，回来口风变了，竟然是因为我们中国。我们中国有很大的长城，很大的天安门广场，很大的紫禁城，很大的故宫，很大的明十三陵，我们中国什么都大！如果让他们看见北京火车站的人潮，一定大大地惊叹人潮如此汹涌！

连人头也看不见的火车站在广州，那一回，其实是在广州中转，走进去才发现自己陷入人潮之中，身体贴着身体，第一次感觉自己长得矮，不停地爬阶梯，双手还提大行李，最后是怎么挤进火车的，完全不知道，坐在位置上气喘吁吁才知道疲惫，在寒意森森的冬日全身汗湿。

中国各地的火车站，印象相似，人人人，挤挤挤，到处叠满了行李和行李。排队的人老是被插队的人搞得怒气腾腾，又不懂如何应对，多年训练的所谓从容优雅，好不容易培养起来的温柔气质，到了火车站，顷刻间倾塌，唯能感叹实在太拥挤。静静的车站，静静地排队，那年在从西班牙去法国的火车站，唯一的声音是列车长长的“嘟——”没有一个人说话就上车，吃惊的是遇福州人说福州话。曾经在一个号称小福州的地方住了二十年，一句福州话都听不懂，更不用说讲。那段时间在英国和欧洲旅游，在英国讲英语可沟通，到了法国和西班牙，其他姑且不论，肚子饿时，看着餐牌，比手画脚不知道要叫什么，只能从图片中寻找。进去超市看着食物上边的标签和说明文，不知是熟或生，可吃或不可吃，陌生的感觉带来慌张，跟着一起去旅游的中国胃，让人没想克服，而盼退缩，只要回家，一有米饭，一切就美好起来。当天晚上在巴塞罗那，在一家福州人开的餐厅吃西班牙的红花海鲜饭，身边经过的人全是说着陌生语言的陌生人，不得不钦佩福州人的打拼精神。

一边写一边不断思考，到底我记忆中最难忘的火车站是在哪儿？一日在飞机航班和《里斯本夜车》相遇。57 岁的心灵封闭已久的中学拉丁文老师雷蒙德，在下大雨时在每日经过的桥上遇到一个企图自杀的神秘红衣女子，无意中拿到一本葡萄牙医生同时也是作家阿曼多的作品《文字炼金师》，翻开书，雷蒙德被充满哲思的文字吸引，毅然带着书和书中掉下来的一张火车票，到里斯本去寻找红衣女子的下落，顺便查访阿曼多的生平。他没法找到已经死去的阿曼多，但随着书中的日记，渐渐了解阿曼多，并揭开了葡萄牙独裁政权时期一段隐秘的黑暗历史。

影片开始，离婚多年的雷蒙德独自坐在满是书橱的家中和自己下棋，每天准时睡觉，起床，教书，他厌倦了沉闷无趣且乏善可陈的生活，意欲投河的神秘红衣女子的出现，阿曼多随笔《文字炼金师》

里关于生命、信仰、自由、死亡、友谊、爱情、忠诚和背叛的字句触动了他的内心，他决定放下过去，带着现在，搭上未知未来的里斯本夜车，试图去探访别人的生平，在不断揭露别人的生命之路时，探索自己的内心。

雷蒙德的生命意义在踏上里斯本夜车后而开始有所不同。

寻找阿曼多的时候，其实也是在寻找自己。寻觅中途眼镜破了，遇到眼镜师玛丽安娜，谈话以后玛丽安娜决定介绍他认识她叔叔乔尔。乔尔竟是阿曼多生平的关键人物，故事人物像俄罗斯娃娃一个套一个，秘密警察头子孟德兹，阿曼多好友乔什，地下组织的美女埃斯特法尼亚，三角恋爱让故事更加曲折，最后阿曼多和埃斯特法尼亚一起成功开车逃离国境。在车上听着阿曼多的梦想，埃斯特法尼亚开始醒悟，那不是她要的生活。

故事似乎已告一个段落，雷蒙德打算回去教书了，这时，意欲寻死的神秘女子来向他致谢。原来她是秘密警察头子孟德兹的孙女，在祖父的葬礼上，她发现唯她一人流泪，没人因祖父的逝世而哀伤。她开始寻觅祖父的过去，从《文字炼金师》中发现祖父杀害了无数抵抗者的事，难以接受如此疼爱她的祖父竟然是众人眼中的屠夫，她因而想以死来逃避现实。

雷蒙德找到埃斯特法尼亚，递上阿曼多的随笔，最后一段写着："当我们从一个地方离开，总会留下一些自己的东西，就算我们人走了，精神还在。我们内心深处有些东西，只有回到那里才找得到。我们最终还是要独自离去。即使生命短暂，但年华灿烂，走这么一遭也值了。"痛苦的阿曼多尊重女友，他们的爱情经过无数的挫折和挑战，最终以为雾散天晴时，两人却理智地黯然分开。不久，阿曼多因为动脉瘤脑血管爆裂逝世。

在火车站台上，雷蒙德说："虽然他们最终分开了，但至少经历过，但是我的生活——当然这几天除外。"玛丽安娜问："你现在还要回去过那种生活？你为什么不留下来？"火车"嘟嘟嘟"的声音响起来了。

《车站》下半部分歌词："无情的喇叭声音声声弹，月台边依依难舍心所爱的人，火车已经过车站，阮的目眶已经红，车窗内心爱的人，只有期待夜夜梦。"有没有发生在里斯本火车站呢？

明知旅行的意义，并非抵达美好的景点，而是一路上的深刻体验。世界上根本没有快乐的车站，然而，一路搭火车，我们都试图在寻觅一个名叫"幸福"的车站。记忆月台的火车站是玛格丽特的幸福车站，里斯本火车站是雷蒙德的幸福车站，你的呢？

我的呢？